독서와 표현

독서와 표현

초판 1쇄 발행   2018년 2월 28일
초판 7쇄 발행   2022년 2월 28일

지은이 | 박길희, 백숙아, 임정아
펴낸곳 | (주)태학사
등   록 | 제406-2020-000008호
주   소 | 경기도 파주시 광인사길 217
전   화 | 031-955-7580
전   송 | 031-955-0910
전자우편 | thspub@daum.net
홈페이지 | www.thaehaksa.com

이 책에 직간접적으로 게재를 허락해 주신 모든 분께 감사드립니다. 저작권자와 연락이 닿지 않아 부득이 허가를 구하지 못한 일부 자료에 대해서는 연락 주시는 대로 적법한 절차를 따르겠습니다.

값 13,000원

ISBN 978-89-5966-936-3 (93810)

READING
AND EXPRESSION

독서와
표현

순천대학교 교양융합대학 『독서와 표현』 교재 편찬위원회

태학사

...

4차 산업혁명의 결과로 우리에게 다가 올 미래사회에 적응하기 위해서는 비판적, 창의적 사고 능력이 요구된다. 하루에도 수십억 건의 정보가 업로드 되고 검색되는 빅데이터 시대에 과거와 같이 지식을 단순히 암기하는 능력은 더 이상 필요하지 않다. 미래사회를 이끌 인재양성의 요람인 대학에 주어진 과제 역시 비판적, 창의적 사고를 통한 문제해결 능력을 갖춘 인재 양성이다. 창의적 사고 능력을 기르는 방식이 있다면 이미 그것은 창의적인 사고를 허용하지 않는다고 볼 수 있기 때문에 창의적 사고 능력은 길러지는 것이라고 보기 어렵다. 반면에 비판적 사고는 훈련 가능하고, 창의적 사고의 기반을 마련하는데 도움을 줄 수 있다. 비판적 사고는 다른 사람들의 주장과 근거를 잘 이해하는 것에서 출발하여, 근거에 비추어 특정한 주장의 합리성을 평가하려는 노력과 능력을 통해 길러질 수 있다.

이 책은 '독서'를 통해 다른 사람의 주장을 잘 이해하고, 그 주장의 합리성 여부에 대해 평가할 수 있는 비판적 사고 지식과 능력을 계발하는 것을 목표로 한다. 더 나아가 이러한 지식과 능력을 이용하여 자신의 주장에 대한 근거를 제시하며 합리적으로 '표현'하는데 필요한 내용을 포함하고자 했다. 이런 목표 아래 전반부는 '독서'를 통해 다른 사람의 주장과 근거를 잘 이해하고 평가하는데 필요한 지식과 객관적 기준을 제시하고 이를 익히도록 하는데 집중했다. 그리고 후반부는 다른 사람의 주장을 근거에 비추어 객관적 기준으로 평가한 것을 말이나 글로써 논리적이고 설득력 있게 '표현'하는데 필요한 지식을 전달하고, 생각하기, 발표와 토론, 글쓰기를 통해 익히고 활용하는데 초점을 두었다.

2015년 〈독서와 표현〉 교과목이 개설된 이후 이 책이 완성되기까지 몇 년에 걸친 중간 단계가 있었다. 2017년 2월과 8월에 출판된 〈독서와 표현〉교재는 '독서'의 영역에 국한된 것이었다. 이제 〈독서와 생각하기〉, 〈독서와 말하기〉, 〈독서와 글쓰기〉 등 세 교과목의 '표현' 영역에 관련된 '비판적 생각하기', '논리적 말하기', '학술적 글쓰기' 장이 새로 추가되어 이 책이 완성되었다. 학생들이 능동적이고 자율적인 학습을 할 수 있도록 도울 〈독서와 표현〉교과목의 교재 개발을 위해 학생들이 알고 익혀야 할 내용의 범위와 체재에 대한 고민과 모색은 앞으로도 계속될 것이다.

이 책이 완성되기까지는 많은 분의 노고가 있었다. 바쁜 중에도 기존 교재의 부족한 부분을 점검하여 우리학교 학생들을 위한 최적의 교재를 개발하기 위해 노력하신 집필진들, 책임을 맡아 섬세하고 꼼꼼하게 교재개발 과정을 이끌어 주신 책임교수님과 연구위원들에게 진심으로 감사드린다. 또한, 교재 개발 과정에 도움을 준 교양기초교육원 행정실과 에이스(ACE) 사업단에도 감사드린다.

수강 학생들이 이 책의 내용을 배우고 익혀서 4차 산업혁명 시대에 제기되는 여러 도전적인 문제들에 의연하게 대처하기를, 더 나아가 우리 사회가 처한 현실적 어려움을 극복하는데 크게 기여할 인재로 성장하기를 간절히 바란다.

2018년 2월
순천대학교 교양융합대학장 강윤수

독서의 전략

표현의 기술

독서의 전략

I

독서의 이해

　책 속에는 소소한 일상에서부터 인간과 우주, 역사와 철학 같은 심오한 사상에 이르기까지 무궁무진한 이야기가 담겨 있다. 우리가 발 딛고 있는 현실은 물론 환상과 상상의 세계를 넘나드는 서사가 끝없이 펼쳐져 있는 것이다. 이러한 측면에서 독서는 단순히 책을 읽는 행위가 아니라 오랜 시간 축적되어 온 지식을 습득하고 깨달음을 얻는 과정이라고 할 수 있다.

　독자는 책을 읽으면서 궁금한 점을 끊임없이 묻고 이에 대한 답을 찾는데 이것이 곧 저자와의 대화이다. 독자는 저자와 대화를 하면서 미지의 세계와 만나기도 한다. 인간과 자연, 새로운 세계와의 조우는 그 속에 발 딛고 있는 나를 발견하게끔 도와준다. 따라서 독서는 진정한 나를 찾고, 자아를 발견하는 길이라 말할 수 있다.

　그간 많은 사람들이 자신만의 독서법을 찾아 다양한 방법들을 소개해왔다. 그런데 이들이 꼽는 최고의 독서 방법은 특별하지 않다. 그저 '많이 읽고, 깊이 생각하며, 끊임없이 질문하되 그에 대한 답을 찾아라.'는 것이다. 이는 동서고금을 막론하고 공통적임을 알 수 있다.

1

독서란 무엇인가

책은 사전적 의미로 '어떤 사상·감정·지식 따위를 일정한 목적·내용·체재에 맞추어 문자·그림으로 표현하여 적거나 인쇄하여 묶어 놓은 물건의 총칭'이다. 그러나 이는 책의 개념을 매우 협소하게 이해한 것이다. 책 속에는 소소한 일상에서부터 인간과 우주, 역사와 철학 같은 심오한 사상에 이르기까지 무궁무진한 이야기가 담겨있다. 우리가 발 딛고 있는 현실은 물론 환상과 상상의 세계를 넘나드는 서사가 끝없이 펼쳐져 있는 것이다. 이러한 측면에서 독서는 단순히 책을 읽는 행위라고 정의하기 어렵다. 독서는 책 속에 담겨있는 소소한 이야기는 물론 오랜 시간 축적되어 온 지식을 습득하고 깨달음을 얻는 과정이라고 할 수 있다.

그런데 독자는 책을 읽는 동안 '저자가 문제 삼고 있는 대상/사건은 무엇인가?', '저자는 왜 이러한 문제에 관심을 갖게 되었는가?', '저자는 대상을 어떻게 바라보고 인식하고 있는가?' 등등 수많은 질문을 하게 된다. 그리고 이러한 물음은 꼬리에 꼬리를 물고 이어져 결국 핵심적 질문에 맞닥뜨린다. '과연 저자는 무엇을 말하고자 하는 것인가?' 독자는 책을 읽으면서 궁금한 점을 끊임없이 묻고 이에 대한 답을 찾으면서 저자의 생각이나 의도를 온전히 이해하게 된다. 여기서 중요한 것은 정답을 찾았는가에 있지 않다. 이러한 과정 자체가 저자와의 대화라는 데 있다. 독자는 저자와 직접 대면하지는 않지만 책을 매개로 대화함으로써 저자가 말하고자 하는 바를 알게 되는 것이다. 따라서 독서는 저자와의 대화라 할 수 있다.

저자와의 대화는 저자의 생각을 알게 되는 차원에 머무르지 않는다. 독자는 다양하고 깊이 있는 대화를 통해 저자가 관심을 갖는 대상과 세계 나아가 그에 대한 인식이나 기본적인 시각을 알게 된다. 문면에 드러나지는 않는 저자의 가치관이나 세계관까지 이해하게 되는 것이다. 그런데 여기서 저자의 가치관이나 세계관은 지금까지 독자가 알지 못했던 새로운 세계이며, 미지의 세계일 수 있다. 따라서 독서는 독자에게 새로운 세계와의 만남 즉 미지의 세계와 조우하는 창구라 할 수 있다.

독서는 지금까지 미처 경험하지 못했던 것들을 간접적으로 경험하게 하고, 알지 못했던 많은 것들을 깨닫게 한다. 인간은 자연을 지배할 수 있는가 아니면 자연의 일부에 지나지 않는가, 내가 안다고 믿었던 것들이 진정으로 내가 아는 것일까 등등 독자는 독서를 통해 인간과 자연에 대해 생각해보면서 인간의 무한한 가능성에 놀라움을 혹은 인간존재의 나약함을 발견하기도 하고, 자연의 오묘한 이치와 위대함을 깨닫기도 한다. 따라서 책에서 만난 다양한 인간군상을 통해 어떻게 살아야 하는가, 나는 누구인가와 같은 삶의 근원적 문제에 질문을 던지며 자기 자신과 대면하는 시간을 갖게 된다. 스스로에게 던지는 심도 깊은 질문은 내가 사는 세계에 대한 고민이며, 그 속에 발 딛고 있는 나에 대한 성찰이기도 하다. 따라서 독서는 진정한 나를 찾고, 자아를 발견하는 길이라고 말할 수 있다.

2

독서는 왜 해야 하는가

해마다 독서법과 관련된 다양한 책들이 쏟아져 나오고, 이들과 관련된 서적들은 서점과 각종 포털 사이트의 베스트셀러에 올라 불티나게 팔리고 있다. 이러한 현실은 많은 이들이 독서와 관련된 문제들로 고민하고 있음을 짐작케 한다. 많이 읽고 열심히 읽는다면 자연스럽게 해결될 일을 왜 이토록 많은 이들이 고민하고 어려워하는 것일까? 여기에는 독서를 해야만 한다는 전제가 깔려있다. 그렇다면 우리는 왜 독서를 해야만 하는가?

독서를 하는 이유나 목적은 사람마다 다르다. 지식을 습득하기 위해 책을 읽을 수 있고 감동을 받거나 혹은 성현의 가르침을 얻기 위해 책을 읽을 수도 있다. 저마다 자신이 필요한 목적에 따라 책을 읽는 것이다. 해럴드 블룸(Harold Bloom)과 프랜시스 베이컨 경(Francis Bacon)은 독서를 내적 수련의 일환으로 여기면서 "반박하거나 반론을 제기하기 위해서가 아니라, 믿고 당연한 것으로 받아들이기 위해서가 아니라, 이야기와 담론 거리를 발견하기 위해서가 아니라, 검토하고 숙고하기 위해서 읽어라."고 말한다.[1] 이들은 독서의 이유를 자기 수양과 성찰에서 찾고 있다. 동양에서 학문을 수기(修己)로 여기는 것과 같은 맥락이다. 그런데 이러한 이유는 너무나 원론적이고 막연하여 사실 공감하기가 쉽지 않다.

---

1 해럴드 블룸, 유병우 옮김, 『해럴드 블룸의 독서의 기술』, 을유문화사, 2000, 20쪽.

1990년대까지만 하더라도 한 편의 시를 암송하거나 책의 한 구절을 기억하는 일은 그리 어렵거나 특별한 일이 아니었다. 독서 그 자체가 놀이였기 때문에 이러한 모습은 너무도 자연스러웠던 것이다. 그러나 지금은 컴퓨터와 스마트폰이 책의 역할을 대신하고 있다. 컴퓨터와 스마트폰의 대중화는 컴퓨터를 최고 파트너로, 스마트폰을 최상의 놀이기구로 만들었다. 읽는 시대에서 보는 시대로의 변화한 것이다. 이러한 변화는 쏟아지는 정보의 홍수 속에 많은 정보를 이미지화하여 빠르게 인식하게 하는 장점이 있다. 정보의 습득을 용이하게 만드는 것이다. 반면 읽기 능력을 거세하여 정확한 정보를 선별하거나 판단할 수 있는 능력을 현저히 떨어뜨리는 문제를 초래하였다. 최근 독서의 중요성을 강조하면서 독서법과 관련된 서적이 베스트셀러에 오르는 현상도 이와 무관하지 않다. 참으로 아이러 니하지 않을 수 없다. 그런데 문제는 독서를 통해 배양되었던 다양한 능력들이 현대 사회에 국한되지 않고 '4차 산업혁명'이라는 미래 사회에 더욱 중요시 된다는 점이다.[2] 독서를 해야 하는 실질적인 이유가 여기에 있다.

독자는 독서를 통해 지식과 정보를 습득할 뿐만 아니라 감동과 깨달음을 얻는다. 나아가 저자와 끊임없이 대화를 나눔으로써 자신과 자신을 둘러싸고 있는 세계에 대해 더 깊이 고민하고 성찰하게 된다. 저자의 생각을 온전히 이해하는 것은 지식정보를 정확하게 이해하고 분석하는 능력과, 저자의 생각에 대해 질문하고 답을 찾는 것은 논리적·비판적 사고 능력과, 저자와 끊임없이 대화하는 과정은 의사소통 능력과, 자신과 세계에 대한 고민과 성찰은 반성적 사고 능력과 직결된다. 이처럼 독서의 과정에서 작동되거나 얻어지는 다양한 능력들은 '4차 산업혁명' 시대라고 일컫는 미래사회에 필요한 능력들과 일맥상통하는 것이다.

미래 사회에서는 한 가지 전공으로는 자아실현은커녕 생존마저도 위협받게 될 것이라고 예측되고 있다. 최근 세계경제포럼(2017)은 '4차 산업혁명'의 가속화는 사회·경제의 발전을 촉진하겠지만, 그 반대급부로 좌절과 불만이 증가할 수 있고 각종 시스템 간의 경

---

2 4차 산업혁명(Fourth Industrial Revolution, 四次 産業革命) : 인공지능, 로봇기술, 생명과학이 주도하는 차세대 산업혁명을 말한다. 1784년 영국에서 시작된 증기기관과 기계화로 대표되는 1차 산업혁명, 1870년 전기를 이용한 대량생산이 본격화된 2차 산업혁명, 1980년 인터넷이 이끈 컴퓨터 정보화 및 자동화 생산시스템이 주도한 3차 산업혁명에 이어 로봇이나 인공지능(AI)을 통해 실재와 가상이 통합돼 사물을 자동적, 지능적으로 제어할 수 있는 가상 물리 시스템의 구축이 기대되는 산업상의 변화를 일컫는다(『시사상식사전』, 박문각).

계가 붕괴될 것이라 전망함으로써 미래 사회는 '소통과 책임의 리더십'이 더욱 발휘되어야 할 것이라고 강조한 바 있다.[3] 이에 발맞추어 여러 나라와 많은 대학에서 융복합적 학문분야의 개발과 통합적 사고 능력을 향상시킬 수 있는 교육과정을 준비하고 있으며, 문자 해독 능력과 기초과학능력, 종합적으로 세계를 이해할 수 있는 능력, 개방적 의사소통 능력, 논리적 사고 능력과 창의적 사고 능력을 함양하기 위한 방안 마련에 고심 중이다. 우리가 그 어느 때보다도 다양한 분야의 책들을 읽어야 하는 이유도 바로 여기에 있다. 독서야말로 '4차 산업혁명' 시대에 자아실현과 생존을 위한 현실적이고도 실질적인 왕도인 것이다.

---

3 세계경제포럼(World Economic Forum : WEF) : 세계의 저명한 기업인·경제학자·저널리스트·정치인 등이 모여 세계경제에 대해 토론하고 연구하는 국제민간회의. 1971년 경제학자 클라우스 슈밥이 창립했다. 정식 명칭은 세계경제포럼이지만 스위스 다보스에서 매년 초 총회가 열려 '다보스포럼(Davos Forum)'으로 더 잘 알려져 있다. 세계의 정계·재계·언론계·학계 지도자들이 참석해 '세계경제올림픽'으로 불릴 만큼 권위와 영향력 있는 유엔비정부자문기구로 성장했다. 세계경제포럼 산하 국제경영개발원(IMD)이 발표하는 '국가경쟁력보고서' 등을 통해 세계의 경제정책 및 투자환경에 큰 영향을 미치기도 한다(매경닷컴).

독서는 어떻게 하는가

모티머 J. 애들러(Mortimer J. Adler)의 『생각을 넓혀주는 독서법―How to Read a Book』은 독서법의 바이블로 잘 알려져 있다. 여기에서 애들러는 독서의 수준을 네 단계로 나누고 각자의 수준에 맞는 독서를 제안한다.[4] 1단계는 초보읽기로 1차 읽기라고도 불린다. 이수준에서는 독서의 초보적인 기술을 배우고 1차적인 독서 기술을 얻는다. 2단계 살펴보기는 본격적으로 읽기가 시작되는 단계이다. 속표지나 서문을 보는 것, 목차를 보는 것, 표지에 있는 광고를 보는 것 등이 이에 해당한다. 3단계 분석하며 읽기는 책을 꿰뚫어 보고 무엇에 대한 책인지 알아내는 단계이다. 내용을 해석하고, 비평하는 것이 분석하며 읽기에 속한다. 4단계 통합적인 읽기는 하나의 주제에 대해 다양한 분야를 조사하고 관련된 부분을 찾아서 읽는 단계이다. 대립되거나 쟁점이 되는 부분까지도 정확하게 정리하며 읽는 단계이다. 상위 수준의 독서단계라 할 수 있다. 애들러의 4단계 독서법은 수준에 맞는 독서법으로 알려져 있지만 사실 독서의 과정이라고 이해해도 무방하다.

다산(茶山) 정약용(丁若鏞)은 방대한 양의 정보와 지식을 수집하고 체계적으로 정리한 18세기 조선의 대표적 지식인이다. 최근 들어 다산치학(茶山治學)은 '지식경영법'이라 불

---

4 모티머 J. 애들러, 찰스 반 도렌, 독고 앤 옮김, 『생각을 넓혀주는 독서법』, 멘토, 2014(개정판).

리며 주목받고 있는데, 이는 다산치학이 오늘날에도 유용할 정도로 과학적이며 논리적이기 때문이다. 정민은 『다산선생 지식경영법』에서 다산치학을 10강(綱) 50목(目) 200결(訣)로 나누어 소개한다.[5] 핵심 10강은 '단계별로 학습하라, 정보를 조직하라, 메모하고 따져보라, 토론하고 논쟁하라, 설득력을 강화하라, 적용하고 실천하라, 권위를 딛고 서라, 과정을 단축하라, 정취를 깃들여라, 핵심가치를 잊지 말라.'이다. 당시 지식을 습득하고 정리하는 주된 방법이 독서였음을 감안한다면 다산치학은 21세기 정보화 시대에 적합한 독서방법이라고 말할 수 있다.

이지성은 『리딩으로 리드하라』에서 알베르트 아인슈타인, 레오나르도 다 빈치, 존 스튜어트 밀과 같은 위대한 인물이 천재성을 발휘할 수 있었던 것은 인문고전의 힘이라고 역설한다. 독서를 사랑했던 천재들의 경우 공통적인 독서 방법이 있음을 발견하고 이를 소개하였는데, 이지성이 소개한 7가지 독서 방법은 다음과 같다. 첫째, 온 마음으로 사랑하라. 둘째, 맹수처럼 덤벼들어라. 셋째, 자신의 한계를 뼈저리게 인식하라. 넷째, 위편삼절(韋編三絶), 책이 닳도록 읽고 또 읽어라. 다섯째, 연애편지를 쓰듯 필사하라. 여섯째, 통(通)할 때까지 사색하라. 일곱째, '깨달음'을 향해 나아가라.[6] 이지성은 이 7가지 독서법을 활용하여 '리딩으로 리드'할 것을 주문한다.

그런데 앞서 제시한 여러 가지 독서법은 공자가 말한 학문하는 방법과 일맥상통한다. 『논어(論語)』에서 공자는 "배우기만 하고 생각하지 않으면 얻은 것이 없고, 생각만 하고 배우지 않으면 위태롭다."고 말한다.[7] 배운 것을 내 것으로 만들기 위해서는 그 내용에 대해 깊이 생각해야 된다는 뜻을 담고 있다. 아무리 좋은 생각도 성현의 가르침이 뒷받침 되지 않는다면 독단과 독선에 빠질 수 있고, 헛된 공상이나 망상이 될 수 있음을 경계한 것이다. 이처럼 공자는 진정한 학문이란 배움[學]과 사색[思]이 조화를 이루는 것이라고 설파한다.

정자(程子)는 공자의 말에 대해 자신만의 해석을 덧붙여 학문하는 다섯 가지 방법을 소개하였다. 첫째는 박학(博學), 둘째는 심문(審問), 셋째는 신사(愼思), 넷째는 명변(明辯), 다섯째는 독행(篤行)이다. 이 다섯 가지 방법은 많이 읽되, 의문을 갖고, 깊이 생각하여, 명

---

5 정민, 『다산선생 지식경영법』, 김영사, 2006.
6 이지성, 『리딩으로 리드하라』, 문학동네, 2010.
7 學而不思則罔 思而不學則殆. 『논어』, 「위정편」, 15장.

쾌한 결과나 답을 깨닫게 되었다면 이를 독실하게 실천하라는 것이다. 정자는 학문의 방법을 다섯 단계로 나누어서 공자보다 좀 더 세밀하게 전하고 있지만 공자와 정자가 말한 학문하는 방법은 크게 다르지 않다. 또한 애들러나 다산, 이지성이 말한 독서법과도 매우 유사하다.

그간 많은 이들이 저마다 자신만의 독서법을 찾아 다양한 방법들을 소개해왔다. 그런데 이들이 꼽는 최고의 독서법은 특별하지 않다. 그저 '많이 읽고, 깊이 생각하며, 끊임없이 질문하되 그에 대한 답을 찾아라.'는 것이다. 독서하는 방법은 동서양을 막론하고, 시대를 초월하여 공통적임을 알 수 있다.

4

학술적 글은 어떻게 읽어야 하는가

일상적으로 우리가 읽는 글의 종류는 다양하다. 시, 소설, 수필, 신문기사, 잡지글, 교과서 등이 있을 뿐 아니라 분류 방법도 다양하다. 그 가운데 전문적인 연구나 학문 활동 영역에서 저자가 독자에게 정교한 체계를 갖춘 이론을 전달하는 글이 있다. 대학 이상의 고등교육 기관이나 공간에서 학습되고 연구되는 대상으로서의 대학교재 혹은 연구논문 등이이에 해당하고, 이러한 글을 학술적 글이라고 말한다. 학술적 글로 분류하는 가장 기본적인 이유는 복잡하고 긴 형태든, 간단하고 짧은 형태든 논증을 전개한다는 것이다. 따라서대학에서 학문 활동을 하기 위해서는 논증을 이해하고 논증을 제시할 줄 알아야 한다.

논증은 간략히 말하면, 근거가 제시된 주장이다. 논증을 형식적으로 정리하면, 논증 = 근거 + 주장이라고 할 수 있다. 그러므로 말이나 글로 표현된 것들이 모두 논증인 것은 아니다. 논증이 되려면 최소한 다음 세 가지 조건을 만족시켜야 한다. 첫째, 논증은 주장과근거를 갖추어 제시되어야 한다. 주장만 있고 근거가 없는 것은 논증이 아니다. 또한 글이서사, 묘사, 설명 등의 방식으로 쓰인 글은 대부분 논증이 아니다.[8] 서사는 어떤 사건이나상황을 시간의 연쇄 혹은 순서에 따라 글을 서술한 것으로 서사문, 서사시, 기행문 등이 있

---

8 서사, 묘사, 설명의 방식으로 쓰인 글이라고 하더라도 내용의 일부는 논증이 있는 경우가 있다. 본 교재의 제시문 가운데 일부는 소설이나 수필 등에서 논증이 있는 부분을 발췌한 것이다.

다. 묘사는 어떤 대상이나 현상 따위를 있는 그대로 언어로 서술한 것을 말한다. 소설이나 시를 읽을 때 어떤 장면이나 모습이 눈에 선하게 그려지는 경우가 바로 이에 해당한다. 설명은 지식, 정보, 사실을 이해시킬 목적으로 쓴 글이다. 과학에서 현상, 작용, 반응 등에 대한 설명, 혹은 일상에서 제품 사용설명 등이 이에 해당한다. 한편, 단순한 이해 차원이 아니라, 법칙에 의거해 어떤 사실이나 사태를 설명하는 경우가 있다. 그러한 법칙—연역적 설명은 자신의 설명이 옳다는 주장과 그에 대한 근거를 제시하는 경우이기 때문에 논증적 설명문, 즉 논증이라고 말할 수 있다.

둘째, 논증의 근거는 객관적이어야 한다. 주장에 대해 객관적 근거를 제시한 것이 아니라 주관적인 생각을 원인으로 제시한 것이라면 논증이 아니다. 아래의 예1은 마치 논증인 것으로 착각할 수 있는 예이다.[9] 유리가 자신에게 늙어 보인다고 말하자, 짱구는 그렇게 보이는 것은 커피를 마셨기 때문이라고 자신의 생각을 말한다. 그러나 이것은 짱구의 생각이지 객관적 근거(자료)를 제시한 것이 아니기 때문에 아래의 예는 논증이라고 볼 수 없다.

예1)
유리 : 짱……짱구야. 오늘따라 얼굴이 늙어 보여.
짱구 : 커피를 마셔서 그래.

셋째, 논증의 주장과 근거는 참/거짓을 말할 수 있는 문장들로 구성되어 제시되어야 한다. 논증은 근거의 옳음(혹은 인정 가능)을 이유로 주장의 옳음이 성립하기 때문이다. 그러나 참/거짓을 말하기 어려운 가치 진술(윤리 등)로 이루어진 논증을 생각해 보자. 이런 경우 사실 우리가 참/거짓을 따져서 옳은 주장과 옳은 근거로 논증을 구성하는 것은 쉽지 않다. 그럼에도 불구하고 논증 제시와 관련된 시간과 공간을 고려했을 때 합리적으로 사고하는 사람들이 대부분 받아들이는 어떤 기준(예를 들어 올바름)이 있다. 이러한 점에서 이 조건은 엄격한 조건으로서, 논증을 평가하는 입장에 있는 사람보다는 제시하는 사람에게 강하게 요구되는 조건이다. 다음의 예2를 보자. 예2에서 주장과 근거로 제시된 문장들은

---

9 요시토 우스이, 『짱구는 못말려』 12권, 서울문화사(만화), 1997.

참/거짓을 말하기 어렵다. 주관적일 수 있을 뿐만 아니라 시대, 상황, 혹은 집단에 따라 너무나도 쉽게 참/거짓이 달라질 수 있기 때문에 이러한 문장들로 이루어진 경우 엄격히 말하자면 논증이라고 볼 수 없다.

예2)
아! 잘생긴 박보검! 한 번 만나보고 싶다!
나얼은 정말 노래를 잘해. 참 멋있어!

저자는 글을 통해 자신이 말하고자 하는 바(주장)와 이유 또는 근거를 제시한다. 우리는 저자의 주장을 먼저 충분히 이해해야 하고 그러한 이해에 바탕을 두고 주장을 받아들일 것인지 거부할 것인지 평가해야 한다. 분석은 저자가 말하고자 하는 바(주장)에 대해 정확하고 충분히 이해하기 위한 과정이고, 평가는 저자의 주장에 대해 무조건적으로 받아들이거나 거부하지 않고 신중하게 생각하여 검토하기 위한 과정이다. 다른 사람의 주장에 대해 무조건적으로 반대하거나 찬성하지 않고 그 근거를 중시하여 반대하거나 찬성할 때 비판적으로 사고한다고 말한다. 엄청난 양의 정보가 넘쳐나고 얼마 되지 않아 폐기되는 현대 4차 산업 혁명 사회에서 필요한 정보를 가려낼 줄 알고 정보를 이용하여 주어진 문제를 해결할 수 있는 능력은 이러한 비판적 사고에 의해 길러진다. 따라서 주어진 글에서 논증을 분석하고 평가하는 도구를 배우고 익히는 것은 현대 사회를 살아가는 우리에게 아주 중요하고 필요한 훈련이 될 것이다.

우리는 다음 2장과 3장에서 주어진 글(의 논증)들을 정확히 이해하고 평가할 수 있도록 도움을 주는 몇 가지 도구를 배우고 연습할 것이다. 연습을 위해 제시되는 지문은 연습이라는 목적에 적합하도록 선별된 것들이다. 즉 상대적으로 짧으면서 핵심논증을 찾기 쉬운 지문들이고 전체 글의 구성이 쉽게 파악되는 것들이다. 그러나 실제 우리가 접하는 글들은 긴 글이거나 구성이 복잡한 경우가 대부분이다. 긴 글에는 핵심 논증과 무관한 내용도 있을 수 있고, 근거와 주장이 분명한 논리적 순서에 따라 제시되기 보다는 수사적인 이유나 다른 이유로 섞여 제시되어 있을 것이다. 긴 글이 아니라 짧은 글의 경우라 하더라도 논증을 파악하기 어렵다고 느낄 수 있다. 하지만 어떤 글이라 하더라도 논증을 찾아내어 분석하고 평가하는 방법은 비슷하다. 글의 전반적인 내용, 저자의 목적이나 의도 등에 주의하여 주장과 근거를 찾아내면 된다. 즉 논증을 찾아내기 위해서는 좀 더 체계적이고 치밀하게 글을 읽을 필요가 있다. 처음에는 어려울 수 있겠지만 연습을 통해 숙련되면 전체적인 맥락과 세부적인 사항까지 파악하는 것이 가능해 질 것이다.

II

분석하며 읽기

저자는 책을 통해 자신이 하고 싶은 말을 독자에게 건넨다. 책을 읽은 독자는 저자의 견해에 대해 다양한 방법으로 자신의 생각을 드러낸다. 저자의 생각에 동의할 수도 있고, 그렇지 않을 수도 있다. 그런데 독자가 자신의 생각을 드러내기 위해서는 먼저, 저자가 말하고자 하는 바가 무엇인가를 온전히 이해해야 한다. 이는 책의 내용을 정확하게 파악해야 가능한데, 이를 위한 대표적인 독서법이 '분석하며 읽기'이다.

모티머 J. 애들러는 '분석하며 읽기'의 4가지 요소를 제시한 바 있다. 현안문제, 주장, 근거, 핵심어가 그것이다. 이 요소는 누구나 한 번쯤 들어봤을 정도로 우리에게 익숙한 것들로 이를 활용한다면 좀 더 쉽게 내용을 파악할 수 있을 것이다.

이 장에서는 이 4가지 요소를 소개하고 이를 활용하여 텍스트를 분석해 보도록 하겠다. 텍스트의 내용을 정확하게 파악할 수 있다면 저자의 생각과 의도는 어렵지 않게 찾을 수 있을 것이다.

1

분석의 기준

저자의 생각이나 의도를 온전히 이해하기 위해서는 책의 내용을 정확하게 파악하는 일이 우선되어야 한다. 책을 읽은 독자라면 저자가 말하고자 하는 것은 무엇인가. 이를 집약적으로 표현하는 말에는 어떤 것이 있는가. 저자는 자신의 생각을 뒷받침하기 위해 어떤 근거들을 사용했는가. 저자의 생각은 어디에서 출발하게 되었는가와 같은 질문에 답할 수 있어야 한다. 이것이 저자가 책을 통해 말하고자 하는 핵심적인 내용이기 때문이다. 그리고 핵심적인 내용을 파악하며 읽는 것이 바로 '분석하며 읽기'이다.

그렇다면 어떻게 읽어야 핵심 내용을 정확하게 파악할 수 있는 것일까? 이에 대한 답은 '그저 많이 읽고, 깊이 생각하면서 질문에 대한 답을 찾아가며 읽는 것'이라고 이미 앞서 언급한 바 있다. 다독(多讀)과 다상량(多商量)을 하다보면 굳이 애를 쓰지 않아도 책의 내용은 물론 저자의 생각과 의도까지 자연스럽게 알게 되는 것이다. 그러나 독서의 어려움에 직면한 이들에게 이러한 이야기는 너무도 막연하다. 영상매체 시대의 젊은이들에게는 더욱 그러할 것이다. 독서에 입문하는 이들을 위한 기본적인 안내가 필요한 이유이다.

이 장에서는 애들러가 제시한 분석하며 읽기의 몇 가지 요소를 소개한다. 분석하며 읽을 때 이를 활용한다면 내용을 좀 더 쉽게 이해할 수 있을 것이다. 그럼 지금부터 분석의 요소에는 어떤 것들이 있는지 알아보고 이를 활용하여 텍스트를 읽어보겠다. 먼저, 핵심 요소를 활용하여 내용을 파악해 보고 저자의 생각이 무엇인지 알아보자. 내용 분석에 자신감이 생겼다면 저자의 숨은 의도도 찾아보자. 부가적 요소를 참조한다면 도움이 될 것이다.

1) 핵심 요소

분석하며 읽기의 4가지 요소는 현안문제, 주장, 근거, 핵심어이다. 애들러는 4가지 요소를 분석의 기본 요소라고 제시하였다. 4가지 요소만으로도 내용을 파악하는 데 충분하기 때문이다. 그 만큼 이 4가지 요소는 내용을 파악하는데 핵심적인 역할을 담당한다. 따라서 우리는 이 4가지 요소를 핵심 요소라 하겠다. 4가지 요소는 다음과 같다.

① 현안문제 : 저자의 문제의식

저자가 관심을 갖거나 문제시 여기는 것은 무엇인가

저자의 생각은 어디에서 출발하였는가

② 주장 : 문제에 대한 해답과 대안

저자가 말하고자 하는 핵심적인 생각은 무엇인가

저자는 제기된 문제를 어떻게 해결하고자 하는가

③ 핵심어 : 집약적 개념이나 용어

주장을 집약적으로 표현하는 용어나 개념은 무엇인가

④ 근거 : 주장의 이유나 이를 뒷받침하는 내용

저자는 자신의 주장을 펼치기 위해 어떤 내용들을 제시하고 있는가

저자가 주장을 펼치는 이유는 무엇인가

2) 부가 요소

텍스트의 핵심적 내용은 문면에 드러난 경우가 많아서 핵심 요소를 활용한다면 쉽게 찾을 수 있다. 그러나 내용을 파악해도 저자의 의도가 명확하게 드러나지 않는 경우도 있다. 좀 더 깊이 있게 읽어야 문면에 숨겨진 저자의 의도를 발견할 수 있는데, 이때 도움이 되는 것이 바로 부가 요소이다. 함축, 배경, 관점, 기본가정이 이에 해당한다. 보다 심도 깊은 읽기에 도전하고 싶다면 부가 요소를 활용하여 읽어 보자. 좀 더 많은 이야기가 당신의 눈앞에 펼쳐질 것이다.

① 함축 : 문면에 드러나지는 않지만 주장 안에 포함되어 있는 내용

② 배경 : 저자가 문제시 여기는 대상이나 사건에 대한 배경

③ 관점 : 저자가 대상이나 사건을 바라보는 기본적인 시각, 가치관이나 세계관

④ 기본가정 : 저자의 주장에 전제가 되어 있는 생각

단원 정리	
분석하며 읽기란 무엇인가	텍스트의 내용을 정확하게 파악하며 읽는 방법 저자의 생각과 의도를 온전히 이해하기 위한 독서법
분석의 기준	1. 핵심 요소 　① 현안문제 : 저자의 문제의식 　② 주장 : 문제에 대한 해답과 대안, 저자가 텍스트에서 말하고자 하는 핵심적인 생각 　③ 근거 : 주장의 이유와 뒷받침하는 내용 　④ 핵심어 : 주장의 집약적 개념 2. 부가 요소 : 함축, 배경, 관점, 기본가정

② 분석하기

1) 기본 분석

기본 예시 1

다음 글을 읽고, 핵심 요소를 활용하여 내용을 분석해 보자.

천재들의 인문고전 독서는 태도부터 남달랐다. 그들의 독서태도는 무시무시한 열정과 집중으로 요약될 수 있다. 성호 이익은 이렇게 말했다. "사랑하는 어머님과 오랫동안 이별했다가 다시 만난 것처럼 독서하라. 아픈 자신의 치료법을 묻는 사람처럼 질문하고 토론하라." 성호에게 있어서 책은 책이 아니었다. 사랑하는 가족이었다. 다산 정약용은 이런 고백을 남겼다. "유배지에 도착해서 방에 들어가 창문을 닫고 밤낮으로 혼자 외롭게 살았다. 나에게 말을 걸어주는 사람 하나 없었기 때문이다. 그러나 나는 오히려 이런 상황이 고마웠다. 그래서 '이제야 독서할 여유를 얻었구나' 하면서 기뻐했다." 다산에게 독서는 패가망신한 자신의 처지를 도리어 행운으로 여기게 할 정도로 소중한 것이었다. 그는 독서를 자기 자신보다 더 귀하게 여긴 사람이었다. 알렉산더 대왕이 서른세 살의 나이로 세상을 떠났을 때, 그의 손에는 『일리아스』가 들려 있었다.

– 이지성, 『리딩으로 리드하라』, 문학동네, 2010.

1	현안문제	천재들의 독서태도는 어떠했는가?
2	주장	천재들의 독서태도는 (열정과 집중으로 요약할 수 있을 정도로) 남달랐다.
3	핵심어	독서태도, 천재, 열정, 집중
4	근거	1) 성호 이익은 사랑하는 어머님과 오랫동안 이별했다가 다시 만난 것처럼 독서했다. 2) 다산 정약용은 패가망신한 처지를 행운으로 여길 정도로 유배지에서 밤낮으로 독서하며 이를 소중히 여겼다. 3) 알렉산더 대왕은 세상을 떠날 때까지 손에서 책을 놓지 않았다.

기본 예시 2

다음 글을 읽고, 핵심 요소를 활용하여 내용을 분석해 보자.

촉(蜀) 땅의 아이가 고운 구슬 수천 개를 얻었다. 보고 기뻐서 품에 넣고, 옷자락에 담고, 입에 물고, 두 손에 움켜쥐기도 하여, 동쪽으로 낙양에 가서 팔려고 했다. 막상 길을 떠난 후, 지쳐서 앞섶을 헤치면 품었던 구슬이 떨어지고, 물을 건너다 몸을 숙이면 옷자락에 담았던 것이 흩어졌다. 기쁜 일을 보고 웃거나 말할 일이 있어 입을 열면 머금고 있던 구슬이 튀어나왔다. 벌이나 전갈, 살무사나 도마뱀처럼 사람을 해치는 물건과 갑작스레 맞닥뜨리면, 그 근심에서 자기를 지키려고 손에 쥐고 있던 구슬을 놓치고 말았다. 마침내 절반도 못 가서 구슬은 다 없어져버렸다.

실망해서 돌아와 늙은 장사꾼에게 이 일을 말해주었다. 장사꾼이 말했다.

"아아, 아깝구나! 왜 진작 오지 않았니? 고운 구슬을 나르는 데는 방법이 따로 있단다. 먼저 좋은 명주실로 실을 만들고, 빳빳한 돼지털로 바늘을 만든다. 푸른 구슬은 꿰어 푸른 꿰미를 만들고, 붉은 것은 꿰어 붉은 꿰미를 만든다. 감색과 검은색, 자주빛과 누런빛도 색깔 따라 꿰어, 남방의 물소가죽으로 만든 상자에 담는다. 이것은 고운 구슬을 나르는 방법이다. 이제 네가 비록 만 섬이나 되는 구슬을 얻었다 해도 꿰미로 이를 꿰지 않는다면 어딜 가도 잃어버리지 않을 수 없을 게다."

– 정약용, 「소학주천서(小學珠串序)」, 『다산선생 지식경영법』, 김영사, 2006.

1	현안문제	고운 구슬을 잃어버리지 않으려면 어떻게 해야 하는가?
2	주장	고운 구슬은 꿰미로 꿰어야 잃어버리지 않는다.
3	핵심어	고운 구슬, 꿰미

4	근거	1) 고운 구슬을 나르는 데는 방법이 따로 있다.
		  - 좋은 명주실로 실을 만들고, 빳빳한 돼지털로 바늘을 만든다.
		  - 푸른 구슬은 꿰어 푸른 꿰미를 만들고, 붉은 것은 꿰어 붉은 꿰미를 만든다.
		  - 감색과 검은색, 자주빛과 누런빛도 색깔 따라 꿰어, 남방의 물소가 죽으로 만든 상자에 담는다.
		2) 꿰미로 이를 꿰지 않는다면 어딜 가도 잃어버리지 않을 수 없다.

생각해보기

　"오늘날 학문하는 방법도 이와 다를 것이 없다. 무릇 온갖 경전과 제자백가의 책에 나오는 사물의 이름이나 많은 목록은 모두 고운 구슬이라고 할 수 있다. 꿰미로 이를 꿰지 않는다면 또한 얻는 족족 잃어버리고 말 것이다."

　다산은 구슬에 관한 속담을 소개한 뒤 위의 글을 부연하였다. 다산이 생각하는 구슬의 의미는 무엇일까? 이 글을 토대로 '구슬이 서 말이라도 꿰어야 보배'라는 속담의 의미를 다시 생각해 보자. 고운 구슬의 의미는 사람마다 다를 수 있다. 나에게도 '고운 구슬'이 있는가? 만약 있다면, 고운 구슬을 보배로 간직하기 위해서 과연 나는 어떻게 해야 할까?

다음 글을 읽고, 핵심 요소를 활용하여 내용을 분석해 보자.

　　민족 혹은 민족주의에 대한 논쟁은 크게 민족을 고대로부터 존재해 온 원초적인 실재로 보는가, 아니면 근대 자본주의 발전과정에서 생겨난 역사적 구성물로 보는가로 나뉜다. 민족을 왕조국가가 쇠퇴하고 자본주의가 발달하는 시기에 나타나는 특정한 '문화적 조형물'로 보는 앤더슨은 후자에 속한다. 앤더슨은 이를 '상상의 공동체'라고 부른다.

　　민족을 상상의 공동체로 보는 앤더슨의 관점에서 사회적 실재(social reality)는 문화적으로 구성되고 경험되는 시·공간 안에 존재한다는 인류학적 명제를 깔고 있다. 그러므로 민족을 '상상의 공동체'라고 말하는 것은 어떤 사람들이 머릿속에서 마음대로 상상하거나 꾸민 것이라는 뜻이 아니다. '상상의 공동체'는 특정한 시기에 사람들의 경험을 통해서 구성되고 의미가 부여된 역사적 공동체이다.

– 베네딕트 앤더슨, 윤형숙 옮김, 『상상의 공동체』, 나남, 2002.

1	현안문제	민족은 민족을 고대로부터 존재해 온 원초적인 실재인가 아니면 근대 자본주의 발전과정에서 생겨난 역사적 구성물인가?
2	주장	민족(상상의 공동체)은 왕조국가가 쇠퇴하고 자본주의가 발달하는 시기에 나타나는 특정한 '문화적 조형물'이다.
3	핵심어	민족, 상상의 공동체, 역사적 구성물, 문화적 조형물
4	근거	1) 사회적 실재(social reality)는 문화적으로 구성되고 경험되는 시 공간 안에 존재한다는 인류학적 명제를 깔고 있다. 2) 민족을 '상상의 공동체'라고 말하는 것은 어떤 사람들이 머릿속에서 마음대로 상상하거나 꾸민 것이라는 뜻이 아니다. 3) 민족은 특정한 시기에 사람들의 경험을 통해서 구성되고 의미가 부여된 역사적 공동체이다.

2) 심화 분석

심화 예시 1

다음 글을 읽고, 핵심 요소를 활용하여 내용을 분석해 보자.

교회는 병원과 다른 차원에서 생명과 죽음을 다루는 성소였다. 의사가 몸을 치료해 주고 육신의 생사를 관장하는 곳이라면, 목사는 영혼의 삶과 죽음, 구원과 타락을 결정짓는 존재였다. 초등학교 2학년 때인가 처음 자발적으로 교회를 갔던 날 나는 십자가 앞에서 엄숙한 자세로 기도를 올리면서 나 자신이 뭔가 새롭게, 인간답게 거듭나는 듯한 감정에 휩싸였다. 그 후에도 열심히 교회를 다닌 건 바로 그런 기분, 곧 교회에 다니면 좀 더 '인간다운 인간', '영혼이 정화된 인간'이 되리라는 믿음 때문이었던 것 같다.

－ 중략 －

목욕을 하고 병원에서 치료를 받고, 교회에 가서 회개의 기도를 올리고, 하나의 촌락이 근대화되었는지의 여부는 이처럼 몸과 마음, 곧 신체를 정화하는 트라이앵글을 갖추었느냐에 달려 있지 않을까. 내 고향뿐 아니라, 이른바 '개발'이 진행된 곳이라면 어디든 이 세 가지 공간이 공통적으로 활약하게 마련이다. 근대화의 첨병인 학교가 민족이나 역사 담론 같은 거시적 영역을 주로 담당한다면, 목욕탕, 병원, 교회는 일상의 미시적 영역에서 근대적 규율과 습속을 구성원들의 신체에 아로 새긴다. 엄마가 때를 깨끗하게 벗겨주는 것을 자식에 대한 애정으로 생각하고, 병원에서 문명, 생명, 죽음 등의 표상들을 환기하고, 또 절보다는 교회에 다녀야 좀 더 '완전한 인간'에 가까워진다고 믿었던 식으로.

- 고미숙, 『한국의 근대성, 그 기원을 찾아서―민족·섹슈얼리티·병리학』, 책세상, 2001.

1	현안문제	촌락의 근대화 여부는 무엇으로 알 수 있는가?
2	주장	촌락의 근대화 여부는 신체를 정화하는 트라이앵글(목욕탕, 병원, 교회)을 갖추고 있는가에 있다.
3	핵심어	근대화, 목욕탕, 병원, 교회

4	근거	1) 교회는 병원과 다른 차원에서 생명과 죽음을 다루는 성소이다
		   ① 의사는 몸을 치료해 주고 육신의 생사를 관장하는 곳
		   ② 목사는 영혼의 삶과 죽음, 구원과 타락을 결정짓는 존재
		2) 목욕탕, 병원, 교회는 일상의 미시적 영역에서 근대적 규율과 습속을 구성원들의 신체에 아로 새긴다.
		   ① 엄마가 때를 깨끗하게 벗겨주는 것을 자식에 대한 애정으로 생각
		   ② 병원에서 문명, 생명, 죽음 등의 표상들을 환기
		   ③ 절보다는 교회에 다녀야 좀 더 '완전한 인간'에 가까워진다고 믿음

심화예시 2

다음 글을 읽고, 핵심 요소를 활용하여 내용을 분석해 보자.

우화는 단순히 아이들의 교육을 위한 이야기가 아닌 고도의 정치적인 함축을 가진다. 그래서 아리스토텔레스는 우화를 설득력이 매우 높은 정치적 연설법의 하나, 곧 수사학적 '예시법'으로 소개한다.(『수사학』Ⅱ, 20, 1393a23~94a18) 중요한 선택의 갈림길에서 우화는 상황의 실체와 미래의 모습을 알기 쉽게 요약하고 인상적인 이미지로 드러내기 때문이다. 분명 우화는 매력적인 언어의 연금술이다. 그래서 또한 허점도 있고 위험하기도 하다. 이솝 우화 가운데 가장 유명한 「토끼와 거북이」를 보자.

"누가 더 빠른가를 두고 논쟁을 하던 토끼와 거북이는 급기야 경주하기로 한다. 토끼는 타고난 속력을 믿고 경기 도중 잠을 자고, 거북은 자신이 느리다는 것을 알고 쉬지 않고 달렸다. 쉬지 않고 달린 거북이가 결국 승리를 했다."

흔히 우리는 이 우화에서 '능력이 부족한 사람도 열심히 노력하면 승리를 거둘 수 있다'는 교훈을 이끌어낸다. 정확하게 말하면 토끼 같은 사람이 방심할 경우에는 거북이 같은 사람도 승리를 거둘 수 있다는 것이다. 그런데 이 말은 토끼가 열심히 달리기만 하면 거북이는 결코 승리를 거둘 수 없다는 말이다. 거북이에게는 정말 절망적인 메시지다. 따라서 이 우화는 거북이가 아니라 토끼 같은 사람에게 더 적합한 것 같다. '실력만 믿고 노력하지 않다가 어이없이 패배할 수도 있으니 조심하라!' 토끼가 이 말을 명심하면 언제나 이긴다. 애초부터 이 경기는 거북이에게 승산이 없는 게임이니까. 여러분이 거북이라면 이런 게임에 응하겠는가? '노력해라. 쉬지 말고 뛰어라. 그러면 혹시 아니, 승리할지?' 이 말을 듣고 거북이가 게임에서 최선을 다해도 이길 확률은 아주 낮다. 이것은 거북이를 위한 우화일 수 없다. 승리를 거둘 수 없는 보통 사람들을 비참한 패배가 뻔한 게임 속으로 끌어들이기 위해 환상을 조장하는 현혹의 우화다. 구조적으로 불공정한 게임을 거부하는 대신 어쩌면 승리할 수도 있으니 열심히 하라는 메시지가 담긴 위험한 우화다. 그래서 거북이를 위한 우화로 새롭게 바꾼 사람들도 있다. 그들은 능력만 믿고 당신을 무시하는 경쟁자를 이기려면 무조건 뛰어들지 말고 지혜로운 전략을 짜라는 교훈을 담아냈다. "거북이는 경주를 수락하면서, 대신 코스는 자신이 정하겠다고 했다. 토끼가 동의했다. 경기가 시작되자 토끼는 열심히 달렸고 월등하게 앞서 나갔다. 그런데 결승점을 얼마 앞두고 토끼는 멈추고 말았다. 앞에 강물이 흐르고 있었기 때문이다. 토끼가 꼼짝없이 쩔쩔매는 동안, 한참 후에 도착한 거북이는 유유히 강물을 헤엄쳐 건너 결승점에 먼저 도착했다."

삶이 변한다면 삶을 비추는 우화도 변할 필요가 있다. 예를 들어 게임도 승부도 있지만 거북이의 도전 그 자체를 격려할 수 있는 우화라든지, 아니면 거북이와 토끼가 서로 경쟁하거나 반목하지 않고 더불어 사는 세상을 꿈꾸는 우화라든지.
새로운 상상력을 거꾸로 구상할 때 새로운 질서와 세계가 열린다. 그럴 때 그리스의 우화는 쓸모 있는 밑판 구실을 할 것이다.

– 김헌, 『인문학의 뿌리를 읽다』, 이와우, 2016.

독서의 전략

조선시대
『소학』

임병양란이라는 두 차례의 큰 전란을 겪은 조선후기 사회는 내부적으로 갈등과 분열이 심화되어 백성들의 동요가 컸다. 당시 지배층은 이를 해결하고자 충·효·열과 같은 이념 교육을 강화하였다. 그 일환으로 국가에서는 어린이와 여성을 대상으로 『소학』, 『내훈』, 『삼강오륜』, 『열녀전』과 같은 교육 서적을 대량 생산하고 배포하여 이들을 교화하는 데 심혈을 기울였다.

특히 『소학』은 어린이와 여성을 교육하기 위한 대표적 생활지침서로 예의범절, 수양을 위한 격언, 충신·효자의 사적 등 다양한 내용을 담고 있다. 누구나 쉽게 배우고 친근하게 접할 수 있도록 구체적인 상황이나 사례가 제시되어 있다. 어린이와 여성은 『소학』을 배우고 익힐 뿐만 아니라 생활 속에서도 이를 실천하였으며 그 과정에서 여성과 남성, 어른과 어린이, 상층과 하층 등 상하 인간관계와 수직적 사회구조를 내면화하게 된다. 또한 국가는 충·효·열을 실천한 이들에게 정려하고 포상하여 이들의 행위를 가문의 차원으로 확대하고 많은 이들의 본이 되게 하였다. 그 결과 효자와 열녀를 욕망하는 이들이 충·효·열을 실천하면서 전국에는 충신과 효자, 열녀에 대한 수많은 이야기가 넘쳐나게 된다.

이처럼 『소학』은 어린이와 여성을 위한 생활지침서로 교과서와 같은 기능을 하였지만 그 이면에는 조선사회를 충충·효·열이라는 이념으로 결속시켜 체제를 공고히 하려는 지배층의 고도의 정치적 전략이 담겨 있다 하겠다. 이런 측면에서 『소학』은 우화와 유사한 기능을 한다.

1	현안문제	우화는 어떻게 읽어야 하는가?
2	주장	삶이 변한다면 삶을 비추는 우화도 바꿔 읽을 필요가 있다.
3	핵심어	(지혜롭고도 위험한) 우화, 정치적 함축, 연금술, 토끼와 거북이, 상상력
4	근거	1) 우화는 단순히 아이들의 교육을 위한 이야기가 아닌 고도의 정치적인 함축을 가진다. 2) 우화는 매력적인 언어의 연금술이지만 허점도 있고 위험하기도 하다. 3) 토끼와 거북이 우화는 거북이가 아니라 토끼 같은 사람에게 더 적합하다. 4) 거북이를 위한 우화로 새롭게 바꾼 사람들도 있다. 5) 새로운 상상력을 거꾸로 구성할 때 새로운 질서가 열린다.

심화예시 3

다음 글을 읽고, 핵심 요소를 활용하여 내용을 분석해 보자.

오늘날 세계 인구 중 10억 명이 심각하고도 만성적인 영양실조로 신음하고 있다. 4분마다 어린이 1명이 비타민 A 결핍으로 시력을 잃는다. 노마는 유년기의 영양실조 때문에 걸리는 질병가운데 하나로 해마다 14만 명의 새로운 환자가 발생한다. 이 병에 걸리면 안면 조직이 파괴된다. 하지만 몇 가지 항생제 복용과 적절한 섭생만으로 얼마든지 손쉽게 치료할 수 있다.

이 지구상에서 10세 미만의 어린이가 5초마다 1명씩 기아로 사망한다. 이 같은 통계자료를 제공하는 FAO의 연례보고서에 따르면 지금 시점에서 세계의 농업 생산량은 "정상적이라면" 120억 명을 먹여 살릴 수 있다고 한다. 그런데 2011년 현재 지구상에는 약 67억 명 가량이 살고 있는 것으로 추산된다.

그렇다면 어떤 결론을 내려야 할까? 기아로 인한 죽음에는 어떤 필연성도 없다. 기아로 죽는 어린아이는 살해당하는 것이다.

희망은 어디에 있는가?

유럽 국가들은 민주국가들이다. 민주주의에 무력함이란 있을 수 없다. 우리는 자유와 기본권을 누리고 있다. 우리 모두가 힘을 합한다면, 그래서 조직적인 힘을 발휘할 수 있다면, 우리는 큰 어려움 없이 농업 덤핑이나 주식을 대상으로 하는 거래소발 투기, 농업연료 제조업자들로 인한 식량 파괴, 금융자본 포식자들에 의한 빈곤국가에서의 경작지 남획 금지 조치를 얻어낼 수 있다.

조르주 베르나노스는 "신에게는 우리들의 손만 있을 뿐이다."라고 썼다.

우리가 세상을 바꾸지 않는다면 아무도 그 일을 하지 않을 것이다.

2011년 1월 제네바에서 장 지글러
－장 지글러, 유영미 옮김, 『왜 세계의 절반은 굶주리는가?』, 갈라파고스, 2016(개정증보판).

1	현안문제	기아로 인한 죽음 앞에 우리는 어떻게 해야 하는가?
2	주장	우리가 세상을 바꾸어야 한다.
3	핵심어	기아, 사망, 영양실조, 농업 생산량
4	근거	1) 오늘날 세계 인구 중 10억 명이 심각하고도 만성적인 영양실조로 신음하지만 몇 가지 항생제 복용과 적절한 섭생만으로 얼마든지 손쉽게 치료할 수 있다. 2) 이 지구상에서 10세 미만의 어린이가 5초마다 1명씩 기아로 사망하지만 세계의 농업 생산량으로 120억 명을 먹여 살릴 수 있다. 3) 민주주의에 무력함이란 있을 수 없다. 4) 우리 모두가 힘을 합하여 조직적인 힘을 발휘할 수 있다면, 빈곤국가에서의 경작지 남획 금지 조치를 얻어낼 수 있다. 5) 우리가 세상을 바꾸지 않는다면 아무도 그 일을 하지 않을 것이다.

③ 분석 연습

1) 기본 분석

기본 연습 1

다음 글을 읽고, 내용을 분석한 뒤 저자의 생각과 의도를 파악해 보자.

신윤복의 「이부탐춘」

신윤복(申潤福) : 1758경~1813 이후

이부탐춘(嫠婦耽春) : 과부가 봄빛을 즐기다

혜원이기에 가능했던 파격

혜원(蕙園)은 조선 최고의 화가 중 한 사람이다. 조선의 그림을 말하며 혜원을 가벼이 지나칠 수 있는 사람은 없다. 특히 남녀 간의 애정과 낭만을 소재로 한, 이른바 '춘의풍속화(春意風俗畵)'에서 그가 이루어 낸 성취는 독보적이다. 이력도 불분명하고 남은 유작도 많지 않은 그가 어떻게 그리고 언제부터 이런 명성을 얻게 되었을까. 이는 순전히 『혜원전신첩(蕙園傳神帖)』이라는 한 권의 화첩 때문이라 해도 과언이 아니다. 「미인도」라는 걸작이 있지만 『혜원전신첩』에 수록된 30폭의 풍속화가 없었다면, 혜원은 결코 조선 최고의 풍속화가의 반열에 오르지 못했을 것이다.

사실 『혜원전신첩』이 세상에 알려진 것은 일본의 저명한 미술사학자인 세키노 다다시(關野貞)가 『조선미술사』에서 「주유청강(舟遊淸江)」과 「상춘야흥(賞春野興)」을 소개하면서부터이다. 당시 『혜원전신첩』은 우리 땅을 빠져나가 도미타 기사쿠(富田儀作, 1858~1930)라는 일본인 수장가가 소장하고 있었다. 후일 간송 선생이 막대한 대가를 치르고 되찾아오긴 했지만, 혜원의 진가를 먼저 알아본 것은 우리가 아니라 일본인이었던 셈이다.

혜원의 그림에 우리보다 일본인들이 먼저 반응했던 이유는 무엇일까? 그저 우리 것의 소중함을 몰랐다는 일반적인 말로는 잘 설명되지 않는다. 겸재나 단원은 그렇지 않기 때문이다. 유독 혜원이 홀대받은 것은 조선시대에 혜원의 존재감이 상대적으로 떨어졌고, 그다지 높은 평가를 받지 못했다는 것을 의미한다. 그렇다면 일본인들만의 심미안이 탁월했던 것인가? 그렇지는 않을 것이다. 이는 온전히 기호와 취향의 차이에서 비롯된 문제라고 생각된다. 혜원의 그림이 지닌 화려한 색감과 감각적인 필치, 그리고 은밀한 선정성 등이 우리보다는 일본인들에게 훨씬 매력적으로 다가왔던 듯하다. 그러나 누가 먼저 혜원의 가치를 발견하고 세상에 알렸는가는 중요한 문제가 아니다. 미술 작품은 시대에 따라 평가가 달라지게 마련이다. 혜원도 그렇다. 2백여 년간 홀대받던 혜원과 그의 작품이 근대 이후 재조명을 받은 것은 이런 관점에서 이해되어야 한다.

– 백인산, 『간송미술 36－회화』, 컬처그라퍼, 2014.

표암 강세황은 제자인 단원(檀園) 김홍도(金弘道, 1745~1806)의 그림을 두고 다음과 같이 평한 바 있다.

인생에 날마다 접하는 백천 가지 일과 같은 세속의 모습을 옮겨 그리기를 잘했으니 저 길거리며 나루터, 가게, 시장, 과거장, 놀이마당을 한번 그려 내면 사람들이 모두 손뼉을 치며 기이하다고 소리치지 않은 이가 없었다. 세상에서 말하는 '김사능(金士能)의 속화(俗畫)'가 바로 이것이다. 진실로 신령스런 마음과 지혜로운 머리로 홀로 천고의 묘한 이치를 깨닫지 않고서야 어찌 이렇게 할 수 있겠는가.

김홍도는 신윤복과 더불어 조선시대를 대표하는 화가로 손꼽히면서 종종 비교의 대상이 되기도 한다. 김홍도와 신윤복 그림에는 어떤 차이가 있을까. 김홍도의 그림을 찾아보고 신윤복과 비교하여 생각해 보자.

내용 분석하기

핵심 요소	

다음 글을 읽고, 내용을 분석한 뒤 저자의 생각과 의도를 파악해 보자.

『수호전』과 『삼국지』라는 이 두 소설에 대해 문학비평의 관점에서 말하자면, 마땅히 이들은 매우 걸출하고 아주 재미있는 문학작품이라는 점을 인정하지 않을 수 없다. 『수호전』은 108명의 인물을 묘사하면서 108명의 모습을 잘 그려냈다. 『삼국지』 역시 매우 뛰어난 장편소설 중 하나다. 소설이 나오고 수백 년이 지났는데도 이러한 이미지는 시간이 흐름에 따라 약해지지 않고, 여전히 수많은 독자의 눈앞에 생생히 살아 있으니 대단히 놀랍다. 때문에 독자들은 습관적으로 그것을 수용하며 즐겁게 감상하는 동안 의문을 갖는 일을 잊어버린다. 그리고 무의식 중에 경전 속의 가치 취향이나 정신적인 독서를 완전히 받아들인다. 이러한 독소가 끼치는 영향력은 보통의 다른 작품들과는 비교가 되지 않는다. 가치관의 측면에서 지적하자면 이 두 걸작은 '대재난의 책'이다. 한편으로는 폭력을 숭배하고 또 한편으로는 권모술수를 숭배하는 두 책은 500여 년간 중국 사회에서 사람들의 마음에 가장 크게, 그리고 가장 광범위하게 해악을 끼쳤다. 정말 두려운 것은 이들 작품들이 과거뿐만 아니라 현재까지도 여전히 영향을 미쳐 사람들의 마음을 파괴하며 잠재의식을 변화시킨다는 점이다.

– 류짜이푸, 임태홍·한순자 옮김, 『쌍전–삼국지와 수호전은 어떻게 동양을 지배했는가』,

글항아리, 2010.

내용 분석하기

핵심 요소	

다음 글을 읽고, 내용을 분석한 뒤 저자의 생각과 의도를 파악해 보자.

미국에서 몇 년 동안 언론의 관심 세례를 받으며 20세기 10대 범죄의 하나로 선정된 O. J. 심슨 사건은 통계에 대한 몰이해가 살인범을 무죄로 만들어줄 수 있다는 사실을 잘 보여준다.

O. J. 심슨은 1970년 미국 프로 미식축구를 주름잡았던 영웅이었다. 러닝백으로 뛰었던 그는 대학 시절 뛰어난 활약을 펼쳐 1969년 남캘리포니아 대학을 전미 챔피언으로 끌어올렸고, 대학 미식축구 선수 최고의 영예인 하인즈먼 상을 받았다. 이후 스카우트 랭킹 1위로 명문 프로팀인 버팔로 빌스에 입단, 1979년 은퇴할 때까지 샌프란시스코 포티나이너스 팀 등 명문 프로팀에서 각종 기록을 세우면서 인기를 누렸다. 은퇴한 뒤 미식축구 명예의 전당에 이름을 올렸고 NBC-TV 미식축구 해설가로 활약하기도 했으며, 영화「총알탄 사나이」시리즈에서 '노드버그'라는 흑인형사로 출현하기도 했다.

1994년 6월 13일 로스앤젤레스 고급 주택가 브렌트우드에 있는 대저택에서 심슨의 전처 니콜 브라운 심슨과 그녀의 남자친구인 로널드 골드먼이 온몸이 난자당한 채 변사채로 발견됐다. 당시 목격자는 없었으며 심슨의 집에서 피묻은 장갑이 나왔고 DNA 검사결과 희생자의 혈액임이 입증됐다.

－중략－

이 사건이 확률론적으로 흥미를 끄는 대목은 심슨의 변호인단이 제기하는 몇 가지 주장이다. 피해자의 변호인단 측이 '평소 O. J. 심슨이 아내를 때리고 폭언을 일삼았다'는 증인들의 증언을 토대로 O. J. 심슨의 살인 가능성을 주장하자, 심슨의 변호사 중 하나인 앨런 더쇼위츠(Alan Dershowitz)는 이에 맞서 줄기차게 다음과 같은 주장을 했다. 실제로 남편에게 폭행을 당하는 아내 가운데 자신을 때린 남편에 의해 살해당한 경우는 천 명 중의 하나, 즉 0.1퍼센트도 안 된다는 것이다. 따라서 O. J. 심슨이 평소 아내를 때렸다는 사실은 O. J. 심슨이 아내를 살인했을 가능성에 대해 아무런 단서를 제공하지 못한다고 주장했다.

과연 그럴까? 템플 대학교 수학과 교수이자 우리에겐 『수학자의 신문읽기(A Mathematician Reads the Newspaper, 1995)』로 유명한 수학 이야기꾼 존 앨런 파울로스(John Allen Paulos) 교수가 이 문제에 대해 「필라델피아 인콰이어러」에 다음과 같은 사실을 지적한 바 있다. 그의 주장에 따르면, 이러한 계산은 우리가 일상에서 범하는 오류다. 만약 매 맞는 아내가 있다고하자. 이 여자가 자신을 때리는 남편에 의해 죽을 확률은 얼마일까? 이 문제에 대해서라면 심슨의 변호사가 주장하는 내용이 맞다. 0.1퍼센트밖에 안 될 것이다. 그러나 O. J. 심슨 사건의 경우에는 이미 아내가 죽었다. 따라서 이 경우에는 '매 맞던 아내가 죽었을 때 그녀를 평소 때리던 남편이 범인일 확률'을 계산해야 한다. 그럴 확률은 무려 80퍼센트가 넘는다. 따라서 심슨이 평소 아내를 때렸다는 사실은 심슨이 범인일 가능성에 대해 충분한 단서가 되는 것이다.

– 중략 –

이처럼 O. J. 심슨의 변호인단은 아주 중요한 문제를 착각하고 있다. 그들은 '아무 죄가 없는 사람이 자신에게 불리한 증거를 여러 가지 가질 확률'이 매우 낮다는 사실은 망각한 채, '자신에게 불리한 증거를 여러 가지 가진 사람이 아무 죄가 없을 확률이 높다'는 사실을 부각시켜 심슨의 무죄를 주장한 것이다. 그런데 안타깝게도 결국 재판부는 O. J. 심슨 변호사 측의 손을 들어주는 오판을 저지르고 말았다. 확률에 관한 오해로 인해 재판부가 변호인단의 말장난에 넘어가 살인자를 무죄 석방해버린 것이다.

– 정재승, 『정재승의 과학콘서트』, 어크로스, 2011 (개정증보판).

내용 분석하기

핵심 요소	

심화 연습 1

다음 글을 읽고, 내용을 분석한 뒤 저자의 생각과 의도를 파악해 보자.

경제학자들은 시장은 교환되는 재화에 영향을 미치지 못한다고 생각하는 경우가 많다. 하지만 이것은 사실이 아니다. 시장은 흔적을 남긴다. 때때로 시장가치는 우리가 관심을 기울여야 하는 비시장가치를 밀어내기도 한다. 물론 우리가 관심을 기울여야 하는 가치가 무엇인지, 어째서 관심을 기울여야 하는지에 관한 의견은 분분하다. 따라서 돈으로 살 수 있는 것과 살 수 없는 것이 무엇인지 결정하기 위해서는 사회적 삶과 시민생활을 구성하는 다양한 영역을 어떤 가치로 지배해야 하는지 판단해야 할 것이다.

내가 제안하고 싶은 대답을 미리 정리하자면 이렇다. 특정 재화를 사고팔아도 무방하다고 결정할 때, 우리는 최소한 은연중에라도 그것을 상품으로, 즉 이윤을 추구하고 사용하기 위한 도구로서 다루는 것이 적절하다고 판단하는 것이다. 하지만 이러한 방식으로 모든 재화의 가치를 적절하게 평가할 수는 없다. 가장 분명한 예로 인간을 들 수 있다. 노예제도는 인간을 경매에서 사고팔 수 있는 상품으로 다루었기 때문에 끔찍했다. 이는 적절한 방식으로 인간의 가치를 인정하지 않는 태도다. 다시 말해 인간을 존엄하고 존중 받을 가치가 있는 존재로 인정하지 않고 이익을 얻기 위한 도구와 사용 대상으로 여긴 것이다.

다른 귀중한 재화와 관행에 대해서도 마찬가지다. 아동을 시장에서 거래하는 행위는 허용되지 않는다. 설사 구매자가 아동을 학대하지 않더라도 아동시장은 아동의 가치를 올바르지 않게 평가하는 방식을 반영하고 그렇게 하도록 부추길 것이다. 아동은 사랑과 보살핌을 받을 존재이지, 소비재화로 여겨지는 존재가 되어서는 안 된다. 시민의 권리와 의무에 관해 생각해 보자. 배심원의 요청을 받았다면 다른 사람을 고용해서 자기 대신 법원에 보내지는 않는다. 또한 간절하게 사고 싶어 하는 사람이 있다 하더라도 시민이 선거권을 파는 행위는 용납되지 않는다. 왜 그럴까? 시민의 의무는 개인 재산이 아니라 공공 책임으로 보아야 하기 때문이다. 시민의 권리를 타인에게 위탁하는 것은 그 품위를 손상시키고 잘못된 방식으로 가치를 평가하는 행위다.

이러한 사례는 좀 더 폭넓은 관점을 설명한다. 삶 속에 나타나는 좋은 것은 상품화하면 변질되거나 저평가된다.

시장에 속한 영역이 무엇인지, 시장과 거리를 두어야 할 영역이 무엇인지 판단하려면, 해당 재화, 즉 건강·교육·가정생활·자연·예술·시민의 의무와 같은 재화의 가치를 평가하는 방법을 결정해야 한다. 이는 단순히 경제적인 문제에 그치지 않고 도덕적이면서 정치적인 문제다. 이 문제를 해결하려면 사례별로 이러한 재화의 도덕적 의미와 재화 가치의 적절한 평가방법에 관한 토론을 벌여야 한다.

시장주의 시대에는 이러한 토론이 이루어지지 않았다. 그 결과, 이러한 문제를 인식하지 못하는 사이에 그렇게 하겠다고 결정하지도 않은 채, 우리는 시장경제를 가진(having a market economy) 시대에서 시장사회를 이룬(being a market society) 시대로 휩쓸려왔다.

두 개념의 차이는 이렇다. 시장경제는 생산 활동을 조직하는 소중하고 효과적인 도구다. 이에 반해서 시장사회는 시장가치가 인간 활동의 모든 영역에 스며들어간 일종의 생활방식이다. 시장사회에서는 시장의 이미지에 따라 사회관계가 형성된다.

현대 정치학이 놓치고 있는 가장 큰 문제는 시장의 역할과 그 영향력의 범위에 관한 논의다. 우리는 시장경제를 원하는가 아니면 시장사회를 원하는가? 공공생활과 개인 관계에서 시장은 어떤 역할을 맡아야할까? 어떤 재화를 사고팔아야 할지, 어떤 재화가 비시장가치의 지배를 받아야 할지를 어떻게 판단할 수 있을까? 돈의 논리가 작용하지 말아야 하는 영역은 무엇일까?

– 마이클 샌델, 안기순 옮김, 『돈으로 살 수 없는 것들』, 와이즈베리, 2012.

독서와 표현

이 글은 인디언들의 선물 문화를 소개하면서 자본과 상업이 만들어 낸 우리 시대 선물 문화를 비판한다. 과연 선물의 진정한 의미는 무엇일까, 선물의 가치는 어디에 있는 것일까 생각해 보자.

이른바 '인디언'들이나 남태평양의 '미개인'들이 선물의 문화 속에서 산다는 것은 인류학자들의 연구를 통해 잘 알려져 있다. 가령 트로브리안드 제도의 원주민들은 A에게서 선물을 받으면 A에게 답례하는 게 아니라 다른 이웃인 C에게 선물을 하는 방식으로 답례한다. 그걸 받은 C는 다시 D에게 주어야 한다. 선물이 낳은 선물의 증식이 발생한다. 수많은 섬들을 통과하던 선물의 흐름은 돌고 돌아 다시 A에게 돌아갈 것이다. 선물의 커다란 원환이 그려진 셈이다. 모두가 선물을 했고, 또 모두가 선물을 받은 것이다.

또 하나 유명한 선물게임은 '포틀래취'라고 알려진 것이다. 그 게임에선 선물을 받으면 그보다 더 많은 선물로 답례해야 한다. 그렇게 답례하지 못하면 지는 것이다. 최종적인 승자는 남들이 더 이상 갚을 수 없을 정도의 선물을 주는 사람이다. 이 승자가 대개는 부족의 추장이 된다. 뒤집어 말하면, 추장이 되려면 자신이 가진 것을 모두 다른 이들에게 선물해야 한다.

이들만큼이나 우리도 수많은 선물의 시간을 갖고 있다. 지금도 많은 사람이 선물을 사고 그것을 실어 나르고 있다. 그런데 쿨라(kula)와 달리 우리의 선물은 대개 대칭적이다. 주는 사람에게만 답례한다. 심지어 주고받는 선물의 '가치'를 어느새 비교하기도 한다. "아니, 난 10만 원짜리를 줬는데, 겨우 1만 원짜리를 줘?" 선물마저 대등하게 교환해야 하는 세계에 살고 있는 것이다. 하지만 정말 짜증나는 건 달마다 하나씩 들어서고 있는 선물의 날들이다. 선물의 종류도 정해져 있다. 초콜릿, 사탕에 이어 과자가 등장했다. 상업적 목적에서 기획된 이 선물게임은 자본과 상업이 선물제도에 선물한 최악의 모욕처럼 보인다. "선물이란 어차피 교환의 일종이야!" 이런 코드에 따라 이젠 모든 선물들이 상업과 교환의 그물에 완전히 사로잡힌 듯하다.

선물을 교환의 일종이라고 보는 것보다 선물을 이해하는 나쁜 방법은 없다. 선물에 관한 모스의 유명한 책으로 인해 널리 유포된 오해에 따르면, 선물은 받으면 답례해야 하기에 결국 교환의 일종이란 것이다. 그러나 선물을 받고 존경을 주는 것을 교환이라고 말하는 것처럼 어이없는 게 또 있을까? 이 점에선 차라리 소설가가 더 나은 것 같다. 아들 몰래 10만 원을 책상에 놓고 나온 어머니와 그 어머니 몰래 지갑에 10만 원을 넣어둔 아들. 이것을 교환으로 본다면 교환의 이득은 0이고, 이들은 하나마나 한 짓을 한 셈이 된다. 그러나 우리는 잘 알고 있다. 아들이나 그 어머니나 10만 원을 주고 10만 원을 받았기에 두 사람 모두 20만 원의 선물의 이득을 얻은 것이다.

선물과 교환 간의 거리의 최대값을 보여주는 경우는, 준다는 생각 없이 주는 선물, 혹은 선물이란 생각 없이 주어지는 것을 선물로 받는 것이다. 인디언들은 말한다. 수면을 스치는 부드러운 바람은 대기의 선물이고, 시원한 그늘은 나무의 선물이며, 해마다 열리는 옥수수는 대지의 선물이라고. 함께 말을 타고 들판을 달리는 친구, 밥을 해주는 할머니, 노래를 불러주는 아이들, 이 모두가 '위대한 정령'의 선물이라고. 선물이 의무라면, 그들은 아마도 이렇게 스스로 물을 것이다. "나는 과연 나에게 선물인 다른 이들에게 숲의 나무들과 그 나무 사이로 오가는 동물들에게 과연 무엇을 주고 있는가?"

모든 존재가 선물이 되는 세계, 그게 어디 인디언들만 꿈꾸던 세계였을까? 나의 삶이 나를 둘러싼 타자들의 선물 속에서 이루어지고 나의 삶이 타자들에 대한 선물이 되는 세계. 그러나 우린 이미 그걸 꿈꾸는 것조차 포기한 지 오래다. 그런데 정말 그건 이질적인 사람들이 모여 사는 도시의 두터운 벽 속에선 불가능한 세계인 것일까? 자동차를 타고 달리는 도시의 도로 위에선 정말 불가능한 세계인 것일까? 정작 문제는 불가능한 생각이란 생각, 꿈을 잃어버린 꿈, 그리고 스스로 감아버린 눈은 아닐까? '삶'을 뜻하는 제목의 영화 「이키루」에서 구로사와는 그 불가능해 보이는 세계가 실은 얼마나 우리 가까이 있는 것인지 보여주려는 것 같다.

- 이진경, 「선물에 관한 명상」, 『시네 21』, 2004. 01. 02.

다음 글을 읽고 저자의 생각을 파악해보자. 인간사회의 공생은 어려운 일인가? 더불어 산다는 것의 의미는 무엇인가?

　　고독이란 고도(孤島)의 '로빈슨 크루소'의 그것만이 아니라 개선하는 '나폴레옹'의 그것까지도 포함하는 것으로 설명한다는 점에서 그것은 꽤 광범한 내용을 갖는 것이다. 결국 고독이란 상황의 문제가 아니라 감정의 문제이기 때문에, 그만큼 그것의 내용이 미묘하고 모호한 셈이 된다. 그러나 우리의 감정은 외부로부터 오는 것이란 점에서 우리는 우리가 처해있는 상황에서 고독의 근거를 찾지 않을 수 없는 것이다.

　　혼자라는 느낌, 격리감이나 소외감이란 유대감의 상실이며 유대감과 유대의식이 없다는 것은 '유대관계'가 없기 때문이다. 따라서 우리는 고독의 문제를 다루기 위해서는 어차피 인간관계, 사회관계를 분석하지 않을 수 없게 된다.

　　사회란 '모두살이'라 하듯이, 함께 더불어 사는 집단이다. 협동노동이 사회의 기초이다. 생산이 사회적으로 이루어진다는 것, 그리고 함께 만들어낸 생산물을 여러 사람이 나누어 갖는다는 것이 곧 사회의 '이유'이다. 생산과 분배는 사회관계의 실체이며, 구체적으로 인간관계의 토대이다.

　　그러므로 고독의 문제는 바로 생산과 분배에 있어서의 소외문제로 파악될 수 있는 것이다. 만들어내고 나누는 과정의 무엇이 사람들을 소외시키는가? 무엇이 모두살이를 '각(各)살이'로 조각내는가? 조각조각으로 쪼개져서 그 조각난 개개인으로 하여금 '흩어져' 살 수 있게 해주는 것은 무엇인가? 수많은 사람, 수많은 철학이 이것을 언급해왔음이 사실이다. 누가 그러한 질문을 나한테 던진다면 나는 아마 '사유(私有)'라는 답변을 할 것이라고 생각된다.

- 신영복, 『감옥으로부터의 사색』, 돌베개, 1998.

III

평가하며 읽기

분석하기를 통해 저자가 말하고자 하는 바를 정확히 파악한 다음에 우리는 저자의 주장을 받아들일 것인지 아니면 반대할 것인지 입장을 정할 수 있다. 저자의 주장을 받아들이던지 혹은 반대하던지 입장을 정하는 것은 저자가 주장을 말하기 위해 제시한 근거에 대한 평가를 통해 이루어져야 한다. 그리고 이 평가는 객관적인 기준에 근거해야 한다. 이를 위해 이 장에서는 주장과 근거 사이의 관계에 대한 세 가지 평가 기준을 제시한다.

첫째, 인정가능성 기준. 저자가 제시한 근거는 사실이거나 옳은 것으로 받아들일 수 있어야 한다.

둘째, 관련성 기준. 주장과 근거는 서로 관련이 있어야 한다.

셋째, 충분성 기준. 주장을 지지하기 위한 근거는 양적으로 충분하고, 질적으로 다양해야 한다.

우리는 앞 II장에서 분석하며 글을 읽는 몇 가지 요소를 배웠다. 이 분석을 통해 우리는 글을 객관적으로 잘 이해할 수 있게 된다. 분석적 읽기를 통해 글에 대해 정확하게 이해할 필요성은 다음과 같은 이유 때문이다. 일반적으로 우리가 글을 읽을 때는 각자 가지고 있는 관점으로 읽게 되기 때문에 선입견이나 편견을 배제할 수 없다. 또는 글의 내용을 정확히 이해하지 못하고 피상적으로 이해할 수 있다. 그러한 오해나 왜곡을 피하고 우리에게 필요한 것을 파악하기 위해 분석적 읽기 요소를 잘 활용할 필요가 있다. 이렇게 객관적으로 정확하게 글을 이해한 다음, 우리는 그러한 이해에 기반하여 그 글의 주장에 대해 찬성하거나 반대해야 할 것이다. 찬성이나 반대는 주장을 지지하기 위해 제시된 근거들에 대해 평가하는 과정을 거쳐 이루어져야 한다. 그리고 평가하는 과정은 분석적 읽기와 마찬가지로 객관적 기준에 따라 진행되어야 할 것이다.

1
평가의 기준

우리는 이 장에서 논증 평가를 위한 기준으로 인정가능성, 관련성, 충분성 등의 세 기준을 제시하려 한다. 이들은 주로 근거에 대해, 혹은 주장과 근거 사이에 적용되는 기준이라고 볼 수 있지만 기본가정, 관점, 배경, 함축 등에도 부분적으로 적용되는 것들이다.

① 인정가능성 : 근거를 받아들일 수 있는가
논증의 근거는 사실(fact)인가 혹은 옳은 것으로 받아들일 수 있는가

② 관련성 : 근거가 주장과 관련이 있는가
논증의 근거와 주장은 필연적 관계를 갖는가 혹은 개연적 관계를 갖는가

③ 충분성 : 근거가 충분한가
논증의 근거는 양적으로 충분하고 질적으로 다양한가

1) 인정가능성(acceptable)

제1기준은 '사실인가'의 측면 혹은(그리고) '받아들일 수 있는가'의 측면이라는 두 측면을 갖는다. '사실성'의 측면은 제시된 근거들이 사실과 관련된, 즉 참이라고 말할 수 있는지를 평가하는 것을 말한다. 그리고 '받아들일 수 있는가'의 측면은 '근거들이 거짓이거나 의심스럽다고 생각할 증거가 없는지'가 확실하지 않다면, 참이라고 알려지지는 않았지만 받아들일 만한 합당한 이유가 있는지를 평가하는 것을 말한다. 사실 확인(fact check)이 말해지는 이유는 '근거는 주장의 옳음을 뒷받침하기 위하여 제시되는 것'이기 때문이다. 근거가 거짓이라면 주장의 옳음을 보장받을 수 없다. 따라서 근거는 참이어야 한다.

그러나 우리는 근거로 제시된 진술들의 참을 말할 수 없는 경우가 많다. 그 이유로는 여러 가지가 있겠지만, 가장 대표적인 것으로 '개인이 갖는 지식과 정보의 한계' 문제와 '참/거짓을 말할 수 없는 경우'에 해당하는 문제를 말할 수 있다. 우선, 논증에 사용된 근거들의 참을 확실히 말할 수 있을 정도로 우리가 모든 것을 다 알고 있지는 않은 경우를 보자. 예를 들어 누군가가 'E = MC²(아인슈타인의 상대성 이론의 공식)'을 근거로 제시한 경우에, 우리가 그 공식의 의미를 알고 있어서 근거가 참이라고 말하는 것은 아니다. 이러한 근거들의 경우는 해당 학문 영역의 평가와 판단에 의존해야 할 것이다. 다음으로, 논증에 사용된 근거가 가치를 말하는 경우에 대해서는 그 근거의 참이나 거짓을 말할 수 없다. 예를 들어 '당신은 어떤 경우에도 거짓말을 해서는 안 된다.'라는 근거를 제시한 경우를 보자. 다른 사람의 목숨을 살리기 위해 거짓말이 필요한 상황이라면 우리는 거짓말을 해야 한다고 말할 것이다. 따라서 논증의 근거가 참이어야 한다는 좁은 기준이 아니라 근거가 '사실인가' 혹은 '올바른 것으로 받아들일 수 있는가'라는 확장된 평가 기준이 고려될 수밖에 없다. 이 때 '올바른 것으로 받아들일 수 있는가'의 의미는 합리적인 사람이라면 받아들일 수 있다는 의미이다.

대다수의 합리적인 사람들이 올바른 것으로 받아들일 수 있는 정도의 근거(기초 주장)들에는 다음과 같은 것들이 있다.

자명한 원리 : 수학적 공리나 논리적 참을 표현한 진술

사실 진술 : 우리 자신의 경험이나 간접 경험을 표현한 진술

상식

(1) 자명한 원리

깊이 생각하지 않고도, 배우지 않고도, 또는 우리가 경험해 보지 않았지만 항상 그 자체로 참이거나 거짓이라고 말할 수 있는 진술들이 있다. 다음의 예1)을 보자.

예1)

ⅰ) 오늘은 비가 오거나 비가 오지 않을 것이다.

ⅱ) 우리 학교 전체 학생의 수는 짝수 이거나 홀수 일 것이다.

ⅲ) 1 + 1 = 2

ⅳ) 짱구는 예쁜 누나가 있다고 했으니 여자 형제가 적어도 한 명은 있다고 말할 수 있다.

ⅴ) 평행인 두 직선은 만나지 않는다.

ⅵ) 원인 사각형은 없다.

ⅶ) 마름모는 사각형이다.

위의 예에 나오는 진술들은 문장의 구조나 개념(혹은 용어)의 의미에 의해 항상 참이다. 위와 같은 예를 이용하여 항상 거짓인 진술들을 만들어 보자.

(2) 사실 진술

사실 진술은 직접 경험과 간접 경험을 말하는 두 가지 종류가 있다. 우리가 일상에서 가장 쉽게 접하는 진술들로 직접 경험한 것들을 표현하는 '관찰진술'들이 있다. 우리는 일반적으로 다섯 가지 감각을 통해 경험한다.

예2)

아까 먹은 저 빨간 사과는 달콤한 향이 나고, 겉은 매끈하며, 새콤달콤한 맛이 나고, 사각사각 소리가 났다.

이러한 직접적인 관찰진술에 대해 우리는 참 또는 거짓을 말할 수 있다. 직접 경험할 수 있고, 그 결과 참 또는 거짓을 말할 수 있는 진술들을 '사실 진술'이라고 한다. 우리는 오감이라는 자신의 경험을 통해 직접적으로 확인할 수 있기 때문에 이러한 사실 진술을 가장 확실한 근거로 받아들이는 경향이 있다. 그리고 대부분의 경우 직접 경험은 참/거짓의 근거로 잘 사용될 수 있다. 그러나 오감이라는 직접 경험을 통해 사실진술의 참/거짓의 근거로 사용될 수 없는 경우도 있다는 것을 유의해야 한다. 왜냐하면 우리의 감각은 주위의 환경 조건에 따라 착각을 불러일으킬 수 있으며, 개인의 감각 기관의 조건, 혹은 과거 경험에 의해 왜곡되거나 과장될 수 있기 때문이다. 그럼에도 불구하고 대다수의 사람들이 경험한 것을 관찰진술로 표현할 경우, 그 관찰진술의 참/거짓이 일치할 확률은 높다.

다른 한편, 대다수의 사람들은 직접적 경험보다는 다른 사람들의 경험과 관찰을 통해 지식과 정보를 훨씬 더 많이 얻는다. 그리고 우리는 다른 사람들의 증언진술이나 혹은 매체 진술들을 근거로 삼아 주장을 하는 경우가 많다. 이 간접 경험을 표현하는 진술들로는 다음과 같은 것들이 있다.

예3)

ⅰ) 짱구가 그러는데, 너 어제 기숙사 통금 시간에 외출했다면서?

ⅱ) 어제 텔레비전 뉴스에서 봤는데, 터키에서 군부쿠데타가 일어났대.

ⅲ) 가천대학교 교수가 실험 결과를 통해 발표한 것을 보았는데, 옥시(Oxy)의 '가습기 살균제'는 인체에 무해한 제품이라고 말했어.

ⅳ) 생물학 책에 나오는 파스퇴르(Louis Pasteur)의 주장에 의하면, 미생물이 발효와 질병의 원인이 되며, 광견병·탄저병·닭콜레라 등에 대해 미생물에 대한 백신을 사용하여 예방할 수 있다.

위와 같이 간접 경험 진술들은 가까운 사람의 증언(ⅰ), 방송 매체(ⅱ), 전문가 증언(ⅲ), 전문서적(ⅳ), 백과사전, 혹은 무인카메라 등의 다양한 방식으로 표현된 진술들이다. 특별히 다른 이유가 없다면, 우리는 이 진술들을 근거로 받아들일 수 있다. 그러나 경우에 따라 맥락과 출처에 따라 신뢰성이 문제가 될 수 있다는 점을 유의해야 한다. 특히 iii의 경우와 같이 어떤 전문가의 주장이 전문가들 사이에 이견이 있는 진술이라면, 그 진술을 근거로 받아들일 수 없다는 것은 너무나 당연하다.

(3) 상식

대부분의 지각 있고 합리적인 사람들이 일반적으로 동의하고 옳다고 여기는 진술들이 있다. 다음의 예4를 보자.

예4)
명절 전날은 하행선의 정체가 심하고, 명절 이후에는 상행선의 정체가 심하다.
봄이 되면 날씨가 따뜻하다.

이와 같은 상식을 말하는 진술들은 옳다는 증거는 있지만, 옳지 않다는 증거는 없다. 게다가 상식이라고 받아들이는 것이 집단에 따라 다른 경우도 있다는 점을 유의해야 한다.

2) 관련성(relevance)

제2기준은 근거로 제시되는 것들은 현재 논의되는 주장과 관련이 있어야 한다는 기준을 말한다. 근거가 아무리 사실이거나 받아들일 수 있는 것이라고 하더라도 주장과 관련이 없으면 그 근거는 주장을 지지하는 제 역할을 하지 못한다. 따라서 근거가 제1기준을 만족하여 사실이거나 받아들일 수 있는 것이라면 이제 주장과 관련된 것인지 검토해보아야 한다.

'관련성' 기준, 즉 근거가 주장과 관련이 있는가의 여부는 그 근거와 주장이 입증관계에 있는가에 의해 결정된다. 입증관계란 만일 근거가 옳거나 인정가능하다면, 주장도 옳거나 인정가능하다고 해야 하는 관계이다. 이러한 입증 관계에는 두 가지 종류가 있다. 하나는 연역논증의 경우로, 만일 근거가 옳거나 인정가능하다면, 주장은 반드시(필연적으로,

necessarily) 옳거나 인정가능하다고 해야 한다. 다른 하나는 귀납논증의 경우로, 만일 근거가 옳거나 인정가능하다면, 주장은 개연(확률, probability)적으로 옳거나 인정가능하다고 해야 한다. 연역논증의 예에는 다음과 같은 것들이 있다.

예5)

ⅰ) 청년실업문제를 해결한다면, 시장 자격이 있다. A 시장은 자신의 임기 내에 청년실업문제를 해결하였으므로, 시장 자격이 있다.

ⅱ) 추신수는 시애틀 매리너스 선수이던지 아니면 텍사스 레인저스 선수이다. 추신수가 시애틀 매리너스 선수가 아니니까 텍사스 레인저스 선수일 것이다.

ⅲ) 내가 결혼을 한다면, 아내에게 간섭받아서 불행할 것이다. 내가 결혼을 하지 않는다면, 외로워서 불행할 것이다. 그러니 나는 결혼을 하던지 하지 않던지 불행할 것이다.

위의 예5의 논증 ⅰ, 논증 ⅱ, 논증 ⅲ은 근거들이 참이라면, 주장이 반드시 참인 논증이다. 이러한 논증들은 근거와 주장과의 필연적 관계를 보여주는 일정한 형식을 가지고 있고, 이러한 형식들에 의해 근거와 주장의 관련이 결정된다. 그리고 이러한 논증들을 논리적으로 '타당한(valid)' 논증이라고 한다.[1]

다음의 예6은 귀납논증들이다.

예6)

ⅰ) 이번 국회의원 선거에는 A당 국회의원 후보에게 투표해야 해. 우리가 남이가?

ⅱ) 교수님, 저는 이번학기에 〈독서와 표현〉과목을 열심히 공부했습니다. 그러니 제게 A학점을 주시는 것이 맞습니다.

ⅲ) 봄에는 건조한 날이 많아. 그래서 산불이 많이 나는 거야.

ⅳ) 올 봄에는 전 세계적으로 기온이 작년보다 높을 거래. 그렇다면 올해 황사는 작년보다 더 심할 거야.

ⅴ) 우리는 서로 사랑한다. 그러니 결혼하자.

---

1 통상 '타당한(reasonable)'이라는 것은 '일이 이치에 맞고 옳은'이라는 의미로 사용된다. 그러나 논리적으로 '타당한(valid)' 논증이라고 할 때는 근거가 참일 때 필연적으로 주장이 참인 연역 논증을 말한다.

위의 논증들은 제시된 근거가 옳다고 하더라도 반드시 주장이 옳다고 말할 수는 없다는 점에서 귀납 논증이다. 논증 iii, iv, v 는 논증 i, ii에 비해 상당히 강한 정도로 근거가 주장을 옹호하는 경우에 해당한다. 논증 i, ii는 주장과 근거 사이에 아무런 관련이 없는 경우에 해당한다. 특히 논증 ii는 학생들이 상당히 많이 착각하고 있는 것들 가운데 하나이다. 〈독서와 표현〉 과목을 열심히 공부한 것과 시험 성적과는 관련이 없다. '열심히' 시간을 들여서 공부를 했지만, 공부하는 방식에 문제가 있어 핵심을 파악하지 못해서 엉뚱한 시험답안을 작성했을 수 있다. 혹은 '열심히' 공부는 했지만, 출석이 미달하거나 혹은 제출해야 하는 과제를 제출하지 않아서 점수를 깎였을 수도 있다. 따라서 열심히 공부했기 때문에 A학점을 주어야 한다는 학생의 주장은 관련 없는 근거를 제시한 것이라고 말할 수 있다.

3) 충분성(sufficiency)

제3기준은 논증을 제시할 때 논증자는 주장의 옳음을 지지하는 근거를 충분히 제시해야 한다는 것이다. 근거가 제1기준을 만족하여 참이거나 받아들일 수 있고, 제2기준을 만족하여 주장과 관련이 있는 것이라 하더라도, 주장을 옳다고 받아들이는 것이 합리적이려면 근거들은 양과 질의 면에서 충분해야 한다. 귀납적으로 강한 논증을 제시하기 위해서는, 근거의 자료나 정보의 사례수를 충분히 확보하고, 일회적인 사례가 아닌지, 대표적인 사례를 포함하고 있는지, 결정적인 증거를 포함하고 있는지, 반대증거를 무시하고 있지는 않은지를 검토해 보아야 한다. 다음의 예7을 보자.

예7)

i) 그 양치기 소년은 지난번에 거짓말을 했어. 이번에도 분명 거짓말일거야.

ii) 오늘 학교 캠퍼스에서 모의 선거를 했는데, A당 후보가 당선되었어. 5000명 이상의 학생들이 투표한 결과이니 A당 후보가 이번 대통령 선거에서 틀림없이 당선될 거야.

iii) 나는 너를 사랑한다. 그러니 우리 결혼하자.

iv) 담배를 피우면, 집중도 잘 되고, 대화도 잘 되고, 살도 빠지고 좋다.

위의 논증들의 경우처럼 충분하지 않은 근거를 제시하게 되는 이유는 무엇일까? 제한된 교육, 자기중심주의, 자기기만, 지적 오만 때문일 것이다. '다른 사람이 하면 고집이고 내가 하면 주관이 뚜렷한 것'이라고 하는 자기중심적 관점은 이러한 편협성을 단적으로 보여준다. 또는 답하려 하는 '현안문제'에 대한 근원적인 진단이 이루어지지 않을 경우 충분하지 않은 근거를 제시하게 된다. 우리는 현안문제에 대해 심층의 복잡성을 고려하여 본질적인 접근을 하여야 하며, 핵심어와 주장도 피상적인 내용을 벗어나야 할 것이다. 예를 들어 청소년 강력 범죄 증가에 대해 답하려 하는 경우, 성인과는 다르게 어떻게 하여 청소년이 강력 범죄를 저지르게 되었는지, 그 과정에서 정치적인 배경은 없는지, 어떤 경제적인 상황 조건이 작용하지는 않았는지, 청소년의 정서와 심리는 어떠한지 등을 고려할 때 깊이 있는 해결책(주장)을 제시할 수 있을 것이다.

논증을 평가하다 보면, 위에서 학습한 세 가지 평가 기준들을 충족시키지 못하는 경우들이 있다. 주어진 글을 분석하고 평가하는 것은 논증을 보완하거나 혹은 반박하여 훌륭한 논증을 제시하는 것을 포함한다. 그렇게 하기 위해서는 논증에 어떤 결함이 있는지 정확하게 알아야 한다. 논증의 결함, 즉 오류(fallacy)는 주장의 옳음을 정당화하려고 제시한 근거와의 관계 사이에서 주로 발생한다. 오류의 몇 가지 유형들은 특정한 명칭을 갖고 있는데, 아래의 표는 논증 평가 기준과 그에 해당하는 오류를 간략히 도표화 한 것이다. 우리는 이하 2절에서 논증 평가 기준의 적용을 연습하면서 그에 해당하는 오류들의 일부를 함께 배우게 될 것이다.

평가 기준	해당 오류
인정가능성 기준	복합질문의 오류, 거짓딜레마(흑백사고)의 오류, 부적합한 권위에 호소하는 오류, 선결문제 요구의 오류
관련성 기준	인신공격의 오류, 피장파장의 오류, 허수아비의 오류, 사람에 호소하는 오류, 대중감정에 호소하는 오류, 형식적 오류(전건부정의 오류, 후건긍정의 오류, 선언지 긍정의 오류)

충분성 기준	도미노의 오류, 무지의 오류, 분할의 오류, 결합의 오류, 편향통계의 오류, 잘못된 유비의 오류, 선후인과의 오류, 인과혼동의 오류, 공통원인 무시의 오류
명확성 기준	애매어의 오류, 강조의 오류

4) 심화 학습 – 명확성(clarity)

제4기준으로서 명확성은 앞에서 살펴본 세 기준들과는 달리 주장과 근거 사이가 아니라 표현의 분명함과 명료함을 요구하는 기준으로서 기본적이고 기초적인 기준이다. 이 기준은 두 측면을 갖는다. 첫째, 핵심어나 주장은 애매(ambiguous)하지 않아야 한다. 애매하다는 것은 하나의 개념이나 문장이 여러 의미로 해석되는 것이다. 논증의 주장은 쉽게 이해되고 오해가능성이 없고, 그 주장으로부터 무엇이 따라 나오는지가 명백해야 한다. 둘째, 핵심어나 주장은 구체적이어야 한다. 하나의 개념이나 문장이 구체적이지 않으면 모호(vague)하고 불분명하다. 어떤 대상이 적용되는 것인지 구체적으로 영역을 정해주어야 한다.

첫째, 애매한 경우를 보자.

예8)
유리 : 어제 역사 시간에 김구 선생님은 큰 인물이었다고 배웠어.
짱구 : 아, 그렇구나. 그럼 이 옷은 작아서 못 입으시겠구나.

이와 같이 단어 자체가 여러 가지 의미를 갖기 때문에 발생하는 애매한 경우 이외에 문장이 갖는 구조 때문에 이중적 해석의 가능성이 발생하는 경우도 있다.

예9)

짱구는 유리보다 훈둥이를 더 좋아한다.

둘째, 모호한 경우를 보자.

예10)

짱구 : 유리야, 나 요즘 뚱뚱해진 것 같아.

유리 : 네가 뚱뚱해졌다고?

짱구 : 응, 양 손가락으로 볼을 만지면 볼 살이 많이 잡혀.

'뚱뚱하다'는 단어는 연령, 키 대비 어느 정도의 몸무게를 넘어선 것이라고 분명히 선을 그어 말하기 어렵다. 왜냐하면 이 단어는 사회, 문화, 역사적 맥락 등 여러 가지 조건과 가치관에 따라 다른 기준을 가질 수 있기 때문이다. 그러나 어떤 단어가 핵심어로 사용되는 논증의 경우에는 모호한 표현이 자신의 주장을 정당화하지 못하는 결과를 가져올 수 있다.

우리가 이 명확성의 기준에서 고려해야 하는 핵심적인 것은 우리가 의미하는 것을 다른 사람이 알 수 있도록 명확하게 표현하는 것이다. 이것은 맥락이나 상황에 따라 다를 수 있는 경우들에 해당한다. 우리가 글을 읽는 독자라면 주어진 글에서 어떤 의미로 사용되었는지 맥락 속에서 찾아야 하고, 우리가 글을 쓰는 저자라면 어떤 의미로 사용할 것인지 글의 서두에서 밝혀주어야 할 것이다.

단원 정리

어떻게 평가 해야 하는가?	주어진 제시문을 분명하게 이해한 후, 객관적 근거로 평가해야 한다.
평가의 기준	① 인정가능성 기준은 제시된 근거가 사실이거나 올바른 것으로 받아들일 수 있어야 한다는 것이다. ② 관련성 기준은 제시된 근거가 주장과 관련이 있어야 한다는 것이다. ③ 충분성 기준은 제시된 근거가 충분한 양(수), 대표적, 결정적이어야 한다는 것이다.

2

평가하기

1) 기본 분석과 평가

기본 예시 1

난 말이야, 그 저주스런 노파를 죽이고 돈을 빼앗는다 해도 결코 양심의 가책을 받을 것 같지는 않아…… 한편으로는 무지하고 우둔하고 무용지물의 사악하고 병적인 노파가 있다. 아무짝에도 쓸모가 없고 오히려 모두에게 해를 주며, 자신도 무엇 때문에 살고 있는지 모르면서 내일이라도 혼자 죽어갈지 모르는 노파가 있어…… 또 한편에서는 도움을 못 받아 좌절하여 무너져 버리는 젊고 신선한 힘이 있어. 이런 것은 도처에 수없이 널려 있지. 노파의 돈이 수도원에 기탁된다면 백 가지 천 가지의 일과 계획했던 사업을 시작하여 성공할 수 있어! 수백 수천의 생명이 올바른 길로 향할 수 있지…… 이 모든 것을 그 여자의 돈으로 할 수 있어. 그녀를 죽여 그 돈을 빼앗고 그런 다음에 그 돈으로 전 인류를 위한 봉사와 공공사업에 대한 봉사에 이바지한다. 어떻게 생각해?

– 도스토예프스키, 김연경 옮김, 『죄와 벌』, 민음사, 2012.

독서와 표현

1	주장	노파를 죽이고 돈을 빼앗는다 해도 양심의 가책은 받지 않을 것이다.
2	근거	① (유익하고 좋은 결과를 가져오는 행위는 정당화될 수 있다.) ② 쓸모가 없고 오히려 모두에게 해를 주며, 자신도 무엇 때문에 살고 있는지 모르면서 내일이라도 혼자 죽어갈지 모르는 노파가 있다. ③ 노파의 돈이 수도원에 기탁된다면 백 가지 천 가지의 일과 계획했던 사업을 시작하여 성공할 수 있다. ④ 그녀를 죽여 그 돈을 빼앗고 그런 다음에 그 돈으로 전 인류를 위한 봉사와 공공사업에 대한 봉사에 이바지한다.
3	평가 기준	인정가능성 기준
4	평가	위의 근거들만으로는 주장을 정당화 할 수 없다. 기본가정 ①이 필요하다. '유익하고 좋은 일이라는 결과를 가져온다면, 그 일로 이끄는 행위는 정당화된다.' 그러나 기본가정 ①을 추가하더라도, 근거 ④에서 '전 인류를 위한 봉사와 공공사업에 대한 봉사에 이바지하기 위해 노파를 죽여 돈을 빼앗을 수 있다.'는 것은 올바르지 않다. 근거 ②에서 노파는 쓸모가 없고 오히려 해를 주고, 근거 ③에서 노파의 돈이 수도원에 기탁된다면 (인류를 위한) 공공사업이 성공할 수 있다고 하더라도, 근거 ④처럼 노파를 죽여서 돈을 빼앗는 행위까지 허용할 수 있을까? 선을 위해 악을 행하는 것이 정당한가라는 질문에 대해 이성을 가진 사람이라면 어느 누구도 동의하지 않을 것이다. 따라서 주인공의 주장은 받아들일 수 없다.

주인님, 그저게 뭐라고 이야기 했지요? 사람들의 눈을 뜨게 하고 싶다고 하셨어요. 좋아요, 늙은 아나그노스티 아저씨의 눈이나 가서 뜨게 만들어 놓지 그러세요! 그의 아내가 내 앞에서 마치 구걸하는 개처럼 그의 명령만 기다리며 어떻게 거동해야 했던가 잘 보셨지요! 이제 가서 그들에게 여자도 남자와 같은 권리를 가지고 있다고 가르치고, 당신 앞에서 신음하고 있는 아직 어린 돼지의 살 한 점을 뜯어먹는 노릇이야말로 잔인하다고 일러줘요. 그리고 하느님은 모든 것을 가지고 있는데 당신은 굶어 가면서도 하느님께 감사드린다는 것은 오직 미친놈 놀음이라고 말해 줘요! 대관절 당신의 엉터리없는 그런 설명을 전부 듣고 난 불쌍한 악마 아나그노스티에게 무슨 좋은 수가 생길까요? 당신은 그에게 굉장히 귀찮은 노릇만 시킬 거예요. 그리고 저 아나그노스티 부인은 거기서 뭣을 배울까요? 기름덩어리를 불 속에 집어넣는 격이지요. 가족 싸움이 벌어지고 암탉이 수탉 노릇을 하려고 들 것이고 한바탕 털이 뜯겨 휘날리는 큰 부부싸움이 벌어지겠지! 주인님, 사람들일랑 그대로 놔둬요. 그들의 눈을 뜨게 하지 말아요. 그리고 만약 당신이 그들의 눈을 뜨게 한다면 그들이 보는 것은 뭐겠어요? 그들의 비참한 꼴입니다! 그들을 눈이 감긴 그대로 놔두세요. 주인님, 그들에게 계속 꿈을 꾸도록 해줘요!

– 니코스 카잔차키스, 김종철 옮김, 『희랍인 조르바』, 청목사, 2001.

1	주장	주인님은 그들의 눈을 뜨게 해서는 안 된다.
2	근거	① 여자도 남자와 같은 권리를 가지고 있다고 가르치고, 돼지의 살 한 점을 뜯어먹는 노릇이야말로 잔인하다고, 굶어 가면서도 하느님께 감사드린다는 것은 미친놈 놀음이라고 말하라. (이것은 눈을 뜨게 하는 것이다.) ② 눈을 뜨게 만들면, 아나그노스티에게 귀찮은 노릇만 시킬 것이고, 그의 아내는 암탉이 수탉노릇을 하려 들어 부부싸움이 벌어질 것이고 그들은 자신들의 비참한 꼴을 보게 될 것이다.
3	평가 기준	관련성 기준
4	평가	위 소설의 주인공 조르바가 제시하는 근거 두 가지 가운데 근거 ①의 결과로 예상되는 것은 근거 ②이다. 근거 ② 가운데 '귀찮은', '부부싸움', 그리고 '비참한' 등은 주인공의 '주인님'이 그들의 '눈을 뜨게 한' 결과가 바람직하지 않은 것임을 표현하는 것이라고 볼 수 있다. 즉 정리하자면, 조르바의 논증은 '눈을 뜨게 한 결과 바람직하지 못한 결과가 예상되기 때문에 눈을 뜨게 해서는 안 된다'는 논증이라고 볼 수 있다. 만약 주인님이 조르바가 제시한 근거에 두려움을 느껴 그의 주장을 받아들인다면, 그것은 자신의 심리적 이유가 원인이지 논리적인 것은 아니다. 왜냐하면, 바람직하지 않은 (두려운)결과가 예상된다는 것과 그런 행동을 하지 말아야 하는 것 사이에는 아무런 논리적 관련이 없기 때문이다. 이렇게 예상되는 두려움을 근거로 어떤 행동을 옹호하거나 반대하는 주장을 하여 자신의 주장을 관철하려는 경우 '두려움에 호소하는 오류'에 해당한다. 한편, '어떤 사건 p가 발생하면 다른 사건 q가 발생한다.'는 것이 자연 법칙, 법률, 혹은 규칙일 경우 이것에 대해 알려주는 것은 듣는 사람에 따라 두려움도 느끼게 될 수도 있지만, 일단 그것은 협박이 아니다. 그것은 사실을 알려주는 행위이다. 그러나 '어떤 사건 p가 발생하면 다른 사건 q가 발생한다.'는 것이 법칙적인 것이 아니라면, 그것은 사실을 알려주는 행위에 해당하지 않는다.

그 문제는 곧 말씀드리겠습니다. 그 애가 거짓말을 하고 있다는 것을 알게 된 것은 클리포드가 자살한 다음 현장에 도착했다고 말했기 때문입니다. 아무래도 그건 의심스러워 보이기 때문입니다. 첫째로, 그 애의 지문이 차 안팎 모든 곳에 남아 있습니다. 계기반, 문, 위스키 병, 총, 모든 곳에 말입니다. 우린 두 시간 전쯤 그 애 지문을 떠냈고, 지금껏 우리 쪽 사람들이 차에 달라붙어 일하고 있었습니다. 그 일은 내일쯤 끝나겠지만, 그 애가 차 안에 있었던 것은 분명합니다. 안에서 무엇을 했느냐, 글쎄 그건 불확실합니다. 우린 또한 배기 파이프 바로 뒤의 후미등에서도 지문들은 잔뜩 발견했습니다. 그리고 차 옆의 나무 밑에는 피운지 얼마 안 되는 담배꽁초 세 개가 있었습니다. 버지니어 슬림, 다이앤 스웨이가 피우는 담배죠. 우리는 그 애들이 자기들 어머니의 담배를 몰래 꺼내 담배를 피우러 간 것으로 보고 있습니다. 자기들 볼일을 보고 있을 때, 클리포드가 갑자기 나타난 거죠. 그 애들은 숨어서 지켜보았습니다. 그곳에는 풀이 많아서 숨는 건 문제가 아니었습니다. 어쩌면 그 애들이 몰래 차로 다가가 호스를 뽑았는지는 모릅니다. 애들이 말을 안 해서 확실한 건 모르겠습니다. 그 동생이라는 꼬마는 지금은 말을 할 수가 없습니다. 하지만 마크는 거짓말을 하고 있는 게 분명합니다. 어쨌든, 호스를 가지고는 자살을 할 수가 없었던 게 틀림없습니다. 호스에 있는 지문을 확인해 보려고 노력하고 있지만, 지루하고 오래 걸리는 작업입니다. 어쩌면 불가능할 수도 있습니다. 아침에 멤피스 경찰이 도착했을 당시, 호스가 놓여 있던 위치를 찍은 사진을 보여 드리겠습니다.

- 존 그리샴, 정영목 옮김, 『의뢰인』, 시공사, 2004.

1	주장	마크는 거짓말을 하고 있다.
2	근거	① 마크는 클리포드가 자살한 다음 현장에 도착했다고 말하지만, 그건 의심스러워 보인다. ② 마크의 지문이 차 안팎 모든 곳에 남아 있다. 계기반, 문, 위스키 병, 총, 모든 곳에 있다. 그 애가 차 안에 있었던 것은 분명하다. 배기 파이프 바로 뒤의 후미등에도 지문들은 잔뜩 발견되었다. ③ 차 옆의 나무 밑에는 피운지 얼마 안 되는 담배꽁초 세 개 있었다. 버지니어 슬림은 아이들의 엄마인 다이앤 스웨이가 피우는 담배이다. 그 애들은 자기들 엄마의 담배를 몰래 꺼내 피우러 갔을 것이다.
3	평가 기준	충분성 기준
4	평가	이 논증에서 근거 ①, 근거 ②, 근거 ③은 동등한 관계가 아니라 주장과 근거의 관계이다. 이 셋 가운데 근거 ①은 주장으로 근거 ②와 ③에 의해 근거 ①이 성립한다. 근거 ②에서 마크의 지문이 차 안팎에서 발견되었다면 그 아이가 차안에도, 밖에도 있었다고 말할 수 있다. 차안과 차밖에 마크가 있었다면 클리포드가 자살한 다음 현장에 도착했다고 하는 마크의 말은 거짓말일까? 만약 우리가 어떤 사람이 자살한 다음 현장에 도착했다면, (통상적으로) 자살 현장에서 이것저것을 만지고 다니는 행동은 하지 않을 것이다. 혹은 미리 서로 아는 사이였다 하더라도 차 안팎에서 지문이 잔뜩 발견되기는 어렵다. 따라서 마크가 거짓말을 하고 있다는 주장은 설득력이 있다. 근거 ③에서 피운지 얼마 안 된 담배꽁초가 발견되었고, 그 담배가 아이들의 엄마가 피우는 담배라면, 아이들이 엄마 담배를 꺼내 몰래 피우러 갔을 가능성은 상당히 높다. 판매되는 담배의 종류가 많은 것을 감안한다면, 하필이면 그 이름의 담배꽁초가 발견되었다면, 역시 엄마의 담배일 가능성이 가장 높다. (만약 그 담배가 다른 사람의 것이라고 한다면, 담배꽁초가 피운지 얼마 안 된 것이라기 때문에 담배를 피운 그 사람이 범인일 가능성이 높아 보인다.) 아이들이 클리포드가 발견된 장소에서 엄마 담배를 몰래 피웠다면 클리포드가 자살한 다음 현장에 도착했다고 하는

마크의 말은 거짓말일까? 만약 우리가 누군가가 죽은 다음에 자살현장에 도착했다면, (일반적으로는) 그 자살 현장에서 담배를 피우지는 않을 것이다. 따라서 이 근거 역시 설득력이 높다.

이처럼 근거 ②와 근거 ③에 의해 근거 ①이 성립할 가능성이 높다면, 마크가 거짓말을 하고 있다는 주장 역시 옳을 가능성이 아주 높다고 볼 수 있다. 즉 근거들은 충분히 주장의 옳음을 지지한다고 평가된다.

2) 심화 분석과 평가

심화 예시1

우리 연구팀은 지난 10년 동안 흡연과 폐암 사이의 관계를 경험적으로 연구해 왔다. 국내에 거주하는 30세에서 60세 나이의 성인 중 하루에 담배를 반 갑을 피우는 사람 100명, 한 갑을 피우는 사람을 100명, 두 갑을 피우는 사람 100명을 각각 임의로 표집하여 세 개의 표본을 구성했다. 그 표본들에 대해 지난 10년 동안 폐암 발병률을 조사해 보았더니 담배를 많이 피우는 사람들로 구성된 표본일수록 폐암 발병률이 더 증가한다는 사실이 드러났다. 이러한 사실로부터 흡연이 폐암의 주요한 인과적 원인이라고 결론 내렸다.

– 2008 PSAT 행정외무고시 및 견습직원 언어논리(문제 수정– 보기 생략)

1	주장	흡연이 폐암의 주요한 원인이다.
2	근거	담배를 많이 피우는 사람들로 구성된 표본일수록 폐암 발병률이 더 증가한다는 사실이 드러났다. (30세에서 60세 나이의 성인 중 하루에 담배를 반 갑을 피우는 사람 100명, 한 갑을 피우는 사람을 100명, 두 갑을 피우는 사람 100명을 대상으로 하는 표본)
3	평가 기준	충분성, 관련성 기준
4	평가	이 논증은 X가 결과 C를 일으키는 원인이라고 말하는 인과 논증이다. 이 논증의 근거는 원인(X)에 해당하는 성질을 가진 집단─흡연자 300명─을 대상으로 하여 담배를 많이 피우는 사람들 일수록 결과(C), 즉 폐암이 더 많이 발병한다는 표본이다. 충분성과 관련성 기준으로 이 논증을 검토해 보자. ① 만약 흡연자들의 수가 300명이 아니라 1000명이고, 많이 피우면 폐암 발병률이 더 증가한다는 사실이 드러난다면 이 논증은 더 강한 논증이 될 것이다. 반면에 흡연자들의 수가 30명 정도로 줄어든다면, 이 논증은 약한 논증이 될 것이다. ② 만약 흡연자들이 아니라 비흡연자들을 대상으로 하여 대조 표본을 조사했더니, 비흡연자들의 폐암발병률은 아주 낮다는 사실이 드러난다면 이 논증은 더 강한 논증이 될 것이다. 반면에 비흡연자들도 폐암발병률이 높다는 사실이 드러난다면 이 논증은 약한 논증이 될 것이다. ③ 만약 표본 집단에 속한 흡연자들의 작업 환경이나 주거 환경이 공해 물질이나 유해 먼지와 같은 폐암을 일으킬만한 조건에 있는 것으로 밝혀진다면, 이 논증은 약한 논증이 될 것이다. ④ 만약 흡연의존성과 폐암을 모두 일으키는 또 다른 원인이 있다는 것이 밝혀진다면, '흡연이 폐암을 일으키는 원인'이라는 주장은 성립하지 않을 것이다. 이 경우 '공통원인의 무시'에 해당하는 오류가 될 것이다. ⑤ 만약 쥐를 실험대상으로 하여 담배연기에 더 많이 노출된 쥐일수록 폐암발병률이 증가하는 것이 드러난다면, 표본의 양과 다양성이 증가했기 때문에 '흡연이 폐암을 일으키는 원인'이라는 주장은 강화될 것이다.

전체 인류 가운데 단 한 사람이 다른 생각을 가지고 있다고 해서, 그 사람에게 침묵을 강요하는 일은 옳지 못하다. 이것은 어떤 한 사람이 자기와 생각이 다르다고 나머지 사람 전부에게 침묵을 강요하는 일 만큼이나 용납될 수 없는 것이다. 어떤 의견이 본인에게는 모를까 다른 사람한테는 아무 의미가 없고 따라서 그 억압이 그저 사적으로 한정된 침해일 뿐이라고 할지라도, 그런 억압을 받는 사람이 많고 적음에 따라 이야기는 달라질 수 있다. 그러나 어떤 생각을 억압한다는 것이 심각한 문제가 되는 가장 큰 이유는, 그런 행위가 현 세대뿐만 아니라 미래의 인류에게까지 – 그 의견에 찬성하는 사람은 물론이고 반대하는 사람에게까지 – 강도질을 하는 것과 같은 악을 저지르는 셈이 되기 때문이다. 만일 그 의견이 옳다면 그러한 행위는 잘못을 드러내고 진리를 찾을 기회를 박탈하는 것이다. 설령 잘못된 것이라 하더라도 그 의견을 억압하는 것은 틀린 의견과 옳은 의견을 대비시킴으로써 진리를 더 생생하고 명확하게 드러낼 수 있는 대단히 소중한 기회를 놓치는 결과를 낳는다.

– 존 스튜어트 밀, 서병훈 옮김, 『자유론』, 책세상, 2005.

1	주장	전체 인류 가운데 단 한 사람이 다른 생각을 가지고 있다고 해서, 그 사람에게 침묵을 강요하는 일은 옳지 못하다.
2	근거	① 어떤 생각을 억압한다는 것은 그런 행위가 현 세대뿐만 아니라 미래의 인류에게까지 – 그 의견에 찬성하는 사람은 물론이고 반대하는 사람에게까지 – 강도질을 하는 것과 같은 악을 저지르는 셈이 된다. ② 만일 그 의견이 옳다면 그러한 행위는 잘못을 드러내고 진리를 찾을 기회를 박탈하는 것이다. ③ 만일 그 의견이 잘못된 것이라 하더라도 그 의견을 억압하는 것은 틀린 의견과 옳은 의견을 대비시킴으로써 진리를 더 생생하고 명확하게 드러낼 수 있는 소중한 기회를 놓치는 결과를 낳는다.
3	평가 기준	충분성 기준
4	평가	이 논증에서 근거 ①, 근거 ②, 근거 ③은 동등한 관계가 아니라 주장과 근거의 관계이다. 근거 ①의 올바름은 근거 ②와 근거 ③에 의해 확보된다. 저자는 왜 어떤 생각을 억압한다는 것이 악을 저지르는 셈이 되는지에 대해 그 생각이 옳은 경우인 근거 ②와 그 생각이 잘못된 경우인 근거 ③으로 구분하여 각각 이유를 제시한다. 우리가 앞에서 학습한 평가 기준 3가지를 적용해 보면, 논증자가 제시한 근거들을 올바른 것으로 받아들일 수 있고, 주장과 관련이 있다고 생각한다. 그러나 근거 ②와 근거 ③은 어떻게 정당화될 수 있을까? 근거 ②에서 그 의견이 옳다면, 왜 의견을 억압하는 것은 잘못을 드러내고 진리를 찾을 기회를 박탈하는 것이 될까? 옳은 의견에 대한 억압의 사례는 지동설을 주장한 코페르니쿠스를 생각해 볼 수 있다. 이외에 그러한 사례가 많이 있었을까? 그렇다고 하더라도 결국 밝혀지게 되는 것은 아닐까? 근거 ③의 경우에는 더 의문이 많이 든다. 그 의견이 잘못된 것이라면, 왜 그 의견을 억압하는 것은 틀린 의견과 옳은 의견을 대비시킴으로써 진리를 더 생생하고 명확하게 드러낼 수 있는 소중한 기회를 놓치는 결과를 낳게 될까? 잘못된 의견에 의해 사람들의 착각과 혼동이 일어나고 오판을 하는 것보다는 잘못된 의견을 드러내지 못하도록 하는 것이 더 낫지 않을까? 이러한 근거들이 왜 그러는지에 대해 지지하는 근거자료가 충분

하지 않다. 따라서 위 논증은 주장을 정당화하기 위한 근거가 충분성 기준을 만족하지 못한다고 평가된다.

 더 자세히 읽기 Tip!

| 밀의 『자유론』 | 위에서 우리는 저자 밀(J. S. Mill)이 제시한 근거들에 대해 '왜 그런가' 의문을 제기하며 충분하지 못하다는 평가를 했다. 그러나 그의 저서 『자유론』을 읽는다면, 이러한 평가가 잘못되었다는 것을 알게 될 것이다. 이 저서 II장에서 밀은 치밀하고 구체적으로 표현의 자유를 옹호하는 논증을 제시한다.

첫 번째 가능성은 억압하려는 의견이 '진리일 수 있는' 경우이다. 밀은 어떤 생각이 올바르지 않거나 부도덕하다고 여겨지기 때문에 억압해야 한다고 주장하는 사람들은 자신들의 무오류성(오류가 없다는 것)을 가정하고 있다고 비판한다.

다음으로, 두 번째 가능성은 주장된 의견이 거짓인 경우이다. 그러나 이 경우조차도 그 의견을 억압하는 것이 바람직한 것이 될 수 없다. 왜냐하면 참된 믿음이 거짓인 믿음과 대비될 경우 그 참됨이 더 부각될 수 있기 때문이다.

마지막으로 세 번째 가능성은 이쪽만이 진리이거나 혹은 저쪽만이 진리인 것은 아닌 경우이다. 복잡한 쟁점의 경우, 양쪽 모두 전체적으로 진리는 아니지만 부분적으로 진리의 내용을 포함한다고 바라보는 가정이 합리적이라고 밀은 말한다. 그리고 밀은 『자유론』 제2장의 마지막 부분에서 위의 세 가능성을 논증한 결과를 네 가지로 정리한다. |

　　살인자가 찾고 있는 사람이 집에 있는지에 대한 문의에 당신이 사실대로 답했더라도, 살인의 표적이 된 남자가 이미 집에서 빠져 나와 살인자와 마주치지 않았다면 살인은 일어나지 않을 수도 있다. 하지만 같은 질문에 "그 사람은 집에 없다."고 거짓을 말했는데, 사실은 당신이 모르는 사이 그 사람이 이미 집을 빠져나갔다면, 그래서 도중에 살인자가 그를 만나 죽였다면, 당신은 마땅히 그 죽음의 원인 제공자로서 비난받을 수 있다. 왜냐하면 만일 당신이 아는 대로 사실을 말했다면 살인자가 집을 뒤지는 동안 이웃들에 의해 체포되어 범행이 사전에 방지되었을 수도 있기 때문이다. 따라서 누구든 거짓말을 하는 자는 어떤 좋은 의도에서였던지 간에 결과에 대한 책임을 져야 한다. 그 결과가 아무리 예측 불가능했더라도 그에 대한 죄 값을 치러야 하는 것이다…… 따라서 모든 심사숙고 과정에서 진실한 태도를 견지하는 것은 신성하면서도 절대적으로 요구되는 이성의 명령으로, 어떤 편의에 의해서도 제한되지 않는다.

- 제임스 레이첼즈, 노혜련 외 역, 『도덕철학의 기초』, 나눔의 집, 2006.

1	주장	모든 심사숙고 과정에서 진실한 태도를 견지하는 것은 신성하면서도 절대적으로 요구되는 이성의 명령으로, 어떤 편의에 의해서도 제한되지 않는다.(어떤 경우에도 진실을 말해야 한다.)
2	근거	① 당신이 사실대로 답했더라도, 살인의 표적이 된 남자가 이미 집에서 빠져 나와 살인자와 마주치지 않았다면 살인은 일어나지 않을 수도 있다. 혹은 사실을 말했다면 살인자가 집을 뒤지는 동안 이웃들에 의해 체포되어 범행이 사전에 방지되었을 수도 있다. ② 거짓을 말했는데, 사실은 당신이 모르는 사이 그 사람이 이미 집을 빠져나갔다면, 그래서 도중에 살인자가 그를 만나 죽였다면, 당신은 마땅히 그 죽음의 원인 제공자로서 비난받을 수 있다. (거짓말의 결과는 좋지 않을 수도 있다.) ③ 누구든 거짓말을 하는 자는 어떤 좋은 의도에서였던지 간에 결과에 대한 책임을 져야 한다. (거짓말에 대해서는 책임을 져야 한다.)
3	평가 기준	인정가능성 기준
4	평가	모든 경우에 진실만을 말해야 한다는 주장을 지지하기 위해 제시된 근거는 '거짓말이 필요할 것 같은 상황'을 전제 삼는다. 상황 : 살인의 표적이 되는 남자를 내집에 숨겼는데, 살인자가 와서 표적이 되는 남자의 행방을 묻는 경우라면, 거짓을 말해야 할 것 같다. 이러한 상황에서 근거 ①은 사실대로 말했어도 살인자가 살인의 표적이 되는 남자를 죽이지 못하게 될 수 있다고 말한다. 근거 ②는 표적을 살리기 위해 거짓말을 했지만, 오히려 살인자가 표적을 죽이게 될 수 있다고 말한다. 그런데 근거 ③에서는 거짓을 말했을 경우 일어나는 것에 대해서는 책임을 져야 한다고 말한다. 위 각각의 근거에 대해 평가해보면, 옳은 것으로 받아들이기 어렵다. 우선 근거①과 근거 ②의 경우 사실대로 말해서 오히려 표적이 죽지 않게 될 경우보다 죽게 될 경우의 가능성이 더 높고 거짓을 말하게 되는 경우 표적의 목숨을 살릴 가능성이 더 높다. 일이 일어날 확률을 따져 보았을 때 저자가 제시하는 경우보다는 그 반대의 가능성이 더 높은 것이 사실이다. 따라서 저자가 제시하는 근거 ①과 근거 ②는 받아들이기 어렵다. 그

그런데 저자인 칸트는 '좋지 않을 결과'를 근거 삼아 거짓말을 해서는 안된다고 주장하고 있다. 확실하지 않은 미래를 비관적으로만 설정하는 것은 우리가 받아들이기에 아주 불합리하다.

근거 ③에서는 거짓말에 따른 결과에 대해서 책임을 져야 한다고 말하고 있다. 우리가 우려하는 점은 (살인자에게 표적이 내 집에 있다고) 사실을 말해서 얻게 되는 나쁜 결과(표적의 죽음)이다. 우리가 진실을 말했기 때문에 살인자가 피해자를 찾아내어 죽였다고 가정해 보자. 이에 대해서는 전혀 책임이 없다고 볼 수 있을까? 결국 우리는 진실을 말함으로써 살인자의 살인을 도운 것이다. 그렇다면 사실을 말한 결과에 대해서도 책임을 지는 것이 맞다. (그런데 칸트는 이에 대해서 (의도적으로?) 언급하지 않는다.) 따라서 이 근거 역시 불공평한 기준을 말하고 있기 때문에 받아들일 수 없다.

깊이 읽기 Tip!

이 논증이 제시되기까지 다음과 같은 과정이 있었다. 의무론자 칸트(Immanuel Kant)는 '어느 경우에도 거짓말을 해서는 안 된다.'고 주장한다. 이에 대해 칸트와 동시대인인 콩스탕(Benjamin Constant)은 '살인자를 피해 도망가는 사람이 어디로 갔는지 살인자가 와서 아무렇지도 않은 척 묻는 경우 사실대로 말한다면 살인자는 그 사람을 죽일 상황'을 말한다. 그리고 '진실을 말하는 것'과 '목숨을 살리는 일' 가운데 어느 것이 중요한가에 대해 물음을 던지고, 목숨을 살리기 위해 거짓말을 할 수 있다고 정당화하며 칸트를 비판한다. 그에 대해 칸트는 위와 같은 내용으로 콩스탕을 다시 반박한다. 위 논증은 "이타적인 이유에서 거짓말을 할 가상의 권리에 대하여"라는 칸트의 반박 글에서 핵심적인 내용을 인용한 사례에 해당한다.

3

평가 연습

1) 기본 연습

기본 연습 1

다음 글을 읽고 주장과 근거를 찾고, 세 기준에 따라 평가하시오.

저로 말하자면 개인의 소유물이 사유 재산으로 인정되는 곳에 그러한 평등이 가능할지 의문입니다. 재화가 무진장으로 있는 것이 아닐진대, 누구나 그가 획득할 수 있는 모든 재산에 대한 절대적인 소유권을 주장하게 된다면 소수가 그것을 가지게 되고, 나머지는 빈곤을 면치 못하게 됩니다. 빈곤한 자들도 부유한 자들만큼 잘 살 수 있어야 한다는 것은 일반적으로 절대적인 요청입니다. 왜냐하면, 부자들은 탐욕스럽고 파렴치하며 무용의 인간들임에 반하여, 가난한 자들은 품행이 단정하고 단순하며 매일 매일의 노동으로 그들 자신보다는 사회에 더욱 기여하는 사람들이기 때문입니다. 따라서 저는 사유재산이 철폐되지 않고는 바르고 고른 재화의 분배나 인간 세계의 행복이 있을 수 있다고는 도저히 생각할 수 없습니다. 사유 재산이 존속하는 한, 지금까지 알려진 바로는 인류의 최대 다수를 차지하면서도 가장 선량한 사람들이 빈곤과 불행의 무거운 짐을 면할 수는 없을 것입니다.

- 토마스 모어, 주경철 옮김, 『유토피아』, 을유문화사, 2007.

깊이 읽기 Tip!

유토피아는 영국의 정치가 토마스 모어가 쓴 공상 소설의 제목이다. '유토피아(utopia)'는 세상에 존재하지 않는 곳을 의미하는 그리스어이다. 1부는 인클로저 정책 등 영국의 현실을 비판하는 내용이며, 2부는 라파엘이 보고 온 이상적인 섬나라 유토피아에 대한 설명이다. 유토피아는 사유재산이 없고, 굶주림과 결핍의 공포도 없으며, 불로소득이나 빈부격차도 없고, 모든 시민들이 교육과 독서를 중시하며 살아가는 아름답고 평등한 이상 사회이다. 유토피아의 국민은 모두 노동에 종사하는데, 건강한 사람으로서 노동을 면제받고 있는 사람은 공무원과 선택받은 지식인 계급뿐이다. 노동 시간은 6시간으로 정해져 있고, 여가엔 교양을 쌓는다.

텍스트 평가하기

주장과 근거 찾기, 세 기준에 따른 평가	

다음 글을 읽고 주장과 근거를 찾고, 세 기준에 따라 평가하시오.

이 장의 맨 처음에 나왔던 젖소 클리커 게임으로 돌아가 보겠습니다. 게임에 나오는 양식화된 젖소가 진짜 젖소와 구분이 안 될 정도로 닮아 보이고, 누구나 예전부터 소를 두드려 주고 싶은 마음이 있었다든가 해서 사람들이 이 게임에 빠져든 것은 분명 아닐 것입니다. 젖소 클리커를 좋아하는 사람들에게는, 짐작건대 아무리 허술하다 해도 이런 유의 거의 모든 게임이 내놓는 그 어떤 것이 중요했던 것 같습니다.

첫째, 이런 게임들에는 사회적 구성 인자가 주어져 있습니다. 젖소들을 클릭하는 것이 지루한 일이기는 하지만 그들은 친구들과 함께 클릭을 했습니다. 그것은 우리 뇌에서는 확실히 어떤 가치가 있는 일 그 자체입니다. 만약 모든 사람들이 다리에서 뛰어 내린다면 우리도 보통은 함께 뛰어 내리겠죠. 어떤 공동체 체험에서 우리는 더 이상 그 이유를 따져 보지 않습니다. 클릭하지 않거나 뛰어 내리지 않는 사람은 그로써 자신을 그 집단에서 배제시키는 것이죠. 이것은 곧바로 배고픈 검치 호랑이에 대한 오싹한 공포를 일깨워 줍니다.

둘째, 게임에 대한 보상이 즉각 주어집니다. 우리가 반년이나 심지어 일 년 내내 크리스마스를 꼬박 참고 기다리던 시절은 지나갔습니다. 인터넷에는 친구, 좋아요, 클릭이 시간의 지체 없이 즉각 생겨납니다. 소셜 네트워크의 메신저는 우리가 하루 종일 걸려서 하는 모든 것에 대한 답변을 실시간으로 받아 보게 해 주죠. 인터넷 속에서 사는 사람은 어쩌면 이 세상에서 살고 있지 않을지는 모르지만, 그래도 그는 매순간을 현재진행형으로 살아가고 있습니다!

위의 두 요인들이 합쳐져서 특히 젊은 사람들에게 날마다 몇 시간씩 인터넷에서, 그중 대부분의 시간을 소셜 네트워크에서 허비하게 만듭니다. 그러다가 커피잔을 손에 든 셀카 사진이나 초점이 흐릿한 점심 식사 사진에 싫증이 날 때, 젖소 아이콘을 클릭한다고 해서 별안간 더 멍청한 짓을 하는 것으로 보이지는 않을 테지요. 결국 우리 뇌에는 어떠한 방식을 통해 자신이 인정받느냐는 중요하지 않습니다. 우리의 뇌에게 가장 중요한 것은 어찌 됐든 다른 사람들로 이루어진 보다 큰 집단에서 남들로부터 인정을 받는 것이니까요.

- 장동선, 염정용 옮김, 『뇌 속에 또 다른 뇌가 있다』, 아르테, 2017.

 깊이 읽기 Tip!

'젖소 클리커(Cow Clicker)' 게임은 온라인으로 진행된다. 이 게임에서 이용자들이 할 수 있는 것은 젖소 아이콘을 클릭하는 것이 전부이고, 이 클릭조차도 6시간 동안 기다려야 한다. 한 번 클릭에 1점, 친구에게 젖소 한 마리 들여놓도록 설득하면 친구가 클릭할 때마다 1클릭을 추가로 받을 수 있다. 프로그래머인 이언 보고스트(Ian Bogost)는 게임 이용자들의 세계를 장악한 여러 게임들이 얼마나 허술한지 입증하기 위해, 즉 조롱하기 위해 2010년에 의도적으로 허술한 이 게임을 만들었다고 한다. 그런데 이 게임은 예상외로 성공(?)했고, 게임을 종결시키기 위해 돈을 받기 까지 했지만, 이용자들은 돈을 지불하고 게임을 하고자 했다. 결국 그는 2011년 모든 젖소를 방목장에서 제거했지만, 아직도 텅 빈 목초지를 클릭하는 이용자들이 있다고 한다.

텍스트 평가하기

주장과 근거 찾기, 세 기준에 따른 평가	

다음 글을 읽고 주장과 근거를 찾고, 세 기준에 따라 평가하시오.

한 군주가 약속을 지키며 간책(奸策)을 쓰지 않고 공명정대하게 산다는 것은 칭찬할 만하다. 그러나 오늘날 신의(信義)같은 것은 안중에도 없고 계략으로 사람들을 혼란시키는 군주가 오히려 더 큰 일을 성취한 사실을 우리는 또한 알고 있다. 특히 결과적으로는 이런 군주들이 신의를 행동의 바탕으로 해 온 군주들을 압도해 온 것이다. 그런데 싸움에는 두 가지 방법이 있다. 하나는 도리(道理)에 의한 것이며, 다른 하나는 힘에 의한 것이다. 전자는 인간 본연의 길이며, 후자는 본래 야수의 짓이다. 그러나 대개의 경우 첫 번째 방법만으로는 부족하여 어쩔 수 없이 두 번째 방법을 원용하여야 한다. 즉 군주는 인간과 짐승을 교묘히 구사할 줄 알아야 한다. 이 중 어느 한쪽을 결하더라도 군위(君位)는 오래 유지할 수 없다. 이처럼 군주란 야수의 성질을 배울 필요가 있는 것이지만, 이런 경우 특히 여우와 사자의 성질을 동시에 갖추어야 한다. 왜냐하면 사자는 책략의 함정에 빠지기 쉽고, 여우는 힘에 있어서 늑대를 당하지 못하기 때문이다. 함정을 알아차림에는 여우라야 하고, 늑대의 혼을 빼려면 사자라야 한다. 그저 사자의 용맹만을 내세우는 자는 졸렬하기 이를 데 없다. 그렇기 때문에 무릇 명군(名君)이라 할 자는 신의를 지키어 도리어 자기에게 해가 돌아올 경우, 또 약속을 맺을 당시의 동기가 이미 없어졌을 경우에는 신의를 지키려 하지 않을뿐더러 또 신의를 지켜서는 안 된다. 물론 이런 가르침은 만인이 선하다는 가정 하에서는 있을 수 없다. 그러나 인간은 사악한 것이어서 당신에 대한 신의를 충실히 지켜주지 않는다. 따라서 당신도 그들에게 신의를 중히 지킬 필요가 없다. 그밖에도 군주에게는 신의의 불이행도 합법적으로 타당화할 기회가 얼마든지 있는 법이다. 여우의 기질을 가장 잘 구사한 군주가 가장 많은 번영을 누린 군주라는 것을 우리는 잘 알고 있다. 여우의 기질을 교묘하게 분장할 줄 알아야 하고, 이것은 절대로 필요하다. 위장의 기술도 완전히 터득해야만 한다. 더구나 인간이란 지극히 단순하기 때문에 목전의 필요에 의해 움직여지기 쉽다. 그래서 속이려 들면 언제든지 속게 마련이다.

– 니콜로 마키아벨리, 강정인 외 옮김,『군주론』, 까치, 2015.

📖→ 깊이 읽기 Tip!

마키아벨리는 『군주론』에서 정치 영역이 윤리나 종교 등 다른 영역과 구분된다는 점, 나아가 정치 행위가 전통적인 종교적 규율이나 윤리적 가치로부터 자유로워야 한다고 주장한다. 당시 대부분의 기독교 사상가들과 초기 르네상스 시기의 문필가들은 군주의 덕으로 기독교적인 의미의 덕(겸손함, 자선, 경건함, 정직함 등)을 요구했다. 하지만 마키아벨리는 군주에게 요구되는 덕으로, 고대 로마 공화정 당시의 비르투에 해당하는 '남성다움', '용맹스러움', '단호함', '상황에 대한 기민한 판단력' 등을 강조했다.(라틴어의 '비르(vir)'는 남성을 의미하며 '비르투(virtù)'는 남성다움, 정력적인 활동이나 군사 활동과 연관된 탁월함을 지칭한다.) 후세의 평가에 의하면, 마키아벨리는 『군주론』을 통해 정치 행위자에게 요구되는 정치적인 덕이 사적인 생활에서 요구되는 윤리적인 덕과 구별된다는 점을, 다시 말해 정치 영역의 독자성을 상징적으로 보여주었다.

텍스트 평가하기

주장과 근거 찾기, 세 기준에 따른 평가	

다음 글을 읽고 주장과 근거를 찾고, 세 기준에 따라 평가하시오.

40년 동안 채식을 해온 맥스 버거는 돼지고기 소시지와 바삭하게 구운 베이컨, 닭가슴살 볶음을 먹기 위해 지금 막 식탁 앞에 앉으려는 참이다. 맥스는 언제나 고기 맛이 그리웠지만, 그의 원칙은 식탐보다 강했다. 그러나 이제 그는 떳떳한 양심으로 고기를 먹을 수 있다.

그의 눈앞에 있는 소시지와 베이컨은 지난주에 그가 만나본 프리실라라는 돼지에게서 나온 것이다. 프리실라는 유전자 조작 돼지로 말을 할 줄 알 뿐만 아니라, 더 중요한 점은 잡아먹히기를 원하도록 만들어진 돼지였다. 인간의 식탁에 올라가는 것이 프리실라의 평생 소원이었고, 도살되는 날 아침에는 깊은 기대감을 품고 잠에서 깨어났다. 프리실라는 맥스에게 이 모든 이야기를 들려준 후 편안하고 인도적인 도살장으로 서둘러 달려갔다. 그 이야기를 들은 맥스는 프리실라를 먹지 않는다면 그거야말로 프리실라를 무시하는 일이라는 생각이 들었다.

한편 그의 앞에 놓여 있는 닭고기는 '뇌를 쓸 수 없도록' 유전자 조작된 닭에게서 왔다. 다시 말하면 자신은 물론 환경, 고통, 쾌락도 인식하지 못한 채 말 그대로 식물처럼 살아온 닭이었다. 따라서 그 닭을 죽이는 일은 당근을 캐내는 일처럼 전혀 잔인할 게 없었다.

그런데도 접시가 앞에 놓이자 맥스는 메스꺼움이 치미는 것을 느꼈다. 이것은 평생 채식주의자로 살아온 데서 느끼는 반사작용이었을까? 아니면 온당한 정신적 스트레스에서 오는 신체반응일까? 그는 정신을 수습하여 나이프와 포크를 집어 들었다.

동물의 복지를 염려하는 것은 소수의 채식주의자들만이 아니다. 단순히 죽이는 행위가 문제의 핵심이라면 채식주의자들 대다수가 파리를 때려잡거나 쥐를 박멸하는 일도 하지 않을 것이기 때문이다.

특정 동물을 사육하고 죽이는 일이 잘못이라는 주장에는 두 가지 주요한 측면이 있다. 첫째, 동물을 수용하는 환경의 문제다. 여기서 문제가 되는 것은 동물의 죽음보다는 동물이 살아가는 동안 겪게 되는 비참한 상황이다. 둘째는 도살행위 자체인데, 그것만 아니라면 괜찮은 미래를 누릴 수 있을 생명체에게서 삶을 앗아가는 일이기 때문이다.

첫 번째 문제는 동물이 좋은 환경에서 지낼 수 있도록 확실히 조처하는 것만으로도 해결할 수 있다. 동물의 복지에 관심을 가지고 있는 많은 사람들도 집단적으로 사육하지 않고 자유롭게 풀어 키운 가금류나 양고기는 먹는다.

그런데 여전히 채식주의를 옹호하는 두 번째 근거인 살해 행위의 문제는 해결되지 않는다. 그러나 만약 당근처럼 의식이 없어서 자신의 생존에 아무 관심도 없는 동물을 만들어 낼 수 있다면 어떨까? 그들에게서 자신이 가지고 있다는 것도 모르는 실존을 빼앗는 일이 과연 잘못된 것일까? 또는 더글러스 애덤스가 『우주 끝의 레스토랑』에서 상상한 돼지처럼 실제로 잡아먹히기를 원하는 동물이 있다면 어떨까?

그 소설의 주인공인 아서 덴트는 그런 발상이야말로 "지금까지 들어본 것 중 가장 역겨운 일"이라며 진저리를 친다. 많은 사람들이 덴트처럼 역겨움을 느낄 것이다. 그러나 또 다른 등장인물 자포드 비블브락스는 분명히 "먹히기를 원치 않는 동물을 먹는 것보다는 훨씬 낫지 않느냐"며 덴트의 말에 반박했다. 덴트의 반응은 사람들이 윤리적으로 문제가 없어도 부자연스러워 보이는 어떤 상황에 직면했을 때 느끼는 본능적 반감에 지나지 않는 것일 수도 있다. 장기이식이나 수혈이 세상에 처음 소개되었을 때는 기괴한 일로 여겨졌지만 차츰 익숙해지면서 몇몇 종교집단을 제외하고는 윤리적으로 잘못된 일이라고 생각하는 사람들도 사라졌다.

동물의 존엄성이나 자연 질서의 존중을 거론할 수도 있겠지만, 뇌를 사용할 수 없는 닭을 만들어 냄으로써 닭이라는 종의 존엄성이 훼손된다고 진지하게 주장할 수 있을까? 프리실라는 위엄 있는 죽음을 맞이하지 않았는가? 또한 다양한 종을 선택하여 대량으로 사육하는 유기 축산 농가들도 자연의 질서를 교란하는 셈이 아닌가? 현실적으로 그런 일이 가능해진다면 오늘날의 채식주의자들도 맥스와 함께 그 음식을 나눠먹지 말아야 할 이유는 없지 않을까?

- 줄리언 바지니, 정지인 옮김, 『유쾌한 딜레마 여행』, 한겨레출판, 2007.

깊이 읽기 Tip!

동물 복지와 동물 권리를 말하는 것은 엄밀히 구분된다. 이 세상을 지배하는 두 군주인 '쾌락'과 '고통'의 원리에 기반을 둔 벤담의 공리주의에 따르면 이익은 '이성적 추론을 할 수 있거나 언어 능력을 가진' 존재만 추구할 수 있는 것이 아니라 '고통을 느낄 수 있을' 정도의 감각 능력을 가진 생명체라면 본능적으로 욕구하게 되는 그 무엇이다. 동물 권리는 인간이 권리를 갖는 것처럼 동물도 권리를 갖는다는 주장이고, 이 경우 고기를 먹는 것과 동물 권리를 주장하는 것은 모순된다. 그러나 동물 복지 주장은 동물을 먹는 것과 모순되지 않는다. 동물 복지를 주장하는 사람들은 동물을 사육하고 도살하는 과정에서 동물의 고통을 줄이는 것이 최소한 보장되어야 한다고 여기기 때문에, 이것이 지켜진다면 고기를 먹는 것은 모순되지 않는다고 생각한다. 이 글에서 저자는 즐거이 먹히기를 원하는 돼지 프리실라를 등장시켜 육식의 정당성을 생각해 보도록 한다.

텍스트 평가하기

주장과 근거 찾기, 세 기준에 따른 평가	

다음 글을 읽고 주장과 근거를 파악한 후, 저자의 주장에 대해 찬성 혹은 반대 입장을 정하여 평가해 보시오.

　　지난 세기 과학자들은 사피엔스의 블랙박스를 열어 그 안에 영혼, 자유의지, '자아' 같은 것은 없다는 사실을 알아냈다. 그 안에 있는 것은 다른 모든 실재들과 똑같은 물리적, 화학적 법칙의 지배를 받는 유전자, 호르몬, 뉴런 뿐이었다. 오늘날의 학자들이 볼 때, "왜 한 남자가 칼을 뽑아 누군가를 찔러 죽였는가"라는 질문에 "그의 선택이었다"라는 대답은 기대에 미치지 못한다. 유전학자들과 뇌 과학자들은 훨씬 더 자세한 대답을 제시한다. "그가 그렇게 한 것은 뇌에서 일어나는 이런 저런 전기화학적 과정들 때문이고, 그런 과정을 만드는 것은 특정한 유전자 구성이다. 그리고 그런 유전자 구성은 우연한 돌연변이와 오래된 진화적 압력의 합작이다."

　　살인을 초래하는 뇌의 전기화학적 과정들은 결정론적이거나 무작위적이거나 둘 다이다. 하지만 자유의지를 따르지는 않는다. 예컨대 뉴런 하나가 발화해 전하를 내보낼 때, 그것은 외부 자극에 대한 결정론적 반응이거나 아니면 방사성 원자의 자발적 붕괴 같은 무작위적 사건의 결과일 것이다. 어느 쪽도 자유의지가 들어설 여지는 없다. 앞선 사건들에 의해 결정되는 연쇄적 생화학적 사건들을 통해 일어난 사건이 자유의지에 의해 일어난 사건이라고 할 수는 없다. 원자보다 작은 입자들이 일으키는 우연한 무작위적 사건들로 인한 결정도 자유의지에 의한 것이 아니다. 그것은 그저 무작위적인 결정일 뿐이다. 그리고 무작위적 사건들이 결정론적 과정과 결합할 때 그 결과는 확률에 의존하는데, 이 역시 자유의지에 해당하지 않는다.

　　.... 생명과학은, 개인이 자유의지를 가지고 있다는 생각은 생화학적 알고리즘들의 집합이 지어낸 허구적 이야기에 불과하다는 주장으로, 자유주의를 뿌리째 뒤흔든다. 뇌의 생화학적 기제들이 한순간의 경험을 일으키고, 그런 경험은 일어나는 순간 사라진다. 그런 다음 또 다른 순간적 경험들이 재빠르게 이어서 일어났다가 사라진다. 이런 순간적 경험들이 모두 더해져 지속되는 본질이 만들어지는 것도 아니다. 이야기하는 자아는 끝이 없는 이야기를 지어내어 이 혼돈에 질서를 부여하려 한다. 그런 경험들은 이이야기 안에서 저마다 자기 자리를 갖고, 따라서 모든 경험이 지속되는 의미를 가진다. 하지만 아무리 설득력 있고 매력적일지라도 이 이야기는 결국 허구이다. 중세 십자군 전사들은 삶의 의미가 신과 천국에서 온다고 믿었고, 현

대의 자유주의자들은 인생의 의미가 개인의 자유로운 선택에서 나온다고 믿는다. 하지만 둘 다 망상에 지나지 않는다.

– 유발 하라리, 김명주 옮김, 『호모데우스』, 김영사, 2017.

📝→ 깊이 읽기 Tip!

오늘날 세계는 개인주의, 인권, 민주주의, 자유시장이라는 자유주의의 패키지가 지배하고 있다. 하지만 21세기 과학이 이 자유주의 질서의 근간을 흔들고 있다. 다른 모든 종교처럼 자유주의도 추상적인 윤리적 판단만이 아니라 사실적 진술을 기반으로 하는데, 이런 사실적 진술들은 과학적 검증을 통과하지 못한다. 저자는 이미 실행되고 있는 많은 사례들, 예를 들어 로봇 쥐 실험, 외상 후 스트레스 증후군을 치료하는 뇌의 컴퓨터칩 실험, 병사들의 전투능력과 집중력을 향상시키는 헬멧 실험 등을 근거 자료로 제시한다. 그리고 머지않아 우리는 개인의 자유의지를 전혀 허용하지 않는 엄청나게 유용한 장치들, 도구들, 구조들의 홍수에 직면하게 될 것이고 이에 대한 대처가 필요하다고 주장한다.

텍스트 평가하기

주장과 근거 찾기, 세 기준에 따른 평가	

다음 글을 읽고 주장과 근거를 파악하시오. 저자의 주장에 동의한다면 왜 동의하는지 그리고 이러한 정의가 실현가능한지 생각해 보고, 동의하지 않는다면 왜 동의하지 않는지 그리고 어떻게 해야 정의로운 사회가 가능한지 주장해 보시오.

롤스는 타고난 재능은 노력의 결과가 아니라는 이유로 정의를 능력 위주로 해석하는 논리를 거부한다. 그렇다면 재능을 열심히 갈고닦은 경우는 어떠한가? 빌 게이츠는 오랫동안 열심히 노력해 마이크로소프트를 키워냈다. 마이클 조던은 수많은 시간을 투자해 농구실력을 연마했다. 비록 재능은 타고 났지만, 그러한 노력의 대가는 받을 자격이 있지 않은가?

롤스는 노력도 혜택 받은 가정환경의 산물일 수 있다고 대답한다. "노력하고 도전해서 소위 자격을 갖춘 사람이 되려는 의지조차도 행복한 가정과 사회적 환경의 영향이다." 성공의 다른 요소들처럼 노력 역시 스스로에게 공을 돌릴 수 없는 우연의 영향을 받는다. …… 형제 중에

첫째로 태어난 것이 노력의 결과라고 말할 사람은 없다. 출생 순서처럼 임의의 요소가 열심히 일하고 성실히 노력하는 성향에 영향을 줄 수 있다면, 롤스의 주장은 설득력을 얻는다. 즉 노력도 도덕적 자격을 획득하는 토대가 될 수 없다.

사람은 노력하고 열심히 일한 대가를 받을 자격이 있다는 주장에 의문을 제기할 이유는 더 있다. 능력 위주 사회에 찬성하는 사람들은 곧잘 노력의 미덕을 강조하지만, 사실 그들조차 노력만이 소득과 부의 토대가 된다고는 생각하지 않는다. 건설 노동자 두 사람을 생각해 보자. 한 사람은 힘세고 다부진 체격에, 땀 한 방울 흘리지 않고 하루에 벽을 네 개나 쌓는다. 또 한 사람은 약하고 왜소한 체격에, 한 번에 기껏해야 벽돌을 두 장 옮긴다. 일은 열심히 하지만, 건장한 동료가 힘들이지 않고 하루면 할 일을 이 사람이 하면 일주일이 걸린다. 능력 위주 사회를 옹호하는 사람 중에, 노력의 미덕을 생각해서, 약하지만 열심히 일하는 노동자가 건장한 노동자보다 돈을 더 받을 자격이 있다고 말할 사람은 없을 것이다.

마이클 조던을 보자. 맞다. 그는 열심히 연습했다. 하지만 그보다 못한 선수 중에는 그보다 더 열심히 연습하는 선수들도 있다. 그렇다고 연습 시간을 고려해, 그들이 조던보다 더 높은 연봉으로 계약할 자격이 있다고 말할 사람은 없을 것이다. 따라서 능력 위주 사회를 신봉하는 사람들이 아무리 노력을 떠들어도, 그들이 진정으로 보상받을 가치가 있다고 믿는 것은 기여한 내용이나 업적이다. 노동윤리를 갖는 게 노력의 결과든 아니든, 우리가 기여한 것들은 어느 정도는 공을 내세울 수 없는 타고난 재능에서 나온다.

– 마이클 샌델, 이창신 옮김, 『정의란 무엇인가』, 김영사, 2011.

깊이 읽기 Tip!

정의란 윤리, 합리성, 법률, 자연법, 종교, 공정함, 혹은 균등함, 그리고 선포된 윤리의 위배에 따른 처벌 등에 바탕을 두고 내리는 도덕적인 "옳음"의 개념이다. 마이클 샌델은 이 책에서 정의를 "분배 정의"로 한정짓고 있다. 그는 공리주의, 자유주의, 공동체주의라는 세 가지 관점에서 분배 정의를 말하고 있다. 위 지문은 바로 자유주의의 주장에 대한 비판이다. 우리 사회에 가장 보편적으로 퍼져 있는 분배 정의는 자유주의의 주장으로 "기회 균등의 원칙"과 "능력과 성과에 따른 배분"이다. 그러나, 위 글의 내용처럼 좀 더 근본적으로 따져보면, 이러한 분배는 노력의 대가가 아니라 우연에 따른 것이라는 점에서, 자유주의의 주장은 어떤 사람이 다른 사람보다 백배의 임금을 받는 것이 정의롭다고 증명할만한 논리적인 근거가 부족하다.

텍스트 평가하기

주장과 근거 찾기, 세 기준에 따른 평가	

IV

실전 독서

    '실전 독서'는 다양한 영역의 지문을 읽고 주장과 근거를 찾아 논평하는 과정에서 우리에게 당면한 문제를 해결하고, 비판적 사고 능력과 창의적 사고를 계발하기 위해 마련한 장이다.

    정치·경제 부분에서는 우리들이 살아가면서 가장 현실적으로 체득하게 되는 분야이므로 학생들의 능동적인 활동을 통하여 현실적인 문제해결 능력을 키운다.

    사회·윤리 부분에서는 사회에서 일어나는 다양한 문제들의 원인을 규명하고 처방하기 위해 사회구조·사회질서·사회체계 등을 논리적 사고로 비판해본다.

    역사·철학 부분에서는 역사와 현실에 대하여 철학적인 사고로 접근하여 그 성과와 발전이 어떻게 진행되어가는 지 학생들 스스로 인식함으로써 비판적으로 평가해본다.

    과학·환경 부분에서는 다양한 환경 문제에 대하여 과학이 미치는 영향과 이에 대응할 수 있는 과학적 관점에 대해 알아보고 환경 문제 개선에 대하여 비판적으로 검토한다.

    문학·예술 부분에서는 지역 문화콘텐츠 구축에 대해 생각해보고, 좀 더 확장된 사고로 소통할 수 있는 방법과 창의적인 능력을 계발할 수 있는 방법을 모색해본다.

정치·경제

① 다음 글을 읽고 주장과 근거를 찾고 논평하시오.

　사실 중소기업이 대기업이 될 수 있어야 제대로 된 경제죠. 지금의 재벌도 처음에는 중소기업이었으니까요. 그런데 이제 중소기업이 대기업이 되는 건 몹시 힘들어요. 조금만 성장한다 싶으면 대기업이 빼앗아 먹어버리거나 하청업체로 만들어 쥐어짜니까요. 재벌 대기업 집단이 먹을거리에서부터 첨단산업까지 모두 차지하는 문어발식 확장을 벌이고 있죠. 중소기업은 대기업과의 관계에서 항상 '을'이다 보니, 부당한 요구를 다 들어주어야 하고요. 중소 기업인들은 양자 사이의 계약을 '을'을 죽이는 '을사(乙死)조약'이라고 부릅니다. 그리고 구두계약한 뒤 갑자기 발주를 취소해 버리거나, 현금을 수십조 원씩 쌓아두면서도 중소기업에게는 1개월짜리, 심지어 6개월짜리 어음을 끊어주거나, 중소기업의 기술을 사냥해서 그걸 가지고 새로운 시장에 진출하는 일도 빈번하죠. 이러니 중소기업이 '곡소리'를 낼 수밖에요. '경제검찰'로 불리는 공정거래위원회가 적극 나서서 대기업의 부당행위를 엄격히 규제해야 하는데, 아직은 미흡합니다.

　기억할 것은 김대중·노무현 정권도 이러한 대기업의 비리와 횡포를 근절하지 못했다는 점입니다. 이명박 정권은 출범 후 철두철미하게 '대기업 프렌들리' 정책을 폈죠. 단적인 예로 이 명박 정부는 중학교 교과서에서 대기업이 납품대금을 주지 않아 어려움에 처한 중소기업 사례를 삭제했어요. 당시 이 소식을 듣고 할 말이 없어지더군요. 이러한 상황에서 건실한 중소기업이 대기업으로 성장하는 것은 불가능하지 않겠어요?

한편 대기업은 '고용 없는 성장'을 즐기고 있습니다. 성장은 계속 되고 이윤도 급증하는데 그에 걸맞은 고용을 하지 않고 있어요. 그러니 정부가 대기업을 '고용 있는 성장' 쪽으로 가도록 유도해야 합니다. 최근 이명박 정권이 '대기업 때리기' 시늉을 냈죠. 그러는 가운데 최시중 방송통신위원장이 기업의 사회적 책임을 강조하면서 대기업의 고용 창출을 강조했어요. 최 위원장의 지적처럼, 시가총액 100대 그룹이 지난 5년간 1.5퍼센트밖에 일자리를 창출하지 못 했습니다. 그런가 하면 매출 1조 2000억 원을 올린 NHN은 6,000명을 고용하고 있는데 SK텔레콤은 12조 원의 매출을 올리면서도 직원은 4,500명에 불과해요. 비율로 따지면 SK텔레콤의 직원 수는 6만 명 정도 돼야죠.

이명박 대통령이 청년실업에 대해 언급하면서 청년들도 눈높이를 낮춰야 한다는 식의 이야기를 한 적이 있습니다. 지방과 중소기업으로 눈을 돌리라는 조언은 타당한 면이 있어요. 그런데 정부가 이런 조언을 청년들에게 하려면, 대기업의 시장독점과 불공정거래를 막아 중소기업이 '괜찮은 직장'이 되도록 노력해야 합니다. 그러지 않으면 말할 자격이 없죠.

대기업은 성장하고 있는데 신규 채용 수는 늘지 않는 것, 중소기업에서 좋은 일자리가 줄어드는 것. 정말 큰 문제입니다. 그러다 보니까 대졸 청년이 100곳 이상 지원서를 넣어도 취업이 안 되는 일이 비일비재하죠. 최근 한국 청년의 스펙은 사상 최고 수준이에요. 영어 능력, 컴퓨터 사용 능력, 국제적 안목과 경험, 문화, 예능 감각 등은 저를 포함한 선배들의 청년 시절보다 훨씬 낫습니다. 그런데도 명함 내놓을 만한 직장에 취업하기 위하여 아르바이트, 자격증, 공모전, 봉사활동, 인턴 경력이라는 '위업 5종 경기'를 뛰느라 정신이 없죠.

－조국·오연호, 『진보집권 플랜』, 오마이북, 2010.

영국 시인 윌리엄 블레이크(William Blake)는 "사자와 소를 위한 하나의 법은 억압이다."라고 갈파한 바 있다. 한 울타리에 풀어놓고 경쟁하라는 것은 말이 안 되니까. 그리고 사자는 소를 단번에 잡아먹을 것이니까 칸막이를 해 주는 게 공정한 것이다. 우리 사회에서 공정하지 않는 경쟁은 어떤 것들이 있는지 생각해보자.

② 다음 글을 읽고 주장과 근거를 찾고 논평하시오.

　　B.C. 6세기 초 아테네 시민들은 솔론의 통치 이후 자신의 권력을 부단히 확대해 갔다. 솔론은 평민의회의 최고기관인 평의회와 모든 시민에게 개방된 재판소 등 새로운 정치기구를 만들어 냈다. 그의 뒤를 이어 참주 페이시스트라토스가 등장하여 정치에 참여할 수 있는 자격을 더욱 넓혔다. 또 클레이스테네스는 만인의 의견표시(말의 평등권)을 장려했으며, 평의회와 10개 부서로 나누어진 평의회의 하부조직 프리타니(prytany)의 활동을 보다 강화하였다. 그러나 그들의 정치체제는 아직도 다분히 이론적인 단계에서 벗어나지 못한 상태였다.

　　페리클레스의 등장으로 비로소 진정한 제도혁신이 이루어졌다. 그는 국가사업참여에 보수를 지불하는 미스토포리(mistophorie)제도를 만들어 가난한 시민들의 생계유지에 도움을 주었다. 이로써 모든 시민을 국가경제에 포함시키겠다는 그들의 의도는 그 바탕을 마련하게 되었다. 그리고 한걸음 더 나아가 해군과 육군, 기병대에도 이 제도를 적용해 그들 역시 봉급을 받게 되었다. 요컨대 국가가 국민에게 정당하게 요구할 수 있는 권리들을 보수를 받는 직업으로 바꾼 것이다.

　　이러한 개혁은 여러 가지 구체적인 정책을 실시함으로써 더욱 공고해졌다. 페리클레스는 도시를 아름답게 꾸미고 축제를 더욱 자주 개최하는 한편, 모든 사람들이 일할 수 있게끔 대대적인 공공사업을 벌이는 정책을 썼다. 다양한 미스토이(임금, 수당 또는 월급)로 시민들은 비교적 여유 있는 생활을 할 수 있었다. 평의회는 아테네 민주정치 체제의 핵심으로 수레바퀴 같은 역할을 하였다. 이에 대해 훗날 아리스토텔레스는 "모든 정책결정에서 평의회가 최고의 권한을 가지고 있었다."고 말했다. 의회에서 추첨을 통해 선출된 자들로 구성된 평의회는 행정관을 임명하고 그들을 엄중히 감시하는 기능을 담당했다.

　　한편, 특별한 정치교육을 받지 못한 다수의 사람들로 구성된 평민의회는 하나의 결정안을 채택하기가 무섭게 그것을 번복할 만큼 변덕스럽고 동요되기 쉬운 집단이었으며 언변에 능한 사람이나 아첨꾼이 득세하는 장소이기도 했다. 더욱이 시민의 자격 또한 너무 제한되어 있어서 여성과 외국인은 시민이 될 수 없었다. 외국인은 몇 세대 전부터 아테네에 살았어도 시민권을 획득할 수 없었다. 아테네의 민주주의는 헬라스 전체를 통틀어서 가장 진보된 체제이긴 했지만, 매우 제한된 범위에서 행해졌으며 한계 또한 많았다.

그러나 국민 전체가 자신들의 운명을 각자의 의식과 이해를 척도로 하여 자주적으로 결정할 권한과 다수결 원칙을 철저히 법률로 규정한 것으로는 최초인 만큼 의의가 매우 크다. 실상 아테테인의 의회정치에서는 민중지도자의 역할이 결정적이었다. 페리클레스는 건설적이고 일관성 있는 정책을 펼치면서 거의 30년 동안이나 의회를 다스렸다. 투키디데스는 다소 냉소적인 시각으로 아테네 민주정을 비아냥거렸다. "겉보기에는 민주주의였지만 실제로는 한 사람이 이끄는 군주제와 다름없었다."

제우스와 동등한 올림포스족이라고 칭송받던 페리클레스가 죽은 뒤로는 그만큼 주도면밀하고 지혜로우며 수완이 뛰어난 인물이 나타나지 않았다. 민회는 돌팔이 웅변가들의 무대로 전락하고 말았다. B.C. 5세기 말에는 패전을 구실로 들고 나온 귀족들의 공모가 있었다. 소수 귀족집단이 권력을 잡은 뒤 민주주의 체제는 중지되고 말았다. 펠로폰네소스 전쟁이 막바지에 치달을 무렵에도 혼란은 계속되었다. 이방인의 신을 숭배한다는 이유로 부당하게 독배를 마셨던 소크라테스의 죽음을 통해서도 사회의 혼란상을 족히 짐작할 수 있다. B.C. 4세기에는 공공사업에 참여할 수 있는 기회가 확대되었고, B.C. 400년 이후에는 선동가의 제안으로 평민의회에 출석하는 대가가 지불되기도 했다. 시민들은 군비에 쓰는 세금에는 인색했지만, 흥행물에는 그렇지 않았다. 페리클레스는 테오리크(theoric)라는 흥행물세를 거두어 빈민 구제 기금으로 썼다. 이처럼 시민의식은 더욱 희박해져 병역의무마저 기피하는 경향이 생겼고, 마침내 외국 용병에 의존해야 했다.

– 피에르 레베크, 최경란 옮김, 『그리스 문명의 탄생』, 시공사, 1995.

생각 나누기

민주주의의 기원은 고대 그리스 아테네의 민주정치, 특히 평의회이다. 이 글의 저자의 주장에 의하면 아테네 민주주의는 의의와 한계를 갖는다. 어떤 의의와 한계를 갖는지, 그리고 이것은 아테네 주민의 생활과 어떠한 연관을 갖기 때문인지도 생각해 보자.

이 책은 그리스문명의 초기 크레타의 미노아 문명과 미케네 문명부터 이야기를 시작하여 식민지의 확장과 연결되는 민주주의, 그리고 마케도니아의 침략에 그리스 문명이 무너지기까지를 간략히 보여주고 있다. 현재 인류 문명의 주요 근간이 되는 그리스문명에 대해 얼마만큼

풍성한 사상과 문화가 꽃피웠는지, 그리고 그것이 현재에 어떻게 연관되는지에 대한 이해를 위해 다음의 책을 소개한다.

▶ 더 읽어볼 책

월 듀란트, 왕수민 외 옮김, 『문명이야기 2－1－그리스 문명』, 민음사, 2014.

③ 다음 글을 읽고 주장과 근거를 찾고 논평하시오.

　　자본주의의 본질은 '차이를 만들어내어 차별화하는 것'으로 가치를 '창조'하는 데 있습니다. 이로 인해 자본주의 사회는 물건을 소비하는 '욕망 긍정사회'가 되었습니다. (중략)

　　그렇다면 '브랜드에 대한 욕망'은 어디에서 오는 걸까요? 그것은 개인이 자신의 존재와 위치에 만족하지 못하고 자신감을 갖지 못하는 불안감에서 비롯됩니다. 자신감이 사라진 데서 오는 불안감이 존재하는 한 브랜드 물건은 그러한 마음의 자급자족이 불가능한 사람들에게 일종의 보강제로서 기능할 것입니다. 또한 현대 사회에서의 광고와 선전은 비록 겉모습은 다양한 형태를 취하고 있지만 궁극적으로는 불안감을 부추기는 것으로 구매에 대한 욕망을 만들어냅니다. 예컨대, 텔레비전의 광고를 보면 이것을 잘 알 수 있습니다.

　　"당신이 이걸 갖고 있지 않다는 것은 시대에 이미 뒤처졌다는 증거입니다."

　　"이것만 있으면 당신도 안심입니다!"

　　남들이 다 가진 것을 자기만 갖고 있지 않다는 왠지 모를 열등감, 자신이 갖지 못한 것을 누군가가 갖고 있다는 부러움이나 질투심, 그런 여러 가지 불쾌한 감정의 반동으로 브랜드 물건을 향한 강렬한 욕망을 갖게 되는 것이 현대 자본주의 사회의 본질적인 모습입니다.

　　현대의 미국, 그리고 서구 유럽 선진국들에서의 자본주의는 정체상태에 빠져 있습니다. 하지만 그렇다고 해서 자본주의 시스템을 포기하거나 멈출 수도 없기 때문에 끊임없이 새로운 길을 찾아가고 있는 것입니다.

– 사이토 다카시, 홍성민 옮김, 『세계사를 움직이는 다섯 가지 힘』, 뜨인돌, 2009.

생각 나누기

　　자본주의의 미래와 과거에 대해서는 끊임없이 논의되어 왔다. 이 글에서는 브랜드에 대한 욕망이 자신감에서 비롯되었다고 말한다. 이에 대하여 우리는 긍정도 부정도 할 수 없는 걸까? 브랜드에 대한 자신의 생각을 꺼내보자.

④ 다음 글을 읽고 주장과 근거를 찾고 논평하시오.

　　비즈니스는 문제의 연속이다. 만약 문제가 없다면 그것은 비즈니스가 아니다. 어찌 보면 비즈니스의 묘미는 그 수많은 문제들을 착착 해결해나가고 극복해나가는 데 있을지도 모른다. 대부분의 조직에서 궁극적인 해결책은 리더나 경영자가 제시하는 경우가 많다. 그들은 오랜 경험을 통해 문제를 들여다보고 분석하는 능력이 체화되어 있다. 어떤 문제를 경험으로 두루뭉술하게 전체적으로 바라볼 때는 막막하게만 보던 것도 각 영역별로 토막토막 잘라서 관찰해 보면 상황을 개선시킬 묘책이 의외로 나오게 마련이다.

　　비록 제품을 판매하는 것과 같은 간단한 절차도 쪼개서 보면 문제의 실마리가 달리 보인다. 고객은 매장 전체를 사는 것이 아니다. 고객이 주목하는 상품별로 제 각각 살아서 움직여야 고객의 시선과 발길을 붙잡을 수 있다. 그래서 뭐든 1미터씩 잘라서 보라는 말이다.

　　물 한 잔을 얻어 마셔도 '달라'고 해야 주는 곳과 알아서 내오는 곳은 완전히 다르다. 잘되는 매장은 음악을 한 곡 틀어도 시간대별로 고객의 감정 상태를 분석하고 구매를 유도할 수 있는 것으로 고른다. 심지어 매장 내 향기까지 관리해서 고객이 머물고 싶도록 하는 곳도 있다.

　　고객 중심의 장치를 하나도 해놓지 않고서 자기 입장에서 '이만하면 괜찮다'고 안도하는 사람, 할 만큼 했는데도 장사가 안 되는 것은 순전히 불경기 탓이라고 하는 사람, 이들은 과연 프로라고 할 수 있을까? 결국 사소한 것이 커다란 차이를 만들어낸다.

－ 전옥표, 『이기는 습관』, 샘 앤 파커스, 2007.

생각 나누기

　　매 순간 삶을 충실하게 살아가는 사람들이 있다. 자신에게 정해진 시간이 주어진다면 어떻게 보내는 것이 좋을까? 나는 '차이'를 받아들이고 '프로'의 반열에 오를 수 있을까?

⑤ 다음 글을 읽고 주장과 근거를 찾고 논평하시오.

　　미국에서 유태인들의 직업은 네 가지 종류로 대별할 수가 있다고 한다. 첫째가 변호사, 다음이 의사 혹은 약제사, 세 번째가 학자, 그리고 네 번째는 부친의 직업 혹은 기업을 계승하여 금융업이나 투자가가 된다. 유태인 변호사는 대단히 많다. 미국의 변호사는 이혼 문제가 발생했을 경우 경제적으로 유리한 입장을 내세워 이혼을 유도한다.

　　무엇이든지 갖추어진 미국 경제의 풍족함, 저 광활한 국토, 자원, 무엇이든지 갖추어진 미국의 아킬레스건은 가정의 붕괴이다. 물자가 아무리 풍부하다 해도, 가정 붕괴가 앞으로 더욱 폭발적으로 증가해 간다면, 국가 전체가 흔들릴지도 모르는 위기에 놓이는 것이다. 유태인 변호사들이 그리스도교 문명으로 유지되는 미국의 가정을 파괴함으로써 눈에는 눈, 이에는 이라는 가르침을 성취시키려고 한다면……　그것이 사실로 변할 때 세 명의 자식을 유괴해서 몸을 감춘 그전 법률고문의 호소는 드디어 선명하게 부각될 것이다(이혼으로 인하여 자식과 헤어진 아버지가 자식을 유괴하는 사건). － 중략 －

　　지금부터 1세기 전에는 분명히 미국의 이혼율은 세계 최저였다. 그러나 오늘날 미국의 이혼율은 세계에서도 최고인 것이다.

　　시카고에서 잠시 동안 체재하고 있을 때, 다운타운의 빌딩가의 저녁 무렵 언제나 볼 수 있는 광경이 있었다. 그것은 종업(終業)을 알리는 종소리와 함께, 비즈니스맨들이 일제히 무리를 지어 빌딩가로부터 빠져나와 정거장으로 서둘러 가는 광경이었다.

　　엄청난 인원이 열을 지어 굉장한 기세로 순식간에 도로를 가득 메우고 만다. 일본의 비즈니스 가(家)에서는 오후 5시에 이처럼 급한 걸음으로 귀가하는 비즈니스맨의 무리를 볼 수 없다. 왜 미국에서는 한참 일할 남자들이 그렇게 귀가를 서두르는 것일까?

　　그들은 저녁 6시에는 집에 돌아가지 않으면 안 되는 것이다. 그것은 만약 부부 사이에 무슨 문제가 생겨서 아내가 이혼신청서를 법원에 제출하여 남편이 6시까지 귀가하지 않은 날이 가끔 있었다고 씌어져서는 곤란하기 때문이다. 미국에서는 그것만으로 가정을 돌보지 않았다고 해서 유력한 이혼사유가 되어 버린다.

　　만일 그것으로 이혼이 성립되면, 남성으로서는 대단한 문제가 되고 마는 것이다. 아이들은 아내에게 빼앗겨 버리고 양육비마저 지불하지 않으면 안 된다.　그 위에 막대한 위자료까지 있다.

여성이 세 번 이혼하면 큰 부자가 된다는 이야기는, 미국에서는 공공연한 비밀로 되어 있을 정도이다. 이것이 자본주의가 최고도로 발달한 사회, 미국의 남자들에게 주어진 현실이다.

유태민족은 지울 수 없는 고통과 학살의 역사를 걸어왔다. 그리고 그들을 지탱해 준『구약 성서』는 절대라는 신념인 것이다. 바로 미국에서, 혹은 중동에서, 절대와 절대의 충돌이 격렬 하게 반복되고 있는 시대, 그것이 현대라고 할 수 있을 것이다.

- 우노 마사미, 서인석 옮김, 『유태인의 세계전략』, 안산 미디어, 1999.

생각 나누기

유태인 변호사들이 미국 가정을 파괴시키려고 하는 원인에 대하여 생각해보고, 미국과 우리나라의 이혼 사유는 어떻게 다른지, 또 이혼을 막을 수 있는 방법은 무엇인지에 대하여 생각해보자.

독서와 표현

2

사회·윤리

① 다음 글을 읽고 주장과 근거를 찾고 논평하시오.

　　조언과 후원을 주고받는 관계는 공통 관심사가 있는 사람 사이에 성립되거나, 선배가 후배를 보면서 자기 모습을 떠올릴 때 형성된다. 남성 멘토는 좀 더 자연스럽게 소통할 수 있는 같은 남성을 후원하는 방향으로 마음이 기운다는 뜻이다. 어떤 산업이든지 정상에는 여성보다 남성이 많으므로 기득권을 가진 남성의 인맥은 계속 뻗어나간다. 게다가 리더의 자리에 오른 여성의 수 자체가 적기 때문에 선배 남성이 자발적으로 나서지 않는 한 후배 여성이 충분한 후원을 확보하는 것은 불가능하다. 따라서 우리는 여성을 도와줄 멘토와 후원자가 부족하다는 사실을 남성 리더에게 인식시키고 그들의 인맥 반경을 넓히도록 촉구해야 한다.

　　선배 남성이 여성의 멘토가 되어준다면 정말 좋을 것이다. 게다가 여성을 지지하고 후원해준다면 더더욱 바람직할 것이다. 세상이 더욱 평등해지기를 꿈꾸는 남성 리더라면 여성의 멘토와 후원자를 자처해서 문제를 해결하는 데 기여할 수도 있다. 여성을 후원하는 행동이 남성에게 일종의 명예가 되어야 한다. 서로 다른 관점을 규합하면 업무 달성도를 향상시킬 수 있으므로 남성이 여성을 후원하는 행동을 기업 또한 촉진하고 보상해야 한다.

물론 남녀 사이를 성이라는 색안경을 쓰고 바라보는 인식을 포함해서 앞으로 해결해야 하는 까다로운 문제가 있기는 하다. 재무부에 근무하는 동안 나는 래리 서머스와 남아프리카로 자주 출장을 다녔는데, 다음 날 발표할 재정 정책에 관한 래리의 연설문을 준비하느라 그의 호텔 방 응접실에서 정신없이 일에 파묻혀 있는 경우가 많았다. 한 번은 시차가 있다는 사실을 깜빡 잊고 일에 몰두하다가 문득 새벽 3시라는 사실을 알았다. 그 야심한 시간에 내가 래리의 호텔 방을 나서는 장면을 누가 보기라도 한다면 오해를 살 수도 있을 터였다. 그래서 우리 둘은 대책을 의논했다. 복도에 사람이 있는지 살펴보아야 할까? 그렇게 궁리를 하다가 남의 호텔 방에서 밤늦게 나오는 장면을 들키지 않으려고 애쓰는 것과 남의 호텔 방에서 실제로 밤늦게 나오는 것 사이에는 아무런 차이가 없다는 결론을 내렸다. 다행히 나는 누구에게도 들키지 않고 텅 빈 복도를 지나 내방으로 무사히 돌아올 수 있었다.

- 셰릴 샌드버그, 안기순 옮김, 『LEAN IN 린인』, 와이즈베리, 2013.

생각 나누기

우리가 살아가는 동안 훌륭한 멘토를 만난다는 것은 참 중요한 일이다. 설사 이성 간에 멘토를 만나더라도 업무 달성에 효율적이면서 인격적으로 문제 삼을만한 행동을 하지 않는다면 사회적으로 문제가 되지 않을 것이다. 이성 간에 멘토를 만났을 때 적절한 거리를 유지하는 방법과 상대방을 배려하는 방법에는 어떤 것들이 있을까?

② 다음 글을 읽고 주장과 근거를 찾고 논평하시오.

　　세월호에는 안전 매뉴얼은 없고, 오로지 돈의 논리만 있었습니다. 일례로 더 많은 짐을 채우려고, 즉 더 많은 돈을 벌려고 배의 안전에 필수인 평형수(平衡水: 선박이 기울어졌다가도 곧 평형을 유지할 수 있도록 배 밑에 채우는 물)를 뺐다고 합니다.

　　여러분이 배라고 가정해 보세요. 지금 평형수를 채우고 있습니까? 평형수가 있어야 할 자리에 욕망, 돈, 출세, 성공만이 가득 차 있진 않나요? 부모님과의 따뜻한 관계, 배려 같은 것들이 차 있습니까? 요즘의 우리들 모습을 생각하면, 정작 그 자리에 있어야 할 평형수를 채우기는커녕 우리 스스로 자꾸 빼버리고 있는 게 아닌가 싶습니다.

　　평형수가 있어야 할 자리에 욕심을 채우고 있는 우리들, "입시 준비는 안하고 헤르만 헤세를 읽니?"라고 학생들을 옥박지르는 학교 선생님의 모습과 크게 다르지 않다고 봅니다. 가끔 무서워요. 왜 헤르만 헤세를 읽는 것이 야단맞을 일일까요?

– 박웅현 외, 『생각수업』, 알키, 2015.

생각 나누기

　　우리는 삶을 살아가면서 양심이라는 것으로 삶의 무게 중심을 지킨다. 자신의 이익을 위해 삶의 평형수를 버린다면 사익을 챙길 수 있으나 삶은 어느 순간 좌초되고 말 것이다. 매 순간 한걸음 뒤에서 삶의 무게 중심을 지키기 위해 어떠한 노력이 필요할까?

③ 다음 글을 읽고 주장과 근거를 찾고 논평하시오.

　　호기심이 많은 소년은 태양이 아침에 하늘에 나타나서는 밤에 사라진다는 것을 알아차렸다. 이 소년은 태양이 어디로 가는지 궁금했다. 그래서 실제로 해가 지는 것을 자세히 관찰했다. 그러나 태양이 어디로 가는지는 여전히 이해할 수 없었다. 그때 소년은 자기 보모도 아침에 나타나서는 밤에 떠난다는 것을 알아챘다. 어느 날 그는 보모에게 밤에 어디로 가냐고 물었다. 보모는 "집에 가지"라고 대답했다. 소년은 보모가 오고 가는 것을 낮이 되고 밤이 되는 것과 연결시킨 후에 다음과 같이 결론을 내렸다. 보모가 떠나는 것처럼 해 또한 집으로 돌아가는 것이라고.

－M. 닐 브라운·스튜어트 M. 킬리, 이명순·하자인 옮김,

『11가지 질문도구의 비판적 사고력 연습』, 돈키호테, 2010.

생각 나누기

　　인생은 무수한 곡선과 직선이 반복될 때 비로소 정상에 다다를 수 있다. 붉게 익은 대추 한 알도 바람과 천둥과 태풍이 깃들어야 비로소 영글어지는 것이다. 그런데 우리는 이러한 평범한 진리를 종종 잊은 채 살아간다. 나의 삶에 태풍 같은 힘든 경험은 없었던가? 혹여 이를 잊고 살아가고 있지는 않은가? 지난날의 기억을 떠올려보면서 나의 삶을 되짚어보자.

④ 다음 글을 읽고 주장과 근거를 찾고 논평하시오.

성년식을 일컬어 사람들이 살아가는 과정에서 거치게 되는 '통과 의례'의 하나라고 지적한 사람은 프랑스의 인류학자 아널드 반 게넵(Arnold Van Gennep)이다. 사람은 태어나서 죽기까지 일생을 통해 출생, 사회적 사춘기, 결혼, 직업적 전문화, 죽음 등과 같은 하나의 사회적인 지위나 상태로 옮겨가고 있다. 이러한 상태의 변천은 일정한 의례적인 절차를 통해 이루어지고 있다.

반 게넵은 이와 같이 일생을 통해 개인이 거치는 의례를 통과 의례라 하며, 이러한 의식의 근본적인 목적은 개인이 어떤 명백한 지위에서 또 다른 명백한 지위로의 통과를 가능케 하기 위한 것이라고 보았다.

그리고 그는 각각의 통과 의례는 구체적인 의식수행 방법의 상이성에도 불구하고 그것들의 본질적인 목표가 같음으로 해서 매우 광범위한 보편적 유사성을 갖게 된다는 사실을 지적하고 있다. 즉 이러한 의식과 관련된 활동들을 의례의 질서와 내용에 따라 분석해 보면, 세 가지의 중요한 국면, 즉, 분리, 전이(轉移), 통합으로 나눌 수 있다는 것이다.

또한 이러한 세 하위 범부가 모든 민족이나 모든 의식에 동일한 정도로 나타나지 않으며, 동시에 각각의 통과 의례는 어느 특정 범주가 강조되기도 함을 환기시켜 주고 있다. 예컨대 분리 의례는 장례식, 통합 의례는 결혼식, 그리고 전이 의례는 성년식에서 중요한 역할을 하고 있다는 것이다.

성년식은 사회적 성숙을 강조하는 입사 의례와 육체적 성숙을 강조하는 사춘기 의례로 나누어 생각할 수 있다. 그러나 많은 경우 생리적 사춘기 의례는 입사 의례와 일치하며, 육체적 사춘기가 언제인가를 결정하는 것은 쉬운 일이 아니다. 성년식의 의미를 파악하는 데는 입사 의례 즉 사회적 성숙에 초점을 맞추는 것이 더욱 바람직스럽다.

여자의 경우 생리적 사춘기는 흔히 초경이 신호가 된다. 그러나 남자는 정액의 사출이 정자의 사출보다 빠르다. 사정은 외부자극의 결과로 이루어지므로 이를 성숙의 척도로 삼기 어렵다. 따라서 대부분의 사회에서는 남자의 사춘기를 주변 사람들이 수염이나 음모의 생성 등을 관찰해 판단하는 경우가 많다. 여기에는 물론 각 민족이나 개인의 차이가 고려되어야 한다.

따라서 남자의 사춘기를 판단하는 데는 나이가 중요한 역할을 할 수 있다. 상식적인 이야기지만 어느 사회든 나이에 의해 사람을 구별하는 관습이나 제도가 있다. 특히 산업사회에서는 이러한 구분이 개인의 능력 차이와는 관계없이 이루어진다. 초등학교에 입학하고, 군대에 가며, 부모의 동의 없이 결혼할 수 있고, 퇴직해야 하는 등등의 시기에 대한 나이가 명확히 구분되어 있는 것이다.

그러나, 미개사회에서는 문자기록이 없고 우리와 같은 달력이 없으므로 정확한 연령의 개념이 없는 경우가 많다. 이러한 사회에서는 외모를 보고 나이를 추정하는 것 외에 특별히 정교하고 절차가 까다로운 성년식이 치러지는 이유가 여기에 있는 것이다.

- 최협, 『부시맨과 레비스트로스』, 풀빛, 2005.

생각 나누기

지금은 사라진 옛것 중에 책례라는 풍습이 있다. 선생님과 친지들은 아이가 서당에 다니면서 책을 한 권 뗄 때마다 떡과 음식을 푸짐하게 차려놓고 이를 함께 나누며 기념했는데 이것이 바로 책례이다. 여기에는 책을 끝낸 아이의 노고를 격려해주고 축하해주는 의미가 담겨 있다. 그러나 책례에 담긴 의미는 사라진 지 오래다. 책례의 의미를 되짚어 보고, 현대의 책읽기 정서는 어떠한지 생각해보자.

⑤ 다음 글을 읽고 주장과 근거를 찾고 논평하시오.

　　왼손잡이가 문화적인 소수인지라 사회적 관심의 대상이 된다면, 솔직히 말하여 오른손잡이가 문화적 다수인 것 자체가 오히려 더 큰 문제일 수도 있다. 왜 오른손잡이만이 반드시 문화적 다수여야만 할까. 왼손잡이와 오른손잡이가 동등하다고 주장함에도 불구하고, 왜 왼손잡이만 문제가 될까. 불필요하게 다수를 차지하는 오른손잡이부터 문제 삼는 방식은 채택할 수 없을까. 김광규 시인의 '왼손잡이'를 천천히 읽어보자.

　　　　남들은 모두 오른손으로

　　　　숟가락을 잡고

　　　　글씨 쓰고

　　　　방아쇠를 당기고

　　　　악수하는데

　　　　왜 너만 왼손잡이냐고

　　　　윽박지르지 마라 당신도

　　　　왼손에 턱을 고인 채

　　　　깊은 생각에 잠기지 않느냐

　　　　험한 길을 달려가는 버스 속에서

　　　　한 손으로 짐을 들고

　　　　또 한 손으로 붙들어야 하듯

　　　　당신에게도 왼손이 필요하다

　　　　거울을 들여다보아라!

　　　　당신은 지금 오른손으로

　　　　빗질을 하고 있다.

– 주강현,『왼손과 오른손』, 시공사, 2002.

　　나는 왜 왼손잡이일까? 나는 왜 오른손잡이일까? 우리 주변에 왼손잡이와 오른손잡이는 사회생활을 하는데 어떤 장단점이 있는지 이야기해보자.

역사·철학

① **다음 글을 읽고 주장과 근거를 찾고 논평하시오.**

공자 이래로 동양 전통에서는 소통과 공감을 가능하게 만드는 방법을 도(道)라고 불렀다. 내가 타자에 이르는 길 혹은 타자가 내게 이르는 길, 그러니까 공동체가 소통과 공감으로 움직일 수 있는 길을 동양의 현인들은 집요하게 찾으려고 했던 것이다. 심재(心齋)라는 호로 더 유명한 철학자 왕간(王艮, 1483~1540)이란 사람도 이 점에서는 예외가 아니었다. 그는 흥미로운 이야기를 우리에게 들려준다. 그것은 도를 얻으려는 사람, 즉 '도인(道人)'이 어느 날 시장에서 미꾸라지를 통해서 소통과 공감의 도를 깨닫게 된다는 내용이다.[1]

시장을 한가하게 거닐다가 도인은 드렁허리가 가득 들어 있는 대야를 보게 된다. 좁은 대야에 드렁허리들이 많이 있었나 보다. 너무 좁고 물도 부족해서인지 드렁허리들은 마치 죽은 것처럼 움직이지 않았다. 아마 도인은 여기서 소통과 공감이 부재한 사회를 보았을 것이다. 답답하고 막힌 사회, 그래서 모든 개인들이 죽은 듯이 생기를 잃어버린 사회에 어떻게 활기를 불어

---

1 드렁허리라는 물고기 이름을 처음 들어본 사람도 많을 것이다. 드렁허리는 뱀장어와 비슷하지만 뱀과 비슷하게 생긴, 동아시아에서 많이 발견되는 민물고기다.

넣을 수 있을까? 갑갑한 마음으로 대야 안을 보다가 그는 미꾸라지 한 마리를 보게 된다. 죽은 듯 포개져 있는 드렁허리들의 사이로 한 마리의 미꾸라지가 마치 용처럼 자유자재로 움직이고 있었다. 그러자 놀라운 일이 벌어진다. 죽은 줄 알았던 드렁허리들은 미꾸라지의 활력과 생기를 받아서인지 꿈틀거리기 시작했다. 죽은 듯이 정체되고 막혔던 대야 안에는 생기가 넘실거리게 된 것이다.

도인은 미꾸라지 한 마리를 통해서 소통과 공감이 실제로 이루어지는 현장을 목도하게 된 셈이다. 이어서 도인은 되묻는다. 소통과 공감이란 무엇인가? 어떻게 해야 우리는 소통과 공감의 주체가 될 수 있는가? 이렇게 도인은 자신이 그렇게도 꿈꾸었던 도에 다가갈 수 있었다.

분명 미꾸라지는 자신의 움직임으로 드렁허리들에게 삶의 기운과 의지를 되살려놓았다. 도인은 숙고한다. 미꾸라지가 드렁허리 사이에서 즐겁게 헤엄친 이유는 무엇일까? 그의 말대로 미꾸라지는 드렁허리들을 동정해서 그런 것도 아니고, 그렇다고 해서 드렁허리들로부터 보답을 받으려고 생각해서 그런 것도 아니다. 그저 미꾸라지는 역동적으로 움직이고 싶은 자신의 본성에 충실했을 뿐이다. 도인의 말을 통해 왕간은 우리에게 중요한 사실 하나를 알려준다. 소통과 공감은 동정심이나 혹은 일체의 보답 의식으로 발생하지 않는다는 것이다. 왕간은 확신한다. 우리가 자연스러운 삶을 가장 즐겁게 영위할 때 소통과 공감은 기대하지 않아도 이루어질 것이라는 점을 말이다.

– 강신주, 『철학이 필요한 시간』, 사계절, 2011.

생각 나누기

옆 사람이 하품을 하면 나도 모르게 하품을 하는 상황이 생길 때가 있는데, 이처럼 하품은 옮는다. 그렇다면 어떤 사람이 하품을 잘 따라 할까? 그동안의 연구 결과에 따르면 주위 사람들과 친밀할수록 하품은 전염이 잘된다고 한다. 이는 하품의 전염력과 감정의 공감 능력의 관계를 잘 보여준다. 자신의 공감 능력은 어떠한가?

▶ 함께 보면 좋은 영화

이 영화는 '존엄사'에 대하여 다루고 있다. 그러나 내용적인 면에서는 인간 삶에서 자신의 존재 가치와 의미를 부여하는 데 큰 힘이 되는 것은 '소통과 공감'이라는 점을 강조한다. 제시된 텍스트와 영화 내용을 비교하며 '소통과 공감'에 대하여 깊이 생각해 보자.

– 감독 테아샤록, 미 비포 유(Me Before You), 2016.

② 다음 글을 읽고 주장과 근거를 찾고 논평하시오.

　　워즈워스는 떡갈나무 아래에 앉아 빗소리를 듣거나, 허공에 금이 가듯 잎들 사이로 햇살이 비쳐드는 모습을 지켜보기를 좋아했다. 그가 보기에 나무의 인내와 위엄은 덧없는 존재들 앞에 내보일 자연의 귀중한 특징이었다. 워즈워스는 자연이 우리로 하여금 삶에서, 그리고 서로에게서 "바람직하고 선한 모든 것"을 구하게 한다고 주장했다. 자연은 "올바른 이성의 이미지"로서 도시 생활에서 나타나는 비꼬인 충동들을 진정시킨다는 것이다.

　　　현재 있는 것들, 그리고 지나버린 것들이
　　　추는 빠른 춤에 취해버린 마음 앞에
　　　영속하는 것들의 단정한 모습을 내보여라.

　　우리가 부분적으로라도 워즈워스의 주장을 받아들이려면, 그 이전에 우리의 정체성에는 다소 순응성이 있다는 원칙, 즉 우리가 함께 있는 사람 – 때로는 사물 – 에 따라서 변한다는 원칙을 인정할 필요가 있다. 어떤 사람과 함께 있으면 마음이 너그러워지고 감수성이 풍부해지는 반면, 어떤 사람과 함께 있으면 경쟁심이 생기고 질투가 일어난다. 따라서 A가 지위와 위계에 강박감을 가지고 있다면, 거의 눈치도 채지 못하는 상태에서 B까지 자신의 의미에 대해서 걱정을 하게 될 수도 있다. 심지어 A의 농담으로 인해서 지금까지는 잠복해 있던 우스꽝스러운 느낌들이 슬며시 머리를 내밀 수도 있다. 그러나 B를 다른 환경에 가져다 놓으면, 그의 관심은 새로운 상대에게 반응하여 미묘하게 변할 것이다.

　　그렇다면 폭포나, 산, 떡갈나무나 애기똥풀, 즉 의식적 관심이 없으며 따라서 특정한 행동을 조장하거나 억제할 수도 없을 것으로 보이는 사물과 함께 있을 때 사람의 정체성에는 어떤 일이 일어날까? 자연의 유익한 영향에 대한 워즈워스의 주장의 요체를 따르면 생명이 없는 물체도 그 주위에 있는 사람들에게 영향을 줄 수 있다. 자연의 모습은 우리에게 어떤 가치를 암시하는 힘이 있으며 – 떡갈나무는 위엄, 소나무는 결단, 호수는 침착 – 따라서 크게 눈에 띄지 않으면서도 미덕에 영감을 주는 역할을 할 수 있다.

　　　　　　　　　　　　　　　　　　　　　– 알랭 드 보통, 정영목 옮김, 『여행의 기술』, 청미래, 2004.

　　여행과 철학이 제목으로 들어간 책 가운데 일부를 제외하고는 철학자의 사상을 소개하는 책들이 대부분이다. 위 저자의 책은 여행과 철학이라는 주제가 절묘하게 결합된 종류이다. 물론 철학자만이 아니라 워즈워스처럼 시인이나 예술가까지 다루어지고, 이들과 특정 여행지를 결합하여 사상을 소개하고 있다. 이와 대비하여 옹프레의 책은 여행을 저항으로 여기며 철학자의 실천법으로서 여행을 말하며 소크라테스에서부터 니체, 들뢰즈에 이르기까지의 사상을 결합하는 책이다.

▶ 비교해서 읽어볼 책

미셸 옹프레, 강현주 옮김, 『철학자의 여행법』, 세상의 모든 길들, 2013.

③ 다음 글을 읽고 주장과 근거를 찾고 논평하시오.

　　니체는 금욕주의적 성직자가 제공하는 치료는 의사의 치료가 아니며 따라서 이를 거부하겠노라고 선언한다. 성직자는 고통받는 이의 불편함을 해소하기 위해 노력하지만 병의 원인이나 상태를 치유하지는 않는다. 니체는 성직자가 그런 위안을 위해 고안하고 발견한 장치들에 대해 경외감을 갖는다. 성직자는 위안을 주는 데 천재적인 재능을 지니고 있다. 기독교는 "위안을 주는 가장 정교한 수단들에 대한 위대한 발굴"(기분 전환과 진정 및 마취 효과 등을 통해)을 성취했다. 이를 위해 그것은 "깊은 우울과 나른한 피로, 생리학으로부터 차단된 어두운 우울증을 극복하기 위해 어떤 감정을 자극해야 하는지"를 정교하게 연구하면서 이 목적의 달성을 위해 위험하고 대담한 모험을 감행해왔다. 모든 위대한 종교는 전염병이 되어버린 삶의 권태와 무기력함에 대한 투쟁에 다름 아니다. 니체는 종교로 지칭되는 것들은 공히 이와 같이 심리적, 도덕적 영역에서 잘못된 원인과 치료법을 찾는 (예를 들어 죄의식과 죄라고 하는 그릇된 개념의 창안을 통해) 생리학적 장애를 공유해왔다고 지적한다.

　　그는 인간 존재에 대한 피할 수 없는 공포와 직결된 이 질병이 고귀하고 드문 유형의 인간을 양성하는 대신 그저 사회정치적 제도를 통해 평준화한 인간만을 양성한다는 점에서 위험하다고 보았다. 즉 사회가 인간 조건에 대해 거짓된 연민을 키울 위험이 있다는 것이다. 우리는 인간에 대한 공포를 극복할 것이 아니라, 인간을 향한 연민과 혐오를 극복해야 한다. 공포는 새로운 실험과 과제를 고무할 수도 있지만, 연민과 혐오는 오로지 인간 '최후의 의지'인 허무와 무에의 의지만을 생산하기 때문이다. 니체는 인간의 역사가 목적을 갖지 않는다는 점을 분명히 인식하고 있었다. 오직 인간이 역사에 목적을 설정할 뿐이다. 우리는 "우리의 척추"로 작용할 의지를 필요로 하며 바로 그런 이유에서 모종의 목적을 요청한다. 니체는 철학이라는 영역 안에서 이런 척추, 즉 목적성의 존재를 특히 예리하게 감지했다.

- 키스 안셀 피어슨, 서정은 옮김, 『니체』, 웅진 지식하우스, 2007.

생각 나누기

　　'바람은 딴 데서 오고 구원은 예기치 않은 순간에 오고 절망은 끝까지 그 자신을 반성하지 않는다.' 김수영 시인의 '절망'이라는 시 일부분이다. 내일의 희망은 오늘 희망하는 사람을 배반 한다. 또한, 미래의 희망에 시선을 두면 현재의 절망을 뚜렷이 보기 어렵다. 끝까지 그 자신을 반성하지 않는 절망은 실체를 알 수 없을 때 더 큰 공포와 마비를 유발한다. 우리 사회 반성하지 않는 권력이 가져온 분노와 비극은 어떤 것이 있는가?

④ 다음 글을 읽고 주장과 근거를 찾고 논평하시오.

제선왕이 맹자에게 물었다.

"어떻게 덕(德)을 행하면 왕노릇을 할 수 있겠습니까?"

맹자가 대답했다.

"백성을 보호하면서 왕노릇을 한다면 이것을 막을 사람은 없습니다."

제선왕이 다시 묻기를

"과인(寡人)도 백성을 보호할 수 있습니까?"

맹자가 대답했다.

"가능합니다."

제선왕이 다시 물었다.

"무슨 이유로 나의 가능함을 아십니까?"

맹자가 말하기를

"신이 다음과 같은 내용을 호흘(胡齕)에게 들었습니다. '왕께서 당상(堂上)에 앉아 계시는데, 소를 끌고 당하(堂下)를 지나가는 사람이 있었습니다. 왕께서는 이를 보시고 '소가 어디로 가는가?' 물으시자, 대답하시길 '장차 종(鍾)의 틈을 바르는 데 쓰려고 데리고 갑니다.' 했습니다. 왕께서 '놓아주어라. 내가 그 두려워 벌벌 떨며 죄 없이 사지(死地)로 나아감을 차마 볼 수 없다.' 하셨습니다. 그 사람이 '그렇다면 흔종(釁鍾)을 폐지하오리까?'하고 물으니 왕께서 '어찌 폐지할 수 있겠는가 양으로 바꾸어 쓰라.'고 하셨다는 말을 들었습니다. 이러한 일이 있었습니까?"

제선왕이 대답했다.

"그러한 일이 있었습니다."

맹자가 말하였다.

"그러한 마음이라면 족히 왕노릇 하실 수 있습니다. 백성들은 모두 왕더러 재물을 아꼈다고 하지만 신(臣)은 진실로 왕이 차마 하지 못하심을 알고 있습니다."

왕이 말하시길

"그렇습니다. 진실로 백성들 중에 비난하는 자가 있겠습니다마는 비록 제(齊)나라가 좁고

작다고 하여 내가 어찌 한 마리 소를 아끼겠습니까? 이는 소가 벌벌 떨면서 죄 없이 사지로 나아감을 차마 볼 수 없어서였습니다. 그러므로 양으로써 바꾸게 한 것입니다."

맹자가 답했다.

"왕은 백성들이 재물을 아꼈다고 비난함을 괴이하게 여기지 마소서. 작은 양을 가지고 큰 소와 바꾸었으니, 저들이 어찌 이것을 알겠습니까? 왕께서 만일 소가 죄없이 사지로 나아감을 측은히 여기셨다면 소와 양을 어찌 구별하셨습니까?"

왕이 웃으며 말하였다.

"이것이 진실로 무슨 마음이었던가? 내가 재물을 아껴서 양으로 바꾸게 한 것은 아니지만 백성들은 나더러 재물을 아꼈다고 이르겠구나!"

맹자가 말했다.

"나쁠 것이 없습니다. 이것이 바로 인(仁)을 행하는 방법이니, 소는 보았고 양은 아직 보지 못했기 때문입니다. 군자는 금수(禽獸)에 대해서 산 것을 보고 차마 그 죽는 것을 보지 못하며, 죽으면서 애처롭게 울부짖는 소리를 듣고는 차마 그 고기를 먹지 못합니다. 이 때문에 군자는 푸줏간을 멀리하는 것입니다."

－『孟子』, 「梁惠王」

생각 나누기

위 글은 『맹자』, 「양혜왕」 편에 나오는 제선왕과 맹자의 대화이다. 이들의 대화를 통해 맹자가 말한 왕도정치가 무엇인지 알아보자. 당시 맹자의 왕도정치는 왜 실현될 수 없었던 것일까 이에 대해 생각해 보자.

독서의 전략

⑤ 다음 글을 읽고 주장과 근거를 찾고 논평하시오.

　　지방의 가장 큰 문제는 무엇인가? 인재 부족이다. 기업인들이 한결같이 하는 말을 들어보면, 기업은 '사람 장사'다. 지역발전도 다를 게 없다. 우수한 인재들을 지역차원에서 서울로 가라고 내몰면서 그걸 지역발전전략이라고 우기니, 이게 말이 되는가? 돈을 반대로 써야 하는게 아닌가?

　　이게 '내부 식민지'가 아니면 무엇이 내부 식민지란 말인가? 일부 지방은 정치·경제뿐만 아니라, 의식적으로도 중앙에 예속된 식민지와 다를 바 없다. 중앙 정부 탓만 할 일이 아니다. 지방에서 진지하고 심각한 고민이 없는데 중앙에서 그런 고민을 왜 하겠는가?

　　학생들의 서울 유학을 부추기기 위해 쓰는 돈을 지역에 남아 공부하는 학생들의 장학금으로 돌린다고 가정해보자. 서울 유학을 가려고 했던 학생은 한 번쯤 고민해볼 것이다. 이런 식으로 여건 조성을 해야 하는 게 아닌가? 왜 사실상의 '지방대 죽이기'를 '지방 살리기'라고 하는가? 이 짓을 그만두지 않는 한 지방발전은 요원하다. 유능한 인재일수록 각종 혜택 부여로 지역에 붙잡아 두는 걸 지역 발전전략의 제1원칙으로 삼지 않는 한 중앙의 오만한 지방 폄하는 계속될 것이며, 지역균형발전이나 지역분권화는 신기루가 될 수밖에 없다.

　　고향 떠난 젊은이들이 고향에 돌아오지 않아도 좋다. 제발 고향 떠나는 것이 지역발전의 길이라고 부추기는 일만큼은 하지 않으면 좋겠다. 나라 걱정한다는 사람들도 나라 걱정 그만하고, 자신이 살고 있는 작은 지역 걱정부터 하면 좋겠다. 우리는 늘 '큰일' 걱정만 하다가 '작은일'을 소홀히 함으로써 종국엔 '큰일'을 망치는 게임을 하고 있는 건 아닐까? 입만 열면 '위에서 아래로'의 방식을 비판하는 사람들이 왜 세상을 바꾸는 일마저 '위에서 아래로'의 방식에 의존하는지 모르겠다.

　　서울에 학숙을 지어 지역의 우수 인재들이 서울에서 공부를 잘 할 수 있게끔 하려고 애쓰는 사람들은 다시 생각해 볼 일이다. 그것도 좋은 일이긴 하지만, 더욱 좋은 일은 지역에 남아 공부하려는 학생들이 서울과 경쟁할 수 있게끔 배려해 주는 일이다. "죽었다 깨나도 지방에선 안 돼!"라는 신념은 '내부 식민지' 근성과 다름없다. 지방이 서울의 식민지가 되느냐 마느냐 하는 결정권은 지방민들에게 있는 것이다. 사적 차원에선 자녀를 서울로 보내기 위해 애를 쓰되, 공적 차원에서 지역을 생각하는 건 얼마든지 타협할 수 있는 일이 아닌가.

그러나 이런 수준의 주장도 지방에선 환영받지 못한다. 아니 환영받지 못하는 정도가 아니라 큰 욕을 먹기 십상이다. 우선 당장 발등에 떨어진 불만 보자면 그 심정은 충분히 이해할 만하다. 서울 유학을 간 지방 학생들이 가장 고통스러워하는 것이 바로 주거 문제이기 때문이다. "그렇게 고통 받는 학생들을 돕겠다는 데 비판을 하다니 '나쁜 인간'이다."라고까지 열을 올리는 사람도 있지만, 누가 더 그 학생들을 생각하는 건지는 따져볼 일이다.

– 강준만, 『개천에서 용 나면 안 된다』, 인물과 사상사, 2015.

생각 나누기

약육강식의 법칙이 완전히 자리한 대한민국 이대로 가도 좋은가? 맹수처럼 오직 자신의 이익만을 추구하는 경쟁의 쳇바퀴 속에서 시름하는 젊은이들이 살아갈 길은 어떤 것인가에 대하여 이야기해보자.

4

과학·환경

① 다음 글을 읽고 주장과 근거를 찾고 논평하시오.

　중장기적으로 교통부문의 CO_2를 감축하는 시나리오에 근거해서 교통 분야의 구체적인 저탄소 시책을 열거한다. 기술적인 개선에 의한 것과 교통 형태의 변경에 관한 것으로 분류해서 각각 단기, 중기, 장기의 전망과 시책을 살펴보자.

　이미 효과가 파악된 단기적인 시책은 효과가 잘 나타나며, 보급 계발에 들어가는 비용이 저렴한 것이 많다. 그 때문에 행정 당국이나 시민이 실행 프로그램을 짜기가 쉽다는 특징이 있다. 또한 이미 시작된 교토의정서 약속기간 목표 달성에 특히 효과적이다. 다만 개인의 의식적인 프로그램에 의존하는 시책으로 치우치는 경우가 약점으로 여겨지고, 보급률이 충분히 향상되지 않는 경우 전체적인 효과가 매우 적어지는 어려움이 있다.

　중기적으로는 이미 존재하는 기기의 보급책이 중심이 되는데, 배려에 의지하는 대책보다는 전체로서 큰 감축량을 기대할 수 있게 된다. 동시에 기기 효율을 향상시켜서 저가로 제공하는 기업의 노력이 중요하다. 다만 장기간에 걸친 사회 시스템의 큰 변화에 대해서는 그 필요성이 충분히 인식되지 않는다는 우려가 있다. 따라서 장기 비전과 CO_2 배출량 감축 시나리오가 서로 잘 맞게 되도록 배려하는 것이 중요하다.

장기적으로는 제도 변경에 의한 영향이나 토지 이용의 변경 등, 변화에 필요한 시간이 긴 시책이 중심이 된다. 에너지 대량 소비를 전제로 한 제도나 도시계획은 저탄소 사회에 대응할 수 있는 것으로 방향성을 잡을 필요가 있다고 생각된다. 장기적인 시책을 위해 단기적으로는 아무것도 하는 것이 없다고 생각하는 것은 대단한 오해이다. 상위 계획이나 제도는 미치는 영향의 범위가 넓고 기간이 길기 때문에 차라리 조기 대응이 더 중요한 시책 분야라고 한다. 즉, 중장기적 관점에서 단기적인 프로그램을 지금 시작하는 것이다.

- 다케모토 가즈히코 외, 서항석 외 옮김, 『CO2 저탄소 도시』, 한울, 2013.

생각 나누기

도시 활동은 에너지를 필요로 한다. CO2를 감축하는 방법은 우리 생활 주변에서 찾아볼 수도 있다. 장기적으로 사회구조 변화, 지역 특성 고려, 개개인의 노력에 대한 과제는 어떤 것들이 있는지 생각해보자.

독서의 전략

② 다음 글을 읽고 주장과 근거를 찾고 논평하시오.

　　디자이너나 장인이(또는 이와 관련된 다른 누구라도) 프로그램에 의존할 때마다 그는 프로그램 제작자의 선입관을 받아들인다. 그리고 시간이 지나면서 소프트웨어가 할 수 있는 일을 중요시하고, 할 수 없는 일을 중시하지 않거나, 관련이 없거나 아니면 그냥 상상할 수 없는 일 정도로 폄하해 버린다. 만일 컴퓨터에 적응하지 못할 경우 디자이너는 그의 직업 세계에서 밀려날 위험이 있다. 프로그램 명세(program specification : 프로그램이 수행할 수 있는 처리 기능의 범위와 논리를 명확하고 질서정연하게 정의해놓은 것)를 제쳐 놓고서라도 현실세계에서 하던 일을 스크린에서 하기 위해서는 시각이 크게 바뀌어야 한다. 이때는 물질적 개념보다는 추상적 개념에 더 많은 비중을 두게 된다. 그리고 계산 능력이 커지고, 감각의 개입은 줄어들며, 정확하고 분명한 것이 잠정적이고 모호한 것에 우선한다.

　　콜로라도 주 북동부 도시 폴더에 있는 소규모 건설사인 아치11(Arch11)의 창업자인 E. J. 미드는 디자인 소프트웨어의 효율성을 높이 사지만, 레빗과 스케치업처럼 인기 있는 프로그램들의 사용이 과도하리만큼 관행적으로 여겨지는 데 대해서 걱정한다. 디자이너가 벽이나 마루나 다른 표면의 크기 모양만 알고 있으면서, 버튼을 한 번만 클릭하면 소프트웨어는 각 판자나 콘크리트 블록, 각 타일, 지지선, 절연 처리, 회반죽 등을 자동적으로 그리면서 모든 세부사항들을 만든다. 미드는 결과적으로 건축가들이 일하고 생각하는 방식이 똑같아지고, 그들이 디자인하는 건물들이 보다 예측 가능해지고 있다고 믿는다. 그는 내게 "1980년대의 건축학 저널들을 살펴보면 개별 건축가의 솜씨가 느껴진다. 하지만 오늘날에는 소프트웨어의 기둥만 보게 될 뿐이다. 따라서 최종 건물에서 기술이 한 역할만 읽을 수 있다."라고 말했다.

　　베테랑 의사들과 마찬가지로 다수의 베테랑 디자이너들은 자동화된 도구와 루틴에 대한 의존도가 커지면서 학생들과 젊은 건축가들이 자신들이 하는 일의 중요한 세부사항들을 배우는 걸 힘들어할까 봐 걱정한다. 마이애미 대학의 건축학과 교수인 제이콥 브릴하트는 레빗 같은 프로그램들이 알려주는 쉬운 지름길들이 "견습 과정"을 덜 중요하게 만들고 있다고 믿는다. 세부사항을 디자인해서 채우고, 재료들을 구체적으로 명시하기 위해 소프트웨어에 의존할 경우 "지능, 상상력, 감정이 배제된, 보다 진부하고, 게으르고, 특징이 없는 디자인만을 생산하게 된다."라는 것이다.

그는 또한 의사들도 겪었던 것처럼 건축 분야에서도 젊은 건축가들의 경우 "과거 프로젝트들을 모아놓은 사무실 서버에서 세부양식, 입면도, 외벽 상세도를 가져와서 재조립"하는 식으로 "잘라 붙이기" 문화가 창궐하고 있다고 느낀다. 행하는 것과 아는 것 사이의 관계가 허물어지고 있는 것이다.

창조적 직업에서 서서히 커지고 있는 위험은, 디자이너와 예술가들이 컴퓨터의 초인간적 속도와 정확성과 효율성에 매료되어 결국 자동화된 방식이 최고라는 걸 당연하게 여기게 되는 것이다. 약간만 저항하고 거부했어도 자신의 최고 기량을 발휘할 수 있었을지 모르는데, 그들은 최소한만 저항해도 되는 길을 따라 내려갈 것이다.

– 니콜라스카, 이진원 옮김, 『유리감옥』, 한국경제신문, 2014.

생각 나누기

과학은 우리 삶에 많은 편리함을 선물해 주었다. 그러나 삶의 질이 높아진 만큼 우리는 많은 것을 잃게 되었다. 자동화 시대에 대비할 수 있는 우리의 과제에 대하여 생각을 열어보자.

③ 다음 글을 읽고 주장과 근거를 찾고 논평하시오.

　　그리스 신화에 메두사라는 요괴가 나옵니다. 메두사는 눈에 신기한 힘이 있어서 그의 눈을 보는 자는 순식간에 돌이 되어버립니다. 이렇듯 신화에서는 시선의 방향성에 의해 사람이 지배당하는 것을 "돌이 된다"는 표현으로 암시하고 있습니다. 따라서 시점을 장악하고 있는 사람이 볼 때 상대는 메두사에 의해 돌이 되어버리는 존재입니다.

　　날마다 아무 고민 없이 사용하는 구글 등의 검색사이트에도 '모여지는 자＝지배받는 자'의 위험성이 내표되어 있습니다. 인터넷에서 당신이 검색한 것에는 당신의 취미나 기호가 반영됩니다. 당신이 컴퓨터에 입력했던 구체적인 키워드의 목록이나 옥션 등에서의 구입 이력이 유출되었다고 한번 가정해 봅시다. 무서운 생각이 들지 않나요?

　　아직까지는 그래도 개인정보 관리가 까다롭게 이루어지고 있는 편이지만 언제든 마음만 먹으면 다른 사람에 대한 정보를 손바닥 보듯 볼 수 있는 입장에 있는 사람이 의외로 많습니다. 어떤 책을 산다. 하는 정도의 사소한 정보라면 크게 문제될 것은 없습니다. 그러나 누군가 당신의 주요 검색 키워드나 검색 스타일, 구매 패턴까지 낱낱이 파악하고 있다고 가정해 봅시다. 당신은 그 사람 앞에 완전히 발가벗겨져 서게 되는 셈입니다. 게다가 설상가상으로 당신의 정보가 유출되고 비밀이 폭로되어 불특정다수의 시선에 노출되어버리면 메두사 앞에서 돌이 된 사람과 다를 바 없어지는 것입니다. 지금의 정보화 사회에는 그런 위험성이 도처에 도사리고 있습니다.

– 사이토 다카시, 홍성민 옮김, 『세계사를 움직이는 다섯 가지 힘』, 뜨인돌, 2009.

생각 나누기

　　'유리턱'은 복싱에서 쓰이는 용어이다. 유리턱은 제대로 한 방만 맞아도 심각한 손상을 입을 수 있다. 『유리턱』의 저자인 에릭 데젠홀은 평판관리와 위기관리의 전문가로서 '유리턱'에 대해 다음과 같이 설명한다. '유리처럼 깨지기 쉬운 턱. 어떤 난관에도 끄떡없을 것 같던 거대 기업이 SNS를 통한 개개인의 공격에 맥을 못 추는 현상.' 미디어는 다윗을 골리앗으로 골리앗을 다윗으로 만들었다. SNS를 통해 노출되는 신상정보에 대한 고민을 비판해보자.

④ 다음 글을 읽고 주장과 근거를 찾고 논평하시오.

　　시간의 화살로 이야기를 되돌리자. 여기에 문제가 하나 남아 있는데, 그것은 왜 열역학적 시간의 화살과 우주론적 시간의 화살은 같은 방향을 가리킬까 하는 것이다. 혹은 말을 바꿔서 왜 무질서는 우주가 팽창하는 시간의 방향으로 늘어날까 하는 것이다. 만약 우리가 무경계 조건이 암시하는 것처럼, 이것은 '왜 우리가 수축 단계가 아니라 팽창 단계에 살고 있을까'란 문제로 둔갑하게 된다.

　　우리는 이 물음에 대해서 약한 인간 원리를 바탕으로 해서 대답할 수 있다. 즉 수축 단계의 여러 여건은 왜 우주가 팽창하는 시간의 방향으로 무질서가 늘어나는가 하는 질문을 할 수 있는 지적 존재가 존재하기에 적합하지 않은 것이다 라고 말이다.

　　우주의 초기에 일어났던 인플레이션은 무경계조건이 예언한 바이지만, 그 결과 우주는 수축을 피할 수 있는 경계에 극히 가까운 율로 팽창하고 있어야 하고, 따라서 우주는 앞으로 극히 오랫동안 수축이 시작되지 않을 것으로 기대된다. 그 무렵에는 모든 별의 땔감이 바닥나고, 별 속의 양성자와 중성자는 보다 가벼운 입자나 복사로 변화될 것이다. 우주는 거의 완전한 무질서 상태에 있을 것이다. 그리고 뚜렷한 열역학적 시간의 화살이 없어질 것이다. 우주는 이미 거의 완전히 무질서상태에 있으므로 무질서는 크게 늘어날 수 없다. 그러나 지적 생물이 살아가는 데는 뚜렷한 열역학적 시간의 화살이 필요하다. 인간은 살아가기 위해서 식량 – 질서 있는 형태의 에너지 – 을 소비해서 이것을 열 – 무질서한 형태의 에너지 – 로 변환해야 한다. 그러므로 지적 생물은 우주의 수축 단계에서는 존재할 수 없다. 이것이 열역학적 및 우주론적 화살이 둘 다 같은 방향을 가리키는 까닭을 설명해준다. 즉 우주의 팽창이 무질서를 늘어나게 하는 것이 아니다. 무경계 조건이야말로 무질서를 증가시키고, 모든 조건을 지적 생물에 적합하게 만드는 원인이 되는 것이다.

　　　　　　　　　　　　　　　　　　　　　　– 스티븐 호킹, 현정준 옮김, 『시간의 역사』, 삼성출판사, 1989.

생각 나누기

　　블랙홀이라는 주제는 상당히 대중화된 주제이다. 블랙홀 연구의 전문가 스티븐 호킹은 별의 탄생, 상대성 이론, 양자역학 이론, 열역학 이론 등 물리학의 이론으로 블랙홀의 이론을 설명 한다. 위 지문의 내용은 태양이라는 별에서 나온 빛, 이 빛에 의해 말할 수 있는 시간, 되돌릴 수 없는 시간의 방향 속에서, 즉 우리 인간은 팽창하는 우주에 존재하고 있음을 말한다. 저자의 주장대로 우리는 지구의 멸망, 우주의 멸망을 염려하지 않고, 얼마나 안심하고 살아갈 수 있을까?

⑤ 다음 글을 읽고 주장과 근거를 찾고 논평하시오.

　　우리는 오늘날 우리가 누리는 물질적 풍요가 다음 세기에도 계속될 수 있을 것인지 심각하게 캐물어야 한다. 아울러, 우리가 일상생활에서 누리는 문명의 이기 – 이를테면 자동차를 굴리고, 컴퓨터를 두드리고, 매일같이 고기를 먹는 – 를 포기할 수 있는가를 스스로에게 진지하게 물어야 한다.

　　지구는 인간의 탐욕을 감당하기에는 너무 작고 지쳤다. 지구 생태계는 자연의 일부인 인간이란 종에 의해 절멸의 위기에 처해 있다.

　　우리가 수많은 위기 중에서도 생태계 위기에 대해 더 걱정하는 것은 인간의 존재문제와 직결되기 때문이다. 오늘날 생태계 위기는 과학기술 문명이나 자본주의 측면뿐만 아니라 윤리 도덕 철학적인 측면과 모두 관련되는 총체적인 위기 때문이다. 따라서 지금 우리에게 필요한 것은 자연에 대한 겸손이고, 가난하게 살 수 있는 용기이다. 물론 가난하게 살 수 있는 용기나 자연에 대한 겸손은 오늘날 우리를 둘러싸고 있는 세계질서의 구조적인 힘에 맞서기 어렵다는 것을 모르는 바 아니다. 그러나 최소한 세계와 자신을 다시 보는 도덕적인 눈을 가져야 된다는 것을 생각한다.

－『시와 생명』 제3호 겨울, 시와 생명사, 1999.

생각 나누기

자본주의의 팽배로 인한 지구의 반항과 인간의 끝없는 욕심!
우리는 지금 어디로 가고 있는가!
이 문제에 대하여 서로의 다양한 생각을 꺼내보자.

5

문학·예술

① 다음 글을 읽고 주장과 근거를 찾고 논평하시오.

　귀가 들리지 않는 베토벤으로서는 어떤 주제의 중심에서 그 가장자리의 문제까지 신경 쓰는 것은 불가능했다. 귀가 들리지 않는다는 것은 다른 사람과의 대화가 불가능하다는 것뿐만 아니라 자기가 모르는 세계와는 완전히 담을 쌓는 것이 된다. 친구와 싸우고, 집주인과 싸워 79번이나 이사를 다녀야 했던 것은 그 청력 소실로 인한 편견과 비타협적인 성격 때문인 것으로 생각된다.

　베토벤의 생애를 돌이켜 보면 병으로 인한 고통의 연속이었다. 그럼에도 수많은 걸작을 후세에 남긴 베토벤은 그야말로 놀라운 창작력을 지녔던 천재적 위인이라 아니할 수 없다. 사람이 세상을 인식하고 사람과 사귀는 일에 있어서, 청각은 그 배후의 사연과 의미를 파악하는데 중요한 역할을 한다.

　보고 싶을 때 사람은 눈을 뜬다. 보고 싶지 않을 때는 눈을 감으면 되고 시야에 들어오지 않는 그 배후 세계는 청각으로 보완된다. 그러나 들리지 않는 사람에게 시야에 들지 않는 세계는 그것으로 끝이기 때문에 결국 그 배후 세계를 잃는 것이 된다. 때문에 베토벤이 자신의 정신적인 시야에 들어오는 것만을 보고 그것을 심화, 발전시킨 것이 결국 많은 불후의 명작을 탄생시킬 수 있었던 원동력이 아닌가 생각해본다.

고통과 성취의 두 측면에서 삶의 근본 특성을 자각한 베토벤의 능력은 유연성이 없어진 본성과 결합되어 인생관을 성장시킨 필수 조건이었다고 생각된다. 또 그는 어떤 요행이나 안식을 찾아 도피하지 않았고 고통과 정면으로 승부하고 그럼으로써 기쁨과 환희를 느꼈는지도 모른다.

베토벤의 만년 작품인 현악4중주 op.131의 피날레에는 「어려운 결심, 그래야만 하는가? 그래야만 한다.」는 불가사의한 글이 덧붙여 있다. '그래야만 하는가?(Muss es sein?)'가 의미하는 바에 대해서는 아직 그 정답을 모른다. 베토벤은 단순한 말로 농담 삼아 그랬을까? 아니면 진심으로 그랬을까?

'그래야만 하는가?(Muss es sein?)'라는 인류의 영원한 물음에 대해 단순히 '그래야만 한다!(Es muss sein!)'고 대답함으로써, 작곡가 중에서 가장 위대한 수난자인 그는 마침내 운명과 '화해'하고 운명을 '긍정'하는 인생에 대한 자신의 궁극적 태도를 표명하였던 것인지도 모른다.

– 문국진, 『모차르트의 귀』, 음악세계, 2000.

생각 나누기

인류의 명작을 남겼던 예술가들 중에는 베토벤처럼 어려운 역경을 이기고 성공한 사례들이 많다. 작곡가였던 베토벤은 난청임에도 불구하고 훌륭한 음악들을 창작하였다. 그의 성공은 자신의 인생을 긍정하는 태도에서 비롯되었다. 우리는 과연 스스로를 얼마나 긍정하며 살아가고 있는지 생각해 보자.

② 다음 글을 읽고 주장과 근거를 찾고 논평하시오.

　　심재모는 고개를 끄덕이다가, "한 가지만 더 여쭙겠습니다. 전에도 그런 생각은 조금씩 했습니다만, 오늘 말씀들 하시는 걸 들으니까 그 생각이 더 분명해지는데, 현 정부는 전체 국민을 위해 도대체 한 일이 없이 반대만 당하고 있는데, 저 같은 사람은 어째야 하는 건지 알 수가 없습니다. 저는 공산주의가 별로 좋지를 않은데, 그렇다고, 자유민주주의라는 게 이 모양이니 친일경찰들처럼 무작정 나설 수도 없는 일이고요. 제가 처음에 군대로 들어갈 때는 뭔가 뜻 있는 일을 해보자는 것이었는데, 이젠 뭐가 뭔지 알 수가 없게 되고 말았습니다." 그는 침통하게 말을 마쳤다.

　　"예, 심 중위님 심정을 충분히 이해할 수 있습니다. 심 중위님뿐만 아니라 그런 입장에 처한 사람들은 너무나 많습니다. 공산주의에 비해 자유민주주의가 정치이념으로서 하등 못할 것이 없습니다. 그러나 그게 공산주의와 대등하게 되려면 순수한 대중의 손에 의해 생겨나야 하고, 그 정권은 절대적 대중이 원하는 바에 따라, 절대적 대중을 위해 정치를 실천해야 합니다. 그런데 우리가 처한 자유민주주의는 그 과정을 일체 생략해 버렸습니다. 그러니까 허울뿐이고, 대중들의 배척을 받고, 현재로서 북쪽의 체제와는 대적이 안 되는 겁니다. 다 알다시피 북쪽에서는 이미 오래전에 친일반역세력을 일소해 민족감정을 해결했고, 농민을 위해 토지개혁을 했으며, 노동자를 위해서는 노동법을 시행했습니다. ― 중략 ― 공산주의를 싫어하는 사람들이 떳떳하게 자유민주주의를 옹호할 수 있게 되려면 위에 말한 그 과정을 거쳐 새로 시작해야 합니다. 그러나 그건 이미 틀린 일입니다. 그러니까 심 중위님 같은 사람들은 앞으로도 계속해서 설 자리를 찾지 못해 두리번거려야 하고, 혼자 괴로워야 하고, 대중들로부터 오해받아야 하고, 배척당해야 하고 그럴 수밖에 없는 일이죠. 미국은 남쪽 정책에 있어서 대중들 입장에서는 물론이고 양심적 지식인들 입장에서도 매도를 당할 수밖에 없이 완전히 실패했습니다. 미국은 그 과오에 대해서 앞으로 두고두고 우리한테 비판당하고 매도당하게 될 겁니다. 말씀드린 대로 어쩔 도리가 없는 일이니 심 중위님은 현재의 위치에서 좋은 쪽으로 그저 최선을 다할 수밖에 없지 않겠습니까? 언젠가 진정한 자유민주주의를 실현시킬 날이 올 거라는 걸 믿으면서 말입니다."

　　"저 같은 게 하면 뭘 얼마나 하겠습니까?"

　　심재모는 자조적인 웃음을 흘렸다.

― 조정래, 『태백산맥』, 해냄, 1995.

진정한 민주주의 실현을 위해서는 지식인들이 정의로운 태도를 보여주어야 한다. 그리고 이 땅에 진정한 민주주의를 뿌리내리려면 지식인들의 양심적이고 올바른 판단력이 필요하다. 완전한 민주주의 정착에 대하여 이야기해보자.

③ 다음 글을 읽고 주장과 근거를 찾고 논평하시오.

　　흔히 말하는 진보주의자들이란 이념에 쫓기어 풍속을 그것에 맞추려는 사람들을 의미하며, 보수주의자 혹은 개량주의자들이란 풍속에 우선권을 부여하여, 이념을 그것에 맞추어 수정하려는 자들을 뜻한다. 어떻든 문화접변시의 문학인들은 수미일관된, 그리고 조리 정연한 조화의 세계를 꾸며 내는 데 성공하지 못하고, 그의 생존의 모습, 당황해하고 흔들거리고 그리고 무엇 때문인지 알 수 없는 것에 침해당한 듯한 느낌에 침윤된 그의 생존으로 그 문화 사이의 간극을 첨예하게 드러낸다. 드러낸다기보다 그의 생존 자체가 그 간극의 상징이다.

　　어떻게 해서 한 문화가, 한 사회 속의 여러 구성 인자들의 삶을 양식화시키는 한 정신의 조류가 다른 그것에 의해서 도전을 받게 되는가 하는 것은 풀기 쉬운 문제가 아니다. 그러나 하나의 가설을 제시할 수 있다면, 그것은 한 사회가 그 사회를 질서 있게 그리고 온전하게 보존하기 위해 만든 모든 질서의 체계라는 그 자체 내의 운동에 의해서 점차로 그 질서가 간직하고 있는 모순과 갈등을 드러내 보이며 그것을 몸으로 체현하는 몇몇의 사색들을 통해, 혹은 대중들의 미묘한 전이에 의해 그것을 극복하려는 의지가 생긴다. 모순과 갈등의 발생과 그것의 극복은 문화의 변이를 가장 높은 단계에서 보여주는 정신의 궤적이다. 그것이 몇몇 천재들의 움직임에 의해 일어나는 것이냐 아니냐 하는 질문은 해묵은 질문이다. 그 질문에 대해서는 장(場)의 변모라는 훌륭한 이론적 반증이 제시되어 있다.

　　한 위대한 정신은 시대의 소산이 아니라 그 시대를 이루는 기호이며, 그 기호의 변이는 장(場)의 변이를 의미하는 것이지, 그 기호가 장의 변이를 자초케 한 것은 아니라는 장이론(場理論)의 입장은, 천재의 기호로서의 역할을 무시하는 것은 아니다. 그 위대한 정신들은 한 사회의 정신적 분위기를 폭넓고 첨예하게 제시하면서 동시에 자기 자신이 그 문화의 모순으로 자기 자신을 규정함으로써 그 문화의 완전한 원에 홈을 만드는 것이다. 그것은 가장 원숙한 유리알 유희자의 자살로써 유리알 유희 모순을 드러낸 헤르만 헤세의 교양 소설 속에 탁월하게 묘사된 바 있으며, 특히 말미의 「세 이력서」 속에 아름답게 변주되어 있다. 자기 자신이 그 문화의 가장 높은 단계의 완성자이면서 동시에 그 문화의 가장 핵심적인 모순이 되는 정신은 편안한 시대의 정신보다도 여러 가지 의미가 있다. 그것은 그런 정신만이 정숙주의와 엄숙주의, 혹은 결백주의에 빠지지 않기 때문이다.

자신이 높은 완성자이면서 날카로운 모순이 되는 정신이나 그 역(逆)의 정신은 반드시 광태를 포용하고 있다고 생각한다.

그 광태란 고전적인 심리학자들이 나누는 9가지 형태의 광증(狂症)과는 다르다. 그 9가지 형태의 광증이 보여 주는 생물학적인 요소를, 위에서 말한 광태는, 반드시 내포하고 있지는 않다. 그 광태는 생태학적인 것이 아니라, 완성이며 동시에 모순인 이항 대립을 몸으로 체현하는 정신을 표현하는 말에 지나지 않는다. 그런 의미에서 광태야말로 폐쇄된 사회에 탈출구를 뚫을 수 있는 유일한 정신의 양태라는 미셸 푸코의 말에 동의한다. 문화사적인 의미의 광태가 아닌 광태는 허무와 절망의 제스처에 지나지 않는다. 그리고 언제나 그러하듯이 제스처는 그것 자체로 폐쇄되어 버리고 타인에게로 전이되진 않는다. 문화사적인 광태는, 그런 의미에서 그 자체로 응고하려는 정신에 대한 도전이다.

—김현, 『상상력과 인간/시인을 찾아서』, 문학과 지성사, 1991.

생각 나누기

광태에 대하여 생각해보자. 나는 어떤 모순을 안고 살아가고 있는가? 어떤 정신으로 살아가고 있는가? 나는 어떤 눈으로 세상을 바라보며 살아가고 있는가?

독서와 표현

④ 다음 글을 읽고 주장과 근거를 찾고 논평하시오.

　　테오에게

　　다정한 편지, 그리고 50프랑 고맙게 잘 받았다.

　　네게 하고 싶은 말이 아주 많았지만 다 쓸데없는 일이라는 느낌이 드는구나. 그 사람들이 네게 호의적이기를 바란다.

　　네 가정의 평화문제에 대해 나를 안심시키려 할 필요는 없다고 생각한다. 내가 직접 그 화복을 봤으니까. 4층에 있는 집에서 사내아이를 기르는 일이 제수씨뿐 아니라 네게도 힘겨운 일이라는 건 잘 알고 있다.

　　가장 중요한 문제가 잘 되고 있으니 내가 왜 별로 중요하지 않은 일을 가지고 왈가왈부하겠니? 침착하게 사업 얘기를 나누려면 시간이 좀 더 지나야 할지도 모른다.

　　화가들은 무슨 생각을 하든, 돈 이야기는 본능적으로 피하려고 한다.

　　그래, 정말 우리 화가들은 자신의 그림을 통해서만 말할 수 있는 것 같다. 그런데 사랑하는 동생아, 내가 늘 말해 왔고 다시 한 번 말하건대, 나는 네가 단순히 화상이 아니라고 생각해왔다. 너는 나를 통해서 직접 그림을 제작하는 일에 참여하고 있는 것이다. 최악의 상황에도 그 그림들은 남아 있을 것이다.

　　지금 우리가 처한 위기상황에서 너에게 말할 수 있는 건, 죽은 화가의 그림을 파는 화상과 살아 있는 화가의 그림을 파는 화상 사이에는 아주 긴장된 관계가 있다는 사실이다.

　　그래, 내 그림들, 그것을 위해 난 내 생명을 걸었다. 그로 인해 내 이성은 반 쯤 망가져버렸지. 그런 건 좋다. 하지만 내가 아는 한 너는 사람을 사고파는 장사꾼이 아니다.

　　네 입장을 정하고 진정으로 사람답게 행동할 수 있으리라 믿는다. 그런데 도대체 넌 뭘 바라는 것이냐?

　　* 이 편지는 7월 29일 고흐가 사망할 당시 지니고 있던 것인데, 그동안 그가 쓴 마지막 편지로 알려져 있었다. 그러나 사실은 1890년 7월 24일 이전에 씌어진 것으로 내용이 너무 우울해서 부치지 않았다고 한다.

– 빈센트 반 고흐, 신성림 옮기고 엮음, 『반 고흐, 영혼의 편지』, 예담, 2005.

위 글은 고흐가 생전에 동생 테오와 주고받았던 편지의 일부이다. 이 글을 읽고, 그림에 대한 고흐의 생각을 짐작해보자. 화가에게 그림이란 어떤 의미일까?

⑤ 다음 글을 읽고 주장과 근거를 찾고 논평하시오.

　　낫 놓고 'ㄱ'자도 모르는 자가 과연 남에게 글을 가르칠 수 있을까? 불가능한 일이다. 그런데 지혜롭지 못한 자가 남을 위해 인생 상담을 하는 경우는 빈번하다. 현명하지 못한 자에게는 자신의 의견을 무턱대고 강조하는 무지몽매함이 있기 때문이다. 절망의 길로 들어서는 자의 어리석음 또한 현명한 선택은 아니므로 누구도 잘잘못을 따질 수는 없는 일이다. 안타깝게도 둘 다 침침칠야(沈沈漆夜)에서 앞을 제대로 지각할 수 없을 테니 그들의 선택은 어둡기만 할 것이다.

　　그렇다면, 맹인이 맹인을 인도하면 어떻게 될까? 어둠이 어둠을 인도하는 격이다. 모든 위험이 그들 앞에 놓이게 될 것은 불을 보듯 뻔하다. 대(大) 피터프 브뤼헐은 바로 이런 맹인들의 모습을 그렸다. 왜 맹인이 맹인을 인도하는 장면을 표현했을까? 화면에 그려진 장면은 서늘한 겨울날의 경치다.

　　맹인 여섯 명이 줄줄이 서로를 의지한 채 길을 헤매고 있다. 주위엔 아무도 없다. 사람 많은 시간을 일부러 피한 것 같다. 멸시와 천대를 받을 것이 싫어서 그랬는지도 모른다.

　　그런데 그들은 그 시간을 어떻게 딱 맞출 수 있었을까? 자연의 소리에 의지했거나, 저 멀리 있는 교회 탑의 종소리를 듣고 짐작했을 것이다. 다행히 사람들의 놀림이나 돌팔매질을 피할 수 있었다.

　　그런데 불행하게도 그들은 자연이 펼쳐놓은 위험은 모면할 수 없었다. 어쩌면 좋은가. 맨 앞에서 길을 인도하던 첫 번째 맹인이 길을 잘못 선택했다. 그는 웅덩이에 엉덩방아를 찧는다. 순식간에 일어난 일이라 두 번째 맹인이 위험을 감지할 순간이 너무 짧았다. 그래도 이 두 번째 맹인이 비명을 질렀으니 혹시 세 번째 맹인부터는 이 위험을 현명하게 피해갈 수 있을까? 아님, 그들 또한 같이 넘어질까? 보는 사람의 마음은 아슬아슬하기만 하다.

– 최영주, 『색깔이 속삭이는 그림』, 아트 북스, 2008.

생각 나누기

　　사물을 바라보려면 당연히 눈이 필요하다. 하지만 사람의 마음을 읽고 정신을 느낄 수 있는 데 필요한 것은 무엇일까? 그것은 마음의 눈, 심안(心眼)이다. 사람은 세상을 가장 진실하게 바라볼 수 있는 눈, 세상에서 가장 맑고 깨끗한 눈을 가지고 있어야 한다. 나는 어떤 눈으로 세상을 바라보며 살고 있는가?

표현의 기술

I

비판적 생각하기

　비판적 생각하기는 어떤 문제에 대하여 받아들일지 말지를 판단할 때 깊이 탐구하여 이유와 근거를 생각하고 평가하여 그 정당성과 타당성 여부를 밝히고, 각각의 의미와 가치에 따라 논리적 관계를 밝혀 창의적 결론을 창출해내는 과정이다.

　대학에서 학생들은 전공과목이나 교양과목을 통하여 새로운 지식을 쌓고 세계를 이해하는 과정에서 끊임없는 갈등을 겪으며 이에 대하여 스스로 질문을 던지게 된다. 합리적이고 진취적인 자신의 삶을 위해 스스로 질문하고 공부하여 올바른 결정을 내릴 수 있는 법을 도와주는 것이 바로 비판적 생각하기인 것이다.

　자기중심적 사고에 빠지지 않고 정보의 신뢰성, 타당성, 정확성, 가치 등을 판단해내는 비판적 생각하기 능력은 학생들에게 반드시 요구되는 능력이며, 이러한 능력을 신장시키기 위해서는 체계적인 교육적 노력이 요구된다.

　이 장에서는 우리 대학생들이 현실에서 부딪히는 다양한 문제에 대해 비판적 생각으로 질문하고 답하는 과정을 통하여 창의적인 결론을 창출해내는 방법을 배우게 될 것이다.

1
생각하기란 무엇인가?

우리는 눈을 뜨면서부터 잠들 때까지 의식이 깨어있는 동안 끊임없는 생각을 한다. 그래서 우리는 인간을 생각하는 존재라고 한다. 인간이 생각하는 가장 큰 이유는 살아가는 동안 늘 어떠한 문제에 맞닥뜨리게 되며 이 문제에 대하여 끊임없는 선택과 판단을 내려야 하기 때문이다. 때로는 본능적인 판단에 따라 문제가 해결되기도 하지만 즉흥적인 판단 때문에 돌이킬 수 없는 후회를 하게 되는 경우도 있다. 그래서 곰곰이 생각해보고 진지하게 살펴서 문제해결을 해야 될 뿐만 아니라, 상황을 지켜보고 그에 적합한 결론을 내려야 한다.

인간이 동물과 다른 점은 생각을 한다는 것이며, 인간답게 살아갈 수 있는 가치 있는 존재로 만들어주는 것도 생각이다. 《논어》〈위정 편〉제15장의 "생각을 하지 않고 배우는 것은 헛된 일이요, 배우지 않고 생각만 하는 것은 위태로운 일이다(子曰 學而不思則罔, 思而不學則殆)"라는 공자의 말을 되새겨보자. 만약 우리가 공부를 하면서 무엇을 어떤 방법으로 왜 배울 것인가에 대하여 생각하지 않고 배운다면 시간 낭비와 경제적 손실만 따르게 될 것이다. 배우지 않고 생각만 하며 게을리 살아간다면 현재도 미래도 없는 위태로운 삶을 살아갈 수밖에 없다. 그러므로 인간은 끊임없이 생각하고 공부하여 깨달음을 얻어야 하고 그 깨달음을 실천할 수 있을 때 자신이 생각했던 온전한 삶을 살 수 있다.

우리가 온전한 삶을 살아갈 수 있도록 이끌어주는 생각은 창의적 생각하기, 비판적 생각하기, 실천적 생각하기, 도덕적 생각하기 등 종류가 다양하다. 이 책에서 중요하게 다루고자 하는 것은 '비판적 생각하기'이다.

2

비판적 생각하기

1) 비판적 생각하기란?

　비판적 생각하기란 어떤 문제를 받아들일지 말지를 판단할 때 무턱대고 비난하고 배척하지 않고 깊이 탐구하여 이유와 근거를 생각하고 평가하는 것이다. 그리고 깊은 반성을 통하여 또 다른 측면까지 탐색하는 열린 마음과 정신적 자세로 폭넓고 깊이 있게 질문하고 답하는 과정이기도 하다.

　비판적 생각하기는 기본적으로 창의적인 생각하기와 연관이 깊다. 창의적 생각하기는 새로운 것을 발견하고 독창성, 다양성, 융통성을 발휘하여 색다른 지식을 창출해내는 것이다. 비판적 생각하기와 창의적 생각하기를 관련지어 정의를 내리자면, 기존의 지식에 의문을 갖고 끊임없이 탐색하여 새롭고 다양한 지식을 창출해내는 것이라고 할 수 있다. 이는 모든 학문이나 인간 삶에 관련된 문제에 해당하는 것이다.

　대학에서 학생들은 전공과목이나 교양과목을 통하여 새로운 지식을 쌓고 세계를 이해하는 과정에서 끊임없는 갈등을 겪으며 이에 대하여 스스로 질문을 던지게 된다. 나는 어떤 사람이며 대체 누구인가? 나는 내 삶의 주인으로 살고 있는가? 나는 무엇을 위해 살아가고 있는가? 전공 공부는 내 적성에 맞는가? 나는 미래를 위해 올바른 선택을 하였는가?

졸업 후 나는 안정적인 직장에 취업이 가능할까? 나는 사랑하는 사람을 만나서 행복한 삶을 살아갈 수 있을까? 등등 수없이 많은 문제들에 대하여 고민하고 결정을 내려야하는 기로에 직면하게 될 것이다. 과연 삶의 질을 현재보다 발전시켜 나갈 수 있는 결정은 어떻게 내려야 할까? 합리적이고 긍정적이며 진취적인 자신의 삶을 위해 스스로 질문하고 공부하여 올바른 결정을 내릴 수 있는 법을 도와주는 것이 비판적 생각하기이다.

비판적 생각하기 교육은 학생들이 어떠한 문제에 직면했을 때, 편견이나 고정관념에 사로잡히지 않고 왜곡된 시각으로 사회를 바라보지 않는 능력을 키워준다. 비판적 생각하기 능력이 높은 학생들은 각종 정보가 범람하는 현재 상황에서 좀 더 중요하고 가치 있는 정보를 판단할 수 있는 능력을 갖출 수 있다. 이러한 비판적 생각하기 능력을 키우기 위하여 폴(R. Paul)의 '비판적 사고의 요소와 표준'에 대한 논의를 활용할 수 있다.

2) 비판적 생각하기의 요소

우리는 아침에 눈을 뜨자마자 '몇 시에 학교에 가야할지, 어떤 옷을 입고 갈지, 어떤 과목을 수강해야 할지, 하루 동안 어떤 친구들과 어울릴지, 하교 후에는 어떻게 시간을 보낼지'등을 생각한다. 우리는 매 상황에서 생각하고 그로 인하여 결론을 얻게 되는데 이 결론은 추론에 의해 이루어진다. 이유를 근거로 하여 결론을 도출해내는 추론은 생각과 같은 의미로 쓰인다. 가령 복숭아 껍질에 털이 많은 것을 보면 '알레르기'를 생각하고, 살구를 보고 입안에 '침'이 고인다고 생각하는 것은 우리의 경험이나 다양한 정보에 의하여 추론, 즉 미루어 짐작하는 것이다.

결국 어떤 목적을 이루려는 과정에서 부딪히는 문제를 해결하려면 질문에 답하면서 개념이나 관념을 사용하고, 목적을 세워야 한다. 가정들에 기초하여 결론에 이르기 위해서는 정보를 이용하여 질문과 현안문제에 초점을 두는데 이 요소들은 관련된 근거를 갖게 된다. 따라서 추론이 있는 모든 생각은 여러 요소에 의해 결론을 도출하게 되며, 이 요소들은 긴밀하고도 복합적으로 상호작용한다. 비판적 생각하기 요소는 주로 목적과 의도, 현안문제와 질문, 개념, 가정, 정보, 추론, 관점, 함축과 귀결 등 여덟 가지로 나눌 수 있다. 그러나 실제 말이나 글을 분석하고 평가하는 과정에서 이 요소들을 정확하게 구분하기란 쉽지 않을 뿐만 아니라, 구분한다 하더라도 반드시 도움이 되지는 않을 수 있다.

비판적 생각하기 8요소

---

1. 목적은 무엇인가?
2. 문제는 무엇인가?
3. 주요 가정은 무엇인가?
4. 주요 함의와 귀결은 무엇인가?
5. 해당 문제에 대해 추론하면서 사용한 정보는 무엇인가?
6. 주요 개념들은 무엇인가?
7. 결론은 무엇인가?
8. 어떠한 관점에서 문제를 다루고 있는가?

이 요소들은 주로 'Ⅱ장 분석하며 읽기'에서 배웠던 현안문제, 주장, 핵심어, 근거 등의 요소들과 바꾸어 쓸 수 있으며, 개념, 가정, 정보, 관점 등을 부분적으로 적용할 수 있다.

3) 비판적 생각하기의 표준

자기중심적인 생각에 빠지지 않고 올바른 생각과 바르지 못한 생각을 분별해 내려면 일정한 표준이나 기준이 필요하다. 이는 어떤 문제에 대하여 평가하고 새롭게 고쳐나가기 위해 필요한 과정이다. 비판적 생각하기의 표준은 명료성, 정확성, 정밀성, 관련성, 중요성, 논리성, 폭넓음(다각성), 충분성, 깊이(심층성)으로 나눌 수 있다. 이들 표준 중에 관련성, 올바름, 충분성 기준에 따라 올바르다고 판단되는 생각은 받아들이고 잘못된 생각은 걸러내는 작용을 한다.

그러나 8요소처럼 실제 말이나 글을 분석하고 평가하는 과정에서 이 표준들을 정확하게 구분하기란 쉽지 않을 뿐만 아니라, 구분한다 하더라도 반드시 도움이 되지는 않을 수 있다. 이 표준들은 'Ⅲ장 평가하며 읽기'에서 중요하게 다루었던 명확성, 관련성, 인정 가능성, 충분성 등의 기준과 같은 의미로 쓰인다.

비판적 생각하기 9표준

1. 생각은 명료한가?

2. 생각은 정확한가?

3. 생각을 정밀하게 진술하였는가?

4. 생각이 문제와 관련 있는가?

5. 이 모든 것들이 논리적으로 맞는가?

6. 생각이 문제에 대하여 합리적인 결론을 얻을 수 있을 만큼 충분히 추론된 것인가?

7. 생각이 중요한 것에 초점을 두었는가?

8. 또 다른 관점을 고려할 필요는 없는가?

9. 결론이 문제의 복잡성(피상적 또는 심층적)을 잘 다루었는가?

이상에서 살펴본 비판적 생각하기 8요소와 9표준은 앞서 설명하였던 것처럼 'Ⅱ장 분석하며 읽기'와 'Ⅲ장 평가하며 읽기'에서 활용되었다. 그리고 우리는 이 과정에서 글을 분석하고 평가하는 방법을 배웠다. 결국 비판적 생각하기 8요소와 9표준은 비판적 말하기와 비판적 글쓰기 전 과정에 적용된다고 볼 수 있다.

3

비판적 생각하기 4단계

표현은 머릿속에 있는 생각을 말이나 글로 타인에게 전달하는 것이다. 표현이 생각에서 비롯된다면 생각하기 훈련은 좋은 표현을 위하여 필요한 과정이며 결과이다. 아무리 좋은 생각일지라도 표현하지 않으면 타인이 알 수 없다. 그러므로 타인에게 자신의 생각을 전달하기 위하여 말을 하고 글을 쓰게 된다.

우리는 자신의 생각을 표현해야 하며 자신에게 처한 문제에 대하여 진지하게 고민하고 더 좋은 생각을 표현하기 위해 대상을 새롭게 바라볼 수 있는 능력을 키워나가야 한다.

이 절에서는 학생들의 비판적 생각하기 표현 능력을 키우는 과정에서 어떤 문제해결을 위해 떠올렸던 추상적인 생각을 4단계로 나누어 순차적으로 학습한다. 이 과정의 목표는 비판적 사고로 질문하고 답하면서 말을 하거나 글을 쓸 때 필요한 개요 짜기 과정을 익히기 위함이다.

비판적 생각 표현하기 4단계에서 핵심은 말을 하고 글을 쓰는 전 과정에 적용할 수 있는 다양한 질문 생성과 그에 대한 결론을 유추해내는 과정이다. 다음은 비판적 생각 표현하기 4단계에 대하여 알아보도록 하자.

1) 생각 모으기(브레인스토밍)

생각 모으기 활동에서는 생각하는 힘과 깊이를 측정할 수 있다. 가령 3분 동안에 한 학생이 50개의 낱말을 떠올리는 동안 다른 학생은 5개의 낱말을 떠올렸다고 하자. 이 두 학생의 생각하는 힘은 분명히 차이가 난다. 생각하는 힘과 깊이는 연상하는 단어 수의 차이만으로도 측정이 가능하다.

비판적 생각 표현하기에서 가장 기본적인 과정은 어떤 문제에 대하여 생각나는 단어를 자유롭게 떠올려보는 것이다. 최대한 긴장을 풀고 편안한 상태에서 떠오르는 단어들을 적는다.

이 과정은 문제 해결의 목적에 따라 여러 사람들이 모여 아이디어를 교환할 수도 있으며, 혼자 낙서를 하듯 써내려갈 수도 있다. 여러 사람이 함께 아이디어를 모을 경우에는 다른 사람들의 아이디어를 통하여 새로운 정보와 생각들을 주고받을 수 있다. 혼자서 아이디어를 생성해낼 경우에는 최대한 상상력을 작동하여 순간적인 생각으로 포착되는 단어들을 떠올릴 수 있다.

활동 1

다음 '동물실험'에 대한 글을 읽고 난 후에 자신의 관련 경험이나 지식들을 동원하여 연상되는 낱말들을 떠올려보자.

신약의 효능이나 독성을 검사할 때 동물실험을 하는 것이 일반적이다. 이 때 반드시 짚고 넘어가야 할 문제가 있다. 그것은 동물실험 결과를 인간에게 적용할 수 있는가 하는 문제이다. 동물과 인간의 생리적 특성이 달라 동물실험의 결과를 인간에게 적용할 수 없는 경우가 있기 때문이다. 따라서 임상 시험에 들어가기 전 동물실험을 통해 효능이나 독성 검사를 하는 것이 과연 얼마나 의미가 있는지에 대한 물음이 제기되고 있다.

이와 관련한 대표적인 사례인 '탈리도마이드 사건'을 살펴보자. 탈리도마이드는 1954년 독일 회사가 합성해 4년 후부터 안정제로 판매되기 시작했다. 동물실험 결과 이 약은 그 안전성을 인정받았다. 생쥐에게 엄청난 양(몸무게 1kg당 10g 정도까지 실험)을 투여해도 생명에 지장이 없었다. 그래서 입덧으로 고생하는 임신부들까지 이를 복용했고, 그 결과 1959년부터 1961년 사이에 팔다리가 형성되지 않은 기형아가 1만여 명이나 태어났다. 반대의 사례도 있는데, 항생제로 지금까지도 널리 사용되는 페니실린은 일부 설치류에게 치명적인 독성을 나타낸다.

이에 따라 기존에 동물실험이나 임상 시험에서 독성이 나타나 후보 목록에서 제외되었던 물질이 최근 들어 재조명 되는 사례가 늘고 있다. 동물에게 독성이 나타나더라도 사람에게 독성이 없는 것으로 판명되거나, 일부 사람에게는 독성이 나타나더라도 이에 내성이 있는 사람에게는 투여 가능한 경우도 있기 때문이다.

- PSAT 2012년 언어논리 영역

신약, 효능, 독성, 검사, 동물실험, 결과, 인간, 적용, 임상실험, 효능, 탈리도마이드, 독일, 안정제, 판매, 안정성, 생쥐, 몸무게, 생명, 무관, 입덧, 기형아, 페니실린, 치명적, 판명, 내성, 사람, 투여, 윤리, 범죄, 국가, 국민, 상업, 가치, 평가, 이기심, 순리, 양심, 가난, 용기, 무용(無用), 사회, 법적 대응, 죄의식, 강제 금지 조치, 교육

2) 생각 확장하기(마인드 맵)

생각 확장하기(마인드 맵)는 '생각 모으기'에서 떠올린 낱말들을 공통점에 따라 묶어 글 내용의 맥락을 잡아나가는 과정이다. 먼저 생각 모으기에서 떠올린 단어들을 여러 가지 다양한 도형이나 색깔을 통해 표현해본다. 이때 주제와 관련된 핵심어를 중심에 놓고 그와 관련된 단어들을 그물 모양으로 펼쳐나가며 화제와 관련된 생각들을 조직화해야 한다.

생각 확장하기(마인드 맵) 과정에서는 먼저, 중심 이미지를 표현해야 한다. 내가 생각하는 주제를 종이 중앙에 함축적으로 나타내는 것이다. 중심 이미지는 단어, 그림, 기호, 만화, 사진 등으로 표현하고 채색을 통하여 주제를 효과적으로 시각화하며 확장된 상상력을 자극한다.

둘째, 주 가지를 그린다. 중심 이미지부터 주 가지는 굵게 표시한다. 이때 지나치게 생각이 확장되어 혼란을 초래하지 않도록 주 가지 위에 핵심 단어를 쓴다.

셋째, 부 가지를 그린다. 주 가지에서 갈라져 나온 부 가지는 작고 가늘게 그린다. 부 가지는 생각이 계속 이어짐에 따라 계속 늘어날 수 있으며, 핵심 단어, 그림, 기호 등으로 표시한다.

활동 2

'생각 모으기'에서 떠올린 단어들을 서로 관련된 것들끼리 모아 마인드맵을 완성해보자.

독성, 판명, 탈리도마이드, 독일, 안정제 페니실린, 검사, 신약, 항생제, 안정제	개발된 약종	동물실험	인간	사람, 미용, 판매, 기형아, 치명적, 독성, 효능, 윤리, 국가, 가치 평가, 이기심, 순리, 양심, 상업, 내성 , 범죄
생쥐, 토끼, 고양이 등 설치류 동물, 원숭이	실험 동물		대안	재조명, 무용, 사회, 법적 대응, 강제 금지 조치, 교육, 사례분석, 안정성

3) 질문하며 생각 정리하기(기초단계)

인간이 무언가에 대해 결정하기 위해서는 생각을 해야 한다. 생각한다는 것은 어떤 결정을 내리기 위해 무한한 질문을 던진다는 것이다. 그 질문에 대한 답은 또 다른 질문을 만들어내고 답하는 과정을 통하여 비판적인 생각에 도달하게 된다. 따라서 비판적 생각하기는 질문을 먹고 산다고 할 수 있다. 비판적 생각하기에서 질문 만들기란 창의적인 문제해결 방법을 찾기 위한 준비 단계이기도 하다. 질문하며 생각 정리하기는 '생각 확장하기(마인드 맵)'과정에서 공통점에 따라 연결 지어진 내용을 토대로 질문을 생성하며 하나하나의 맥락을 잡아나가는 과정이다.

즉, 질문하며 생각 정리하기란 복잡하게 얽혀있는 실타래를 풀기 위한 기초 물음 단계라고 할 수 있다. 이때 '생각 확장하기'에서 정리된 단어들의 원인을 찾고 개념을 명료화하여 인과관계에 따라 체계적으로 질문을 만들어야 한다. 이 과정은 연관되는 내용들 간의 관계를 논리적으로 진술할 수 있는 기초를 마련하기 위한 토대이다.

활동 3

'생각 확장하기(마인드 맵)'에서 관련된 낱말끼리 짝지어진 낱말들을 활용하여 질문을 만들면서 생각을 정리해 보자.

동물실험	
실험 과정	① 동물실험은 인간의 어떤 생각 때문에 비롯되었는가? ② 동물실험을 과정에서 발생되는 부정적인 요소는 무엇인가? ③ 실험과정에서 동물들에게 어떤 일들이 자행되고 있는가?
개발된 약 성분	현재 동물실험을 통하여 개발된 약품을 인간에게 적용하였을 때 어떤 결과를 확인할 수 있는가?
인간의 고민	① 개발된 약물이 동물에게 독성이 나타나더라도 내성이 있는 인간에게는 투여할 수 있는가? ② 동물실험을 통하여 개발된 약품이 신약으로 판매되는 것은 합당한가? ③ 동물과 인간의 생리적 특성이 다른데도 동물실험이 필요한가? ④ 나는 동물실험을 어떻게 인식하는가? ⑤ 우리는 동물실험을 어느 정도 수준에서 받아들여야 하는가?
실험동물	동물실험에 쥐, 토끼, 고양이 등 설치류 동물들이 주로 이용되는 이유는 무엇인가?
대안	① 동물실험을 최소화할 방안은 있는가? ② 동물실험 자체를 법으로 규제할 수 있는가? ③ 건강한 삶과 장수를 위한 인간의 이기심을 버릴 수 있을까?

4) 질문을 통한 창의적 문제 해결(심화단계)

이 단계는 그것이 어떤 주장을 지지하거나 논박하는 근거들을 표현하는지와 그 표현을 하도록 의도하는지를 묻고 창의적 해결방법을 제시하는 방법을 배우는 과정이다. 주장을 뒷받침하는 근거의 명료성, 주장과 근거의 관련성, 근거들의 충분성과 받아들일 수 있는지에 대한 올바름 등의 평가하기를 고려한 질문은 반사적으로 또 다른 질문을 만들면서 비판적 생각의 지평을 열어주게 될 것이다. 이 질문들은 제시된 글의 객관적인 사실 여부에 대해 질문을 통하여 결론을 얻고 새로운 해결 방법을 모색하게 된다. 이때 옳은지 틀린지를 유추하는데 있어 편견이나 선입관이 개입되지 않고 논리적으로 일관성과 모순성이 있는지를 따져보아야 한다.

첫째, '문제는 무엇인가?'에 대한 질문이다. 비판적 생각하기에서 중요한 것은 목표로서의 문제나 물음에 대한 것이다. 내가 목표로 삼으려고 하는 것이 무엇인지, 어떻게 하면 문제를 보다 명료하고 구체적으로 진술할 수 있을 것인지에 대한 물음이다.

둘째, '대안은 무엇인가?'에 대한 질문이다. 문제가 무엇인지를 파악한 다음에는 문제 상황에 대한 한계가 어디까지인지, 그 한계 내에서 진술할 수 있는 대안이 무엇인가를 물어야 한다.

셋째, 각 대안들의 장단점은 무엇인가? 한계 내에서 대안을 찾은 다음에는 각 대안들이 지니는 장점과 단점, 그리고 각 대안을 평가하기 위하여 추가적인 정보는 무엇인지를 물어야 한다.

넷째, '해결책은 무엇인가?' 대안들의 장단점과 대안을 평가하기 위한 추가적인 정보를 축출한 다음에는 어떤 대안들을 따를 것인지, 선택된 대안들을 채택하기 위해 어떤 단계들을 밟아야하는지를 물어야 한다.

다섯째, 해결책이 얼마나 효과가 있는가? 채택된 대안들에 대한 채택 단계가 정해진 다음에는 자신의 평가는 무엇인지, 어떤 조정들이 필요한지를 물어야 한다.

이 5단계 물음에서 가장 중요한 단계는 첫 번째의 '문제가 무엇인가?'이다. 이 물음을 해결하기 위해 문제를 설정하는 전형적인 4가지 물음 유형을 활용할 수 있다. 4가지 물음 유형은 정의 물음, 과정 물음, 비교/대조 물음, 원인과 결과에 대한 물음이다.

① 정의 물음은 어떤 용어나 관념의 의미에 대한 설명을 요구하는 물음이다.

② 과정 물음은 일련의 단계를 요구하는 물음이다.

③ 비교/대조 물음은 유사성이나 차이성 또는 둘 모두의 확인에 대한 물음이다.

④ 인과에 대한 물음은 원인과 결과를 묻는 물음이다.

이 네 가지 물음 중에서 어떤 부분에 초점을 두고 깊이 있게 질문하느냐에 따라 창의적 문제해결 방법이 결정될 것이다(이 과정은 '한상기의 ≪비판적 사고와 논리≫, 2007'을 참고 하였다).

활동 4

'질문하며 생각 정리하기(기초단계)'에서 만들어진 질문들을 토대로 하여 보다 창의적 문제해결 방법을 제시해보자.

---

① 동물실험 때문에 발생되는 문제는 무엇인가?(인과 물음)

⋯ 동물실험은 의약품이나 화장품 등을 개발하는 데 주로 이용된다. 이는 건강하고, 아름다워지고, 장수하고 싶은 삶에 대한 인간의 과욕 때문에 비롯된 것이다.

윤리적인 면에서 문제가 되는 것은 동물실험 과정에서 지나친 동물 학대가 이어질 뿐만 아니라, 수많은 동물들이 죽임을 당하고 있다는 점이다. 미국 농무부에 따르면 전 세계에서 동물실험으로 희생되는 동물은 한 해 1억 마리가 넘는다고 한다. 국내에서만 한 해 250만 7157마리 (2015년 기준)의 동물이 희생되고 있다고 하니, 이는 동물 보호 차원에서도 윤리적으로 큰 문제를 초래한다.

이처럼 동물실험 대부분이 질병 혹은 인간에게 발생할 문제점을 미리 방지하기 위한 연구나 실험에 쓰이고 있다. 더욱 중요하게 대두되는 문제점은 인간과 동물의 생리적 특성이 다르므로 치료방법에서 실효성이 떨어진다는 점이다.

---

② 동물실험에 대한 문제의 한계 내에서 가능한 대안은 무엇인가?

⋯ 현재 동물실험을 대처할 수 있는 대안들은 다각도로 연구 중이며 시행되고 있기도 하다. 여기에서 두 가지 대안을 제안할 수 있다. 먼저 인공 피부 모델과 인간의 피부 조직을 활용한 화장품 개발 방법이다. 다음 대안으로는 물리적으로 동물실험을 규제하는 방법이다. 꼭 필요한 경우에만 동물실험을 하거나 법적 규제를 통하여 최소한 고등동물 희생이라도 줄이는

방법이다.

　토끼의 눈에 반복적으로 약물을 넣어 실험했던 '드레이즈 테스트'는 인공 모델을 사용하는 테스트로 대체되고 있다. 특히 화장품 개발을 할 때 피부 자극성을 실험하기 위해서 인간의 피부 세포를 통해 만들어낸 인공 피부모델 '에피스킨(EpiSkinTM)', '에피덤(EpiDermTM)'은 토끼나 기니피그 등에 화학제품을 바르는 실험보다 더 정확한 실험 결과를 도출한다고 한다. 그 외에도 인간의 세포나 조직을 시험관에 배양해서 실험하는 인-비트로(In-vitro) 실험, 사람을 대상으로 하는 피부자극실험 등 동물을 이용하지 않고도 화장품의 안전성을 검증할 수 있는 실험 방법들이 개발되고 있다. 기존의 동물실험을 통해서는 실험에 대한 "동물"의 반응을 결과로 얻지만, 대체실험법은 "인간"의 반응을 예측하기 위해 고안되었다는 점에서 동물실험보다 더 신뢰할 수 있다.

　한편, 법적 규제를 통해서라도 인간의 욕심으로 자행되고 있는 무차별적인 동물 학대와 희생을 줄일 수 있어야 할 것이다.

③ 위에서 제시한 대안의 장단점은 무엇인가?

　⋯ 인공 모델이나 사람의 피부조직을 이용한 약품이나 화장품 개발법이 발달된다면 동물들의 희생을 줄일 수 있으며, 생리적 특성이 다른 문제 때문에 발생되는 각종 부작용을 줄일 수 있다. 그러나 동물실험 대처방안이 시행되고 있다할지라도 아직 개발 단계인 실정이므로 그 실효성에 대한 답은 당장 내리기는 힘들다.

　꼭 필요한 경우에만 동물실험을 한다면 최소한 고등동물의 희생만이라도 줄일 수 있을 것이며, 법적 규제를 한다면 동물 보호 차원에서 큰 장점으로 작용될 것이다. 그러나 인간의 건강을 위한 대체실험 연구가 완벽하게 개발되지 못한 상황에서 동물실험을 법으로 규제한다면 인간 수명이나 건강 유지에 문제가 발생할 수 있을 것이다.

④ 어떤 대안들을 따를 것이며 이에 따라 행동하기 위해 어떻게 할 것인가?

　⋯ 국내에서는 동물실험을 거쳐 만든 화장품 제조 및 판매를 금지하는 '화장품법' 개정안이

시행된다고 한다. 과학계에서도 동물실험을 최소화하는 기술, 즉 '동물대체실험' 연구가 활발하게 추진 중이다. 따라서 사람의 장기 조직에 한층 더 가까운 '인공 실험체 제작에 돌입하였다'고 한다. 머지않아 안전성 검증을 통하여 동물실험을 대체할 수 있는 여러 실험 방법이 도입될 것으로 예측된다.

그러나 안정성 검증을 통한 동물실험 대체 실험 방법이 도입될 때까지 인간의 무차별적인 동물실험에 대한 법적 규제가 뒤따라야할 것이다.

⑤ 위의 해결책이 얼마나 효과가 있을 것이며 현실적으로 실효성은 어느 정도일까?

⋯ 기존 동물실험에서는 실험에 대한 '동물' 반응을 보았다. 그러나 대체실험방법은 '인간' 반응을 예측하기 위해 고안되었기 때문에 동물실험보다 더 신뢰할 수 있다. 하지만 아직까지 동물실험을 대체할 수 있는 확실한 실험방법은 고안되지 않은 실정이다. 그러므로 과학발전으로 인하여 많은 동물이 희생되는 결과를 초래하는 것보다 더 이상 동물을 죽이지 않고도 해결책을 찾을 수 있는 방향으로 나아가야 한다.

그러기 위하여 당장 우리가 실천해야할 점은 꼭 필요한 경우에만 동물실험을 하거나 법적 규제를 통해서라도 최소한 고등동물 희생만이라도 줄여야 한다. 그 방법만이 동물들을 최대한 보호할 수 있는 해결책이 될 것이다.

학습 정리

1. 비판적 생각하기는 어떤 문제에 대하여 받아들일지 말지를 판단할 때 깊이 탐구하여 이유와 근거를 생각하고 평가하여 그 정당성과 타당성 여부를 밝히고, 각각의 의미와 가치에 따라 논리적 관계를 밝혀 창의적 결론을 창출해내는 과정이다.

2. 비판적 생각 표현하기 4단계는 "생각 모으기 → 생각 확장하기 → 질문하며 생각 정리하기 → 질문을 통한 창의적 문제해결 과정"을 말한다.

4

실전 연습

다음 글을 읽고 비판적 생각하기 4단계를 표현해보자

어떤 저명 작가의 시의 문체나 운율을 모방하여 그것을 풍자하거나 조롱삼아 꾸민 익살 시문이나 어떤 인기 작품의 지구를 변경시키거나 과장하여 익살 또는 풍자의 효과를 노렸다는 패러디는 문학에서 주로 거론되었다. 창조성이 없고 때로는 악의가 개입되는 패러디는 웃음의 정신을 문학의 본질로 승화시키기도 한다. 음악에 있어서는 패러디는 한 음률에 다른 가사를 붙이거나 어떤 악곡의 선율이나 구성법을 빌어 작곡한 유사한 악곡을 말하기도 한다. 회화에서는 유명작가의 제한된 작품을 소유하고 싶은 욕구를 갖는 미술애호가를 위해 모사하는 패러디는 유행시켰다. 이제 패러디를 모든 예술세계에서 누군가의 작품을 연상케 하는 방식으로 함부로 이야기할 수 없게 되었다. 그만큼 표절과 패러디는 오늘날 예술세계에서는 민감한 단어가 되어버렸다.

그러나 미학의 범주가 해체된 시대임에도 표절과 패러디를 구분할 필요가 있는 것은 비평적 거리를 가지고 모방하려는 것인지 아니면 필요가 있는 것은 비평적 거리를 가지고 모방하려는 것인지 아니면 속이려는 의도를 가진 모방인지가 복잡하고 규명하기가 어렵기 때문이다. 이 점에서 패러디의 수용을 논할 때 입력된 의도나 추론된 의도에 한정시켜 고찰하는 것이 일방적인 편의주의일지는 모르나 하나의 규범으로서 필요하다.

－박우현, 「패러디기법의 수용과 전망」, 『한국 영화 문화의 사유와 쟁점』, 도서출판 월인, 2009.

1) 생각 모으기

2) 생각 넓히기(마인드 맵)

3) 질문하며 생각 정리하기(기초단계)

스마트폰 사용

4) 질문을 통한 창의적 문제 해결(심화단계)

다음 글을 읽고 비판적 생각하기 4단계를 표현해보자.

　새해 벽두부터 여러 반사회적인 사건으로 사회가 소란스럽다. 인질 삼은 의붓딸 가족을 성폭행하고 살해한 40대 남성, 구토한 어린이를 달래주기는커녕 다시 그것을 집어 먹게 한 어린이집 교사, 자신의 심기를 건드렸다는 이유로 출발한 비행기를 돌려 세운 대기업 총수의 장녀. 이처럼 다른 사람의 권리를 무시하고 침해하는 사람들에 대한 우려와 분노가 들끓고 있다. 인성 교육 강화부터 사형제도 부활까지 여러 예방책이 제시되고 있는데, 이에 앞서 과연 이들은 어떤 존재인지부터 알아보는 것이 필요하다.

　어떤 사람들에게 반사회성 인격 장애를 지녔다고 할 수 있을까? 일부에서는 사이코패스와 소시오패스로 나눠서 분류하기도 하지만 정신의학에서는 이들 모두를 반사회성 인격 장애로 규정한다. 〈정신질환 진단과 통계 편람(DSM-5)〉에 따르면 이들은 사회적 규범을 따르지 않고, 사기성이 있으며, 충동적이고, 무책임하고, 무모하며, 후회나 죄의식과 같은 감정을 느끼지 않는다. 그리고 이런 모습이 보통 청소년기 때부터 나타나 인생 전반에 걸쳐 지속된다.

　이런 특성을 한 마디로 정의해보면 한 책의 제목처럼 '공감 제로(zero)'이다. 공감을 뜻하는 영어 'empathy'의 기원은 그리스어 'empatheia'인데, 이는 '외부에서 감정 속으로 파고 들어가다' 혹은 '다른 사람의 감정, 열정, 고통과 함께 한다'라는 의미이다. 반사회성 인격 장애인 사람들은 다른 사람의 마음에는 도통 관심이 없고 자신의 이익만이 중요하기에 별 다른 거리낌 없이 사회적 통념을 반(反)하는 것이다.

　이들의 뇌는 감정 조절의 중추적 역할을 담당하는 영역 부피가 약 18% 감소한 것으로 알려졌다. 이들에게 공감, 후회, 죄의식과 같은 친사회적인 감정은 딴 세상 이야기인 것이다. 이런 특징은 피부 전도 반응(SCR)에서도 확인할 수 있다. 우리가 심리적 스트레스를 받으면 긴장하면서 교감 신경이 활성화 한다. 이로 인해 몸에 땀이 나면 피부의 물기는 전기가 전달되는 속도를 빠르게 한다. 그러나 반사회성 인격 장애인 사람들의 경우 자신이 잘못했던 일을 이야기 할 때 일반인에 비해 피부 전도 반응이 낮게 측정됐다.

　반사회성 인격 장애의 원인은 무엇일까? 많이 언급되는 원인 중 하나로 'MAO-A(모노아민 산화효소)'라는 유전자가 있다. MAO-A 유전자는 뇌에서 세로토닌과 도파민 같은 신경전달물질을 분해하는 MAO-A를 만들어내는 역할을 담당한다. 그런데 2002년 영국의 한 연구진이

이 유전자의 활동이 낮은 어린이들이 성인이 됐을 때 반사회적인 문제를 더 많이 일으키는 것으로 보고했다. 이후 MAO-A는 공공연히 '나쁜 유전자' 혹은 '투사(warrior) 유전자'로 불리며 반사회성 인격 장애를 일으키는 유전적 원인으로 소개됐다.

선천적 원인과 관련해 뇌 영상 연구도 자주 언급된다. 이들 뇌에서 의사 결정이나 행동을 조절하는 전전두피질의 이상 소견이 여러 차례 보고됐기 때문이다. 전전두피질의 회색질 부피가 감소했는데, 이는 공격적인 사람이나 병적인 거짓말쟁이들의 뇌에서 나타나는 양상으로 볼 수 있다. 또한 기능적 뇌 영상 연구에서도 이곳의 활성도가 떨어지는 것으로 드러났다. 전전두피질의 억제 기능이 제대로 작동하지 못 하면서 이들이 충동적으로 공격적인 언행을 보이는 것으로 추론된다.

그러나 이런 연구 결과들을 근거로 반사회성 인격 장애가 태어날 때부터 결정된, 즉 선천적인 것으로 결론 내리기는 어렵다. 예를 들면 앞서 소개한 MAO-A 유전자 연구와 관련해 흔히 간과되는 내용이 학대와 같은 환경적 요소이기 때문이다. 다시 말해 어릴 때 부모의 양육이 가혹했거나 관심 받지 못하고 방치됐을 때에 MAO-A 유전자의 활동이 낮은 집단에서 훗날 반사회성 인격 장애가 나타났던 것이다. 요컨대 반사회성 인격 장애의 발생에는 유전자와 환경이 상호 작용함을 알 수 있다.

부모로부터 학대받고 방임 속에서 자라난 어린이는 처음 부딪힌 인간관계에서 안정감을 경험하지 못했기에 다른 사람들과도 애착을 쉽게 형성하지 못 한다. 이들은 다른 사람이 어떻게 느끼고 생각하는 지에 대해 관심이 없기 때문에 쉽게 피해를 끼치거나 스스럼없이 무시하는 행동을 하게 된다. 공감에 기초한 양육을 받아본 적이 없기 때문에 발달하지 않은 공감 회로가 반사회성 인격 장애의 후천적 요인이 되는 것이다.

그렇다면 반사회성 인격 장애에 어떻게 대처해야 할까? 반사회성을 시사하는 소견이 어릴 적부터 나타나는 만큼 일부에서는 조기 개입을 주장하기도 한다. 실제 3세 때 공포 학습이 잘 이뤄지지 않은 아이들이 20년 뒤 범죄자가 될 가능성이 더 높게 나타난 연구가 있다. 심지어 생후 5주 아기들이 사람의 얼굴을 덜 선호할수록 성인기에 반사회성 인격 장애로 이어질 수 있는 냉혹하고 무감각한 기질이 높게 나타난 연구도 있다.

하지만 이를 실행에 옮기는 것은 쉬운 문제가 아니다. 어떤 생물학적 지표를 사용할 지, 의학적 개입은 누가 결정할 지, 시행 여부를 강제로 할 지 등 반사회성 인격 장애의 고위험군에 대한 조기 개입과 관련해 많은 논쟁이 있을 수 있다. 중요한 사실은 과거의 통념과 달리 인간의 뇌는 플라스틱처럼 변형이 가능한 가소성(plasticity)을 지니고 있는 점이다. 사회적 지지와 적절한 도움을 통해 환경을 바꾸면 이들의 기질 역시 변화할 수 있다.

일상생활에서는 잔인한 범죄자 '사이코패스'가 아닌 장삼이사 '소시오패스'를 만날 때가 더 많은데, 이때는 중립적인 태도를 유지해보자. 이들이 당신을 도발하며 적개심을 불러일으킬 때 냉정함을 잃지 않아야 한다. 물론 이렇게 반응하기란 매우 어렵고 많은 인내를 필요로 한다. 하지만 태어나면서부터 부정당한 이들의 삶을 공감하며 부정적으로 대응하지 않을 때 역설적으로 이들과 신뢰 관계를 형성할 수 있다.

반사회성 인격 장애에 대한 이해가 이들의 범죄에 대한 면죄부가 될 수는 없다. 이들이 사회의 안녕을 저해하고 타인에게 피해를 끼친 부분에 대해서는 반드시 합당한 법의 심판이 있어야 한다. 그러나 반사회성의 원인이 선천적인 생물학적 특징과 불우한 후천적 환경에서 비롯하는 만큼 사후 처벌 일변도가 아닌 사전 예방을 같이 고려할 필요가 있다. 늘어나는 반사회적 사건에 대한 책임을 개인에게만 돌리지 않고 사회 전체가 고민할 때이다.

— 최강(르네스 병원 정신과장), KISTI의 과학향기, 2014. 10. 22.

1) 생각 모으기

2) 생각 넓히기(마인드 맵)

3) 질문하며 생각 정리하기(기초단계)

4) 질문을 통한 창의적 문제 해결(심화단계)

II

논리적 말하기

　"말하기"는 말을 통해 자신의 생각이나 느낌을 전달하는 행위를 지칭한다. 말하기에는 크게 두 가지, 발표 혹은 토론이 있다. 발표는 다수의 청중을 대상으로 자신의 의사를 전달하는 말하기 형식이다. 토론은 입장이 다른 둘 이상의 집단이 말을 주고받거나 의견 교환을 하는 모든 의사소통 행위이다.

　〈독서와 말하기〉 교과목에서 "말하기"란 학술적 글에 대한 자신의 평가를 전달하는 행위이다. 다시 말해 저자가 말하고자 하는 바를 명확히 이해하고, 그 주장을 받아들일 것인지 반박할 것인지에 대한 평가를 말로 표현하는 것이다. 따라서 〈독서와 말하기〉에서 발표 혹은 토론은 주어진 제시문의 논증(주장과 근거)에 대해 찬성 입장과 반대 입장을 정하여, 찬성하는 입장은 그 주장을 옹호하거나 보완하는 논증을 구성하여 발표 혹은 토론하고, 반대하는 입장은 그 주장에 반대하는 새로운 논증을 구성하여 발표 혹은 토론한다.

1

논리적으로 말하기

1) 말하기란?

일반적으로 "말하기"는 말을 통해 자신의 생각이나 느낌을 전달하는 행위를 지칭한다. 말하기는 글을 통한 표현 방식에 비해 옹호나 반박에 허용된 시간이 제한되기 때문에 순발력이 필요하다. 또한 토론과 같은 말하기에서는 상대의 주장을 직접 상호간 반박하기 때문에 논증의 전개에 생동감 있다. 말하기에는 크게 두 가지, 발표와 토론(토의)이 있다. 발표는 다수의 청중을 대상으로 자신의 의사를 전달하는 말하기 형식이다. 발표의 예로는 학교에서뿐 아니라 회사, 시민교육, 설명회 등에서 많이 사용되는 면접, 인터뷰 혹은 프리젠테이션과 같은 것이 있다. 토론은 입장이 다른 둘 이상의 집단이 말을 주고받거나 의견 교환을 하는 의사소통 행위이다. 토론(토의)의 예로는 학교의 아카데미식 토론, TV의 토론대회 등이 있다.

〈독서와 말하기〉 교과목에서 "말하기"란 학술적 글에 대한 자신의 평가를 전달하는 행위이다. 다시 말해 저자가 말하고자 하는 바를 명확히 이해하고, 그 주장을 받아들일 것인지 반박할 것인지에 대한 평가를 말로 표현하는 것이다. 따라서 〈독서와 말하기〉에서 발표(혹은 토론)는 주어진 제시문의 논증(주장과 근거)에 대해 찬성 입장과 반대 입장을 정하여, 찬성하는 입장은 그 주장을 옹호하거나 보완하는 논증을 구성하여 발표(혹은 토론)하고, 반대하는 입장은 그 주장에 반대하는 새로운 논증을 구성하여 발표(혹은 토론)한다. 이하의 구성은 발표와 토론의 일반적인 이론을 간략하게 소개하는 것과 주어진 제시문을 중심으로 찬성 입장과 반대 입장의 발표 예시와 토론 예시를 제시하는 것으로 이루어진다.

2

발표하기

1) 발표란

발표란 다수의 청중을 대상으로 자신의 의사를 전달하는 말하기 형식이다. 민주주의 사회에서는 다양한 개성과 의견을 가진 사람들 앞에서 자신의 의견을 표현하고 그들을 설득하는 의사소통 행위로서 발표가 필요하다. 발표의 목적은 청중에게 자신의 생각을 명료하게 전달하여 청중을 이해시키고 더 나아가 청중이 자신의 주장에 동조하도록 하는 것이다. 이를 위해서는 청중이 받아들일 수 있는 근거를 제시하여 그들을 이해시켜야 할 뿐만 아니라 감정에도 호소하는 의사전달 방식이 필요하다. 발표자가 자신의 의견에 동조하도록 청중을 얼마나 끌어들이는가에 따라 발표의 성패 여부가 달려 있다.

청중을 사로잡기 위해서는 논리적 요소, 윤리적 요소, 그리고 감정적 요소를 갖추어야 한다. 논리적으로 자신의 주장을 정당화하는 것은 설득의 필수 조건이다. 상대방이 이해할 수 없거나 동조할 수 없는 생각을 일방적으로 전달하는 발표나 논리적 일관성이 없는 발표로는 청중을 사로잡을 수 없다. 그리고 청중을 설득하기 위해서는 청중에게 신뢰감을 주는 윤리적 요소도 필요하다. 또한 청중의 문화, 지식수준을 고려한 감정적 요소까지 추가될 때 효과적인 발표가 이루어질 것이다.

발표는 목적에 따라 설명하는 발표와 설득하는 발표로 구분된다. 설명을 위한 발표는 정보를 제공하여 서로의 지식을 공유하고 다른 사람들과의 상호 이해를 창출해내는 것을 목적으로 한다. 설득을 위한 발표는 청중의 태도나 믿음, 가치관, 행동에 영향을 주어 그들의 생각을 바꾸거나 새로운 가치관을 받아들여 생각하고 행동하게 만드는 것을 목적으로 한다.

2) 발표 준비

발표를 준비할 때 가장 먼저 해야 할 일은 발표의 목적을 세우는 것이다. 다시 말해 자신의 발표를 듣는 청중에 대한 분석을 통해 원하는 것 혹은 기대하는 것을 파악하여 설명을 위한 발표가 필요한지 혹은 설득을 위한 발표가 필요한지 정해야 한다.(우리가 학교에서 하는 발표의 경우는 또래 학생을 대상으로 하기 때문에 이 과정을 군이 거치지 않아도 된다.)

발표의 목적을 세운 후, 발표를 할 때 다음과 같은 4단계의 준비 과정을 거치면 된다.

발표 기획서 작성(주제 선정) → 정보 수집과 자료 분석 → 발표문 작성 → 파워포인트 작성

(1) 발표 준비 4단계
① 발표 기획서 작성

가장 먼저 주제를 정하여 분명하게 구체화한다. 배경, 주장, 그리고 지지하는 근거(반박하는 근거까지 포함) 등을 망라하여 발표 기획서를 준비한다.

② 정보수집과 자료 분석

설명이 목적일 경우 새로운 정보를 수집해야 하고, 설득이 목적일 경우 청중과 청중의 문화 등을 고려하여야 한다. 자료는 쉽고 일반적인 것이면서 검증이 가능하고 사실적이며 객관적이어야 하고, 주장과 관련이 많은 것이어야 한다. 일반적인 자료 수집 경로는 도서관, 인터넷 활용, 설문조사, 인터뷰, 관련 기관 문의 등이 있다. 이 가운데 인터넷 활용은 아주 활용빈도가 높은 것이지만, 신뢰할 수 있는 자료인지 출처를 잘 확인해야 한다.

1. 사진이 갖는 선명성과 시각에 호소!

2. 살아있는 '통계'의 힘을 갖는 그래프와 표를 활용!

3. 마음을 움직이는 동영상을 활용! 기존 동영상을 활용할 때 주제와 관련이 있는 것, 발표자
   가 말하고자 하는 관점이나 논점의 측면에서 적절한 것으로! 30초~1분!

4. 모든 자료에 대해서 해설!

③ 발표문 작성

일반적으로 서론, 본론, 결론의 구성으로 작성한다. 서론에서는 청중의 흥미와 관심을 끌만한 내용으로 주제, 목차, 배경 등을 담는다. 본론에서는 주장과 근거들을 중심으로 부속논증(주논증을 구성하는 소논증)을 만들되 논리적인 연관관계를 고려한다. 결론에서는 서론과 본론의 내용을 요약하여 정리하며 필요에 따라 함축이나 대안을 제시한다.

④ 파워포인트 작성

청중에게 보여줄 시각 자료는 주로 파워포인트를 이용한다. 시각 자료 없이 말로만 발표를 하거나 발표문을 작성해서 나누어 주고 발표를 할 수도 있지만, 시각 자료를 이용할 경우의 효과가 크다는 점에서 파워포인트를 이용하는 것이 좋다. 설명을 목적으로 하는 발표는 슬라이드 화면을 자세히 하고 설명은 간단히 하는 것이 좋고, 설득을 목적으로 하는 발표는 화면을 간단하게 하고 설명을 자세히 하는 것이 좋다. 파워포인트를 작성할 때 제목은 발표 내용을 함축적으로 담을 수 있도록 하고, 목차는 전체 흐름을 알 수 있도록 구상한다. 본론의 슬라이드는 구체적인 근거 자료를 담되 단순명료하게 정리해야 한다. 슬라이드에는 너무 많은 내용을 담지 않도록 하고 하나의 슬라이드에는 하나의 메시지를 제시하도록 한다. 슬라이드는 키워드를 중심으로 정리하고 필요에 따라 동영상이나 그림들을 활용한다.

- 시각 자료는 핵심 부분만을 요약하여 단순화!

- 슬라이드의 포맷, 활자 모양, 색, 화면의 위치, 순서, 용어 등에 일관성!

- 이미지화! 그림으로 시각화되었을 때 가장 기억력(시각 75%, 청각 11%, 촉각 7%, 미각 4%, 후각 3%)이 높다.

- 색은 복잡한 인상을 주지 않도록 제한적 사용!

- 자료의 내용과 구성은 논리적으로!

(2) 예행연습(리허설)

프리젠테이션에서는 첫인상, 목소리를 고려해야 한다. 분명하고 똑똑한 목소리로 메시지를 전하는 것은 아주 중요하다. 준비한 발표문 혹은 자료를 읽는 수준으로 하지 않도록 한다. 청중의 반응을 수시로 체크하여 진행을 원활하게 이끌어 나가는 센스가 필요하다. 이러한 것들을 실전에 반영하려면 미리 연습이 필요하다. 리허설은 불안감을 해소시켜 주며 발표 자료를 완전히 숙지하도록 해주는 장점이 있다. 스티브 잡스는 2시간 정도의 신제품 프리젠테이션을 준비하면서 6개월 동안 자료를 수집하고 3주를 연습하며, 아주 사소한 동작까지 철저히 준비했다고 한다. 연습이 전문가를 만든다. 이 때 자신의 스피치를 녹음해서 모니터링을 하는 것은 좋은 스피치를 위한 하나의 방법이 된다.

📝→ **좋은 스피치를 위한 Tip!**

- 말하기는 크게, 또렷이 또박또박, 자연스럽게 천천히, 쉽게 할 것!

- 시선처리에 유의 : 시선을 청중에게 건네어, 눈을 맞추고 시선을 넓고 멀리 확보할 것!

- 표정관리에 유의 : 미소 띤 얼굴, 밝은 표정으로 발표자의 여유로움을 표정으로!

- 말의 타이밍에 맞게 제스처를 사용하여 전달효과를 높일 것!

3) 발표 예시

이제 하나의 제시문을 가지고 발표를 준비해 보자. 발표 4단계에 따라 발표 기획서 작성(주제 선정) → 정보 수집과 자료 분석 → 발표문 작성 → 파워포인트 작성을 해보기로 하자. 다음 제시문은 동물실험에 대한 입장을 제시하는 글이다.

신약의 효능이나 독성을 검사할 때 동물실험을 하는 것이 일반적이다. 이 때 반드시 짚고 넘어가야 할 문제가 있다. 그것은 동물실험 결과를 인간에게 적용할 수 있는가 하는 문제이다. 동물과 인간의 생리적 특성이 달라 동물실험의 결과를 인간에게 적용할 수 없는 경우가 있기 때문이다. 따라서 임상 시험에 들어가기 전 동물실험을 통해 효능이나 독성 검사를 하는 것이 과연 얼마나 의미가 있는지에 대한 물음이 제기되고 있다.

이와 관련한 대표적인 사례인 '탈리도마이드 사건'을 살펴보자. 탈리도마이드는 1954년 독일 회사가 합성해 4년 후부터 안정제로 판매되기 시작했다. 동물실험 결과 이 약은 그 안전성을 인정받았다. 생쥐에게 엄청난 양(몸무게 1kg 당 10g 정도까지 실험)을 투여해도 생명에 지장이 없었다. 그래서 입덧으로 고생하는 임신부들까지 이를 복용했고, 그 결과 1959년부터 1961년 사이에 팔다리가 형성되지 않은 기형아가 1만여 명이나 태어났다. 반대의 사례도 있는데, 항생제로 지금까지도 널리 사용되는 페니실린은 일부 설치류에게 치명적인 독성을 나타낸다.

이에 따라 기존에 동물실험이나 임상 시험에서 독성이 나타나 후보 목록에서 제외되었던 물질이 최근 들어 재조명 되는 사례가 늘고 있다. 동물에게 독성이 나타나더라도 사람에게 독성이 없는 것으로 판명되거나, 일부 사람에게는 독성이 나타나더라도 이에 내성이 있는 사람에게는 투여 가능한 경우도 있기 때문이다.

- PSAT 2012년 언어논리 영역

위 제시문을 읽고 우선 입장을 정해보자. 그리고 이 제시문의 주장에 대해 찬성하는 입장과 반대하는 입장으로 나누어 기획서를 작성하는 과정부터 시작해보자.

(1) 찬성 입장

① 발표 기획서 작성

발표 주제 : 동물실험은 정당한가

주제 선정 배경 : 동물실험의 결과가 인간에게 적용될 수 없는 경우가 발생한다.

핵심어 : 동물실험, 탈리도마이드, 비윤리적, 비효율성

소주장 1 : 동물실험의 사례를 인간에게 적용할 경우 위험한 경우가 있다.

　　근거 1 : 탈리도마이드 사례

　　근거 2 : 페니실린 사례

소주장 2 : 동물실험은 비윤리적이다.

　　근거 1 : 화장품 독성 시험

　　근거 2 : 라이카의 사례

소주장 3 : 동물실험의 비효율성

　　근거 1 : 그릇된 정보

　　근거 2 : 의학 발전을 지연시킨 사례

대안/ 함축 : 대체 방안을 마련하려는 노력을 꾸준히 해야 한다.

② 정보수집과 자료 분석

위 소주장들의 근거들을 어디서 찾을 수 있을 것인지 생각해 보고, 기록해 보자.

③ 발표문 작성

서론의 내용은 현안물음(발표 주제를 물음으로 바꾸어 보면 된다.), 주장, 핵심어, 배경 등을 엮어서, 본론의 내용은 소주장과 각각의 근거 1,2를 엮어서, 결론의 내용은 함축, 대안을 생각해서 발표문의 개요를 작성해 보자.

〈서론〉

_____ (현안물음) 에 대해

발표자/발표조는 _____ (주장) 찬성한다.

_____ (배경) 한 점에서 이 논의는 중요하다.

이 논의를 이해하기 위해서는 _____ (핵심어)를

주요하게 검토할 필요성을 갖는다.

〈본론〉

소주장 1의 _____ (근거 1)과

_____ (근거 2)이기 때문에 소주장 1은 정당하다.

소주장 2의 _____ (근거 1)과

_____ (근거 2)이기 때문에 소주장 2는 정당하다.

소주장 3의 _____ (근거 1)과

_____ (근거 2)이기 때문에 소주장 3은 정당하다.

〈결론〉

발표자/발표조는 _____ (소주장 1), _____ (소주장 2),

(소주장 3)을 근거로 하여 _____ (주장)을 하였다. 이러한 주장에

따라 _____ (함축) 이어야 할 것이다.

④ 파워포인트 작성

위의 발표문을 토대로 하여 파워포인트를 작성한다고 가정하고, 어떻게 파워포인트를

작성할 것인지를 다음 빈 공간에 구상해 보자. 그리고 이를 토대로 파워포인트를 작성하자.

도입부 :

목차 :

소주장 1 :

소주장 2 :

소주장 3 :

대안 및 함의 :

출처 :

⑤ 리허설

리허설을 해보고 다음의 빈 공간을 작성해 보자.

프리젠테이션 예상 시간 :

리허설 전 염려되는 점 :

리허설 소요 시간 :

리허설 때 실제 문제된 점 :

예상된 문제점이 그대로 문제가 되었는가?

리허설의 주요 초점은 무엇이었는가?

다음 리허설은 어디에 초점을 둘 것인가?

(2) 반대 입장

① 발표 기획서 작성

발표 주제 : 동물실험은 정당한가

주제 선정 배경 : 동물실험의 결과가 인간에게 적용될 수 없는 경우가 발생할 수 있지만, 동물실험은 필요하다.

핵심어 : 동물실험, 신종 플루, 대체 실험

소주장 1 : 현재 동물실험을 통해 다양한 질병 치료법 개발 및 예방을 할 수가 있고 이는 인류의 건강유지 및 향상에 큰 기여

　　근거 1 : 신종플루 사례

　　근거 2 : 돼지 장기 이용 사례

소주장 2 : 동물실험을 대체할 대체실험 연구가 활발히 진행되고 있지만, 현재까지는 대체실험이 실제 생명체에서 나타나는 변수까지 고려할 수 있는 정확한 연구 진행이 불가능하다.

　　근거 1 : 컴퓨터 시뮬레이션의 한계

　　근거 2 : 체외 배양의 한계

소주장 3 : 동물실험을 폐지한다면 어떤 일이 발생하게 될까

　　근거 1 : 관련 산업 분야에 타격

　　근거 2 : 경제 문제에 영향

대안/ 함축 : 동물실험의 완벽한 대체는 현실적으로 불가능하며, 이를 대체할 마땅한 방

　　　　　도가 없는 한 동물실험은 지속되어야 할 것이다.

　　이하 ② 정보수집과 자료 분석, ③ 발표문 작성, ④ 파워포인트 작성, ⑤ 리허설 등은 앞의 찬성 측의 예시와 마찬가지로 진행해 보자.

학습 정리

> 1. 발표란 다수의 청중을 대상으로 자신의 의사를 전달하는 말하기 형식이다.
>
> 2. 발표준비 4단계는 "발표 기획서 작성(주제 선정) → 정보 수집과 자료 분석 → 발표문 작
>   성 → 파워포인트 작성"을 말한다.

3

토론하기

1) 토론이란

(1) 토론과 토의의 차이

사람들이 서로 말을 주고받거나 의견 교환을 하는 의사소통 행위들을 느슨한 의미에서 '토론'이라고 부른다. 말하기 수업의 토론은 모든 토론 형식들을 다 다루지 않는다. 수업에서 토론은 교육토론이다. 이것은 토의와 구분되는 것이다. 토의(discussion)는 해결하고자 하는 문제에 대해 참여하는 사람들이 다양한 제안들과 이해 방식을 내놓고 그 타당성이나 적실성 등을 검토하는 대화이다. 이러한 대화를 통해 사람들은 문제의 성격을 더 잘 이해하게 되거나, 문제에 대한 답을 결정하거나, 문제를 새로운 각도에서 조망한다. 토의는 자유로운 형식으로 진행된다. 엄격한 규칙이나 절차는 없고 참석자들이 서로의 의견을 개진하고 대안을 모색하거나 한다. 의견이 일치될 수도 있고, 타협할 수도 있고 차이를 확인한 정도로 마무리 짓기도 한다. 문제되는 주제에 대해 어떤 고정된 해결책이나 관점을 전제하지 않고 대화에 참여하는 사람들이 다양한 관점으로 접근할 수 있다.

토론(debate)은 서로 입장이 다른 사람들이 어떤 특정 쟁점을 두고 찬반으로 진영을 나누어 진행된다. 혹은 어떤 논제를 두고 서로 입장을 달리하는 사람들이 쟁점에 대해 주장을 하는 행위이다. 다시 말해 토론은 찬반 대립적 상황에서 참여자들이 각각의 주장 가운데 무엇이 옳은가를 명확히 따지면서 자신의 주장을 상대방에게 설득하는 활동이다. 따라서 토론은 일정한 규칙과 절차를 필요로 한다. 규칙과 절차가 없다면 합리적인 방식의 설득이 이루어질 수 없다. 토론은 문제되는 주제에 대해 대화에 참여하는 사람들이 논리적이고 합리적으로 논증을 제시하는 의사소통이다. 우리는 대선후보 토론회, 100분 토론, 끝장 토론, 혹은 토론대회 등에서 이러한 토론의 예를 확인한다. 토론의 유형으로는 칼 포퍼 형, 링컨-더글라스 형 등이 있다. 말하기 수업 시간에 진행되는 토론은 교육 토론으로서 주어진 글을 분석하고 평가하여 글의 주장에 대해 조별로 찬성 측과 반대 측으로 나누어 전 학생이 참여하는 형식을 갖는다.

(2) 논제의 유형

토론은 문제되는 주제, 즉 쟁점을 중심으로 한다. 그리고 이 쟁점을 명제로 정리한 것을 논제라고 한다. 논제는 내용에 따라 사실 논제, 가치 논제, 정책 논제 등의 유형이 있다. 논제의 유형에 따른 특징을 명확히 파악해야 핵심 쟁점과 세부 쟁점을 정확히 찾고 토론이 엉뚱한 방향으로 흘러가지 않는다. 다시 말해 주어진 논제가 어떤 종류의 현안물음을 답하려고 하는지 명확하게 파악할 때 주장에 대해 적절하고 관련된 근거를 잘 제시할 수 있다. 사실 논제는 어떤 일이 일어났다고 하는 것이 참인가 아니면 거짓인가가 쟁점이 되는 논제이다. 따라서 사실 논제 토론에서는 입증하거나 반증하는 증거를 찾아 진위를 가리면 된다. 확실한 증거를 수집해서 제시하는 것이 중요하다. 사실 논제에 해당하는 것으로는 "사형제는 범죄예방 효과가 있다.", "유전자 조작 농산물은 사람에게 해롭다." 등과 같은 명제가 있다.

가치 논제는 어떤 것이 옳은지, 좋은지, 아름다운지 등의 가치평가가 쟁점이 되는 논제이다. 따라서 가치 논제 토론에서는 보편적 가치와 사회가 용인한 가치를 얼마나 만족시키는가가 중요하다. 가치를 바꾸는 것은 어렵기 때문에 이 토론에서는 서로의 입장을 이해하고 존중하는 정도에서 마무리 되는 경우가 많다. 가치논제에 해당하는 논제로는 "임신중절은 비도덕적이다.", "동성애는 옳지 않다.", "날씬한 사람이 좋다." 등과 같은 명제가 있다.

정책 논제는 어떤 정책에 대한 정당성, 실현 가능성이 쟁점이 되는 논제이다. 따라서 정책 논제 토론에서는 실현 가능성, 실현을 위한 비용이라든지 효용성, 이익과 손실을 분명히 제시하는 것이 중요하다. 정책 논제에 해당하는 논제로는 "안락사는 허용되어야 한다.", "자율형 사립고는 폐지되어야 한다.", "법인세를 인상해야 한다." 등과 같은 명제가 있다.

좋은 논제란 많은 사람들이 참여할 수 있는 논제- 관심과 이해관계 속에 있는 논제-를 말한다. 좋은 논제가 되기 위해서는 당면한 문제이어야 하고(현재성), 공적인 문제이어야 하고(공공성), 찬반이 분명한 문제이어야(대립성) 한다. 수업시간에 분석하고 평가했던 지문에서 논란을 담은 핵심 쟁점을 찾아 논제로 설정하거나 관련된 시사 문제를 논제로 설정할 수 있다. 논제를 분명하게 정해야 생산적인 토론이 가능하기 때문에 논제 설정이 중요하다. 또한 논제를 정하고 입장을 정할 때에는 배경을 파악하는 것은 유의미한 과정이다. 배경을 파악하면 토론에서 논의 범위를 한정하고 핵심 쟁점과 세부 쟁점을 찾는데 도움이 된다.

학교에서 진행되는 아카데미식 토론에서는 찬성 측이나 반대 측으로 나누어 토론을 진행하고 토론에는 보통 승리 혹은 패배를 가르며, 토론 전(全)과정에 대한 평가를 한다. 찬반 양측은 모두 입증의 부담과 반박의 책임을 가진다. 일반적으로 기존의 가치관이나 제도에 대해 새로운 문제를 제기하는 측이 찬성 입장이고, 기존 상황을 유지하고자 하는 측이 반대 입장이다. 어떤 논제에 대해 찬성하는 사람은 그러한 주장에 대한 정당화를 해야 하고, 이에 반대하는 사람은 반론을 펴거나 대안을 제시해야 한다. 찬성 측은 반대 측에 비해 더 큰 입증의 책임을 진다. 반대 측은 찬성 측에 비해 입증의 책임이 작고 반박의 책임을 진다. 최종적으로 입증과 반박의 부담을 덜 지는 쪽이 승리한다.

2) 토론 준비

(1) 입장 세우기

토론에서 '입증 책임' 아래 찬성 측과 반대 측은 각자 논제에서 제시된 중심 문제를 분석한 다음, 자신의 주장을 정당화하기 위해 제재를 선택하고 조직화하여 입론을 완성시켜 나가는 행위를 '입장 세우기'라 부른다. 말하기 수업에서 진행되는 토론은 엄격한 시간의 제약과 정해진 규칙을 준수하여 찬성 측과 반대 측 사이에 이루어지는 일종의 승부 게임과 같은 것이다. 따라서 청중을 설득하기 위해 일정한 틀에 기초하여 입장을 세우는 것은 불가피하다.

모든 토론은 찬성 측의 입론에서 시작하기 때문에, 찬성 측은 특히 논제에 대해서 자신의 입장을 명확하게 확립할 것을 요구받는다. '논제에 대해 왜 찬성하는 입장을 선택하여 주장하게 되었는가?', '논제에서 제시된 중심 문제가 왜 해결되어야 하는가?'하는 물음에 대해 찬성 측은 명료하고도 정확하게 응답할 책임을 지는 것이다. 반대 측 또한 찬성 측의 주장을 허물어뜨리기 위해 찬성 측의 입론에 대하여 대응 논리를 구축하여 반론을 가하여야 한다.

(2) 토론 개요서 준비 3단계

소주장 정하기(논제, 쟁점) → 근거와 근거 자료 찾기 → 토론개요서 작성

① 소주장(주요 근거) 정하기

찬성 측과 반대 측이 자신들의 주장을 말할 때 근거를 제시해야 한다. 근거를 찾기 위해서는 어떤 사안에 대한 쟁점이 형성되는지를 알아야 한다. 쟁점들은 논제 유형에 따라 다르게 형성된다. 따라서 근거를 정하기 위해서는 논제 유형을 먼저 파악하고 그에 따라 접근 방식을 달리하여 대립하는 쟁점을 찾아야 한다. 사실 논제의 경우 핵심어, 사실의 진위 여부, 가치 논제의 경우 핵심어, 가치 충돌 지점, 가치 판단의 기준, 정책 논제의 경우 핵심어, 현 정책의 한계점, 개선의 필요성, 새로운 방안의 실현 가능성, 사회적 비용 등을 중심으로 쟁점을 찾아보아야 한다.

② 근거(자료) 찾기

주장을 뒷받침하는 근거와 근거를 입증하는 근거자료를 제시하지 못하면, 이 주장은 입증되거나 반증될 수 없기 때문에 동의나 반대를 이끌어 낼 수 없다. 근거를 입증할 근거 자료를 찾을 때는 앞의 Ⅲ. 평가하기에서 학습한 세 기준을 고려하면 된다. 신뢰할 수 있는 근거(자료)를 찾아 적절한 시점에 잘 활용해야 한다. 인터넷을 활용할 경우 기존에 나와 있

는 근거들에 유의해야 한다. 실제 분석해보면 전혀 주장을 지지하는 근거(자료)가 될 수 없는 것들이 근거로 제시되는 경우가 상당히 많다.

③ 토론 개요서 작성

토론 개요서는 토론 발표문의 뼈대에 해당한다. 찬성 측과 반대 측의 주장, 뒷받침하는 근거, 입증하는 근거자료 등을 중심으로 전체적인 토론의 흐름을 예측하는데 도움을 주는 준비 자료이다. 이때 상대측의 반론을 예측하고 이에 대한 대책을 세우는 것이 필요하고, 또한 상대측이 제시할 만한 근거에 대해 반론을 준비하는 것이 필요하다.

(3) 토론 발표문 작성

토론 발표문은 실제 토론 시간에 이를 바탕으로 발표하고 토론하는 중요한 전략문이다. 토론 개요서를 중심으로 충분한 근거와 근거 자료를 확보하여 조원이 함께 작성하여야 한다. 협력하여 충분히 준비하는 과정이 없으면 토론은 생산적으로 진행되지 못하고, 수동적으로 발표문만 읽고 마치게 될 뿐이다.

발표문은 서론, 본론, 결론의 순서로 작성한다. 서론에서는 청중의 관심과 흥미를 유발하는 사례, 주장 배경, 주요용어를 설명하면서 논의의 범위를 한정한다. 그리고 어떤 근거들로 주장을 하려 하는지 전체적인 방향을 간략히 제시한다. 본론에서는 근거로 확정한 소주장들을 중심으로 하여 소주장을 지지하는 근거, 근거를 뒷받침하는 근거 자료들을 차례로 제시한다. 결론에서는 본론에서 논의한 내용을 간략히 정리한다.

(4) 토론하기

① 입론

입론자는 발표문을 바탕으로 발표한다. 그러나 그대로 읽지 않고 항목별 주요 내용을 요약하여 청중에게 전달한다. 논제에 대한 입장, 주장 배경, 주요 용어 설명하면서 논의 범위를 한정한다. 다음으로 근거 자료가 근거를 어떻게 입증하는지, 근거가 어떻게 주장을 뒷받침하는지 설명한다. 마지막으로 다시 한 번 주장과 근거를 간략히 정리한다.

② 확인 질문과 답

찬성 측은 반대 측의 입론에 대해, 반대 측은 찬성 측의 입론에 대해 질문하고 답변한다. 이것은 정확한 정보를 확인하는 것으로서, 발표문의 범위 안에서 질문해야 한다. 주로 세부쟁점을 확인하고, 자료 출처와 내용을 확인하며, 용어나 표현의 의미를 확인한다.

③ 반론과 답

반론은 상대편에 대한 공격이다. 찬반 토론에서 기본 원칙은 발표문의 주장과 근거를 바탕으로 한다는 것이다. 반론에서 상대편에 대해 공격을 하게 될 때, 논의가 생산적으로 전개되고 논점에서 벗어나지 않으려면 이 기본원칙이 잘 지켜져야 한다. 반론에서 상대 측에 대해 공격을 할 때, 근거가 인정가능한가, 주장과 근거가 관련되는가, 근거가 대표적이고 결정적인가를 중심으로 한다. 반례를 찾아 반박자료로 활용한다. 찬성 측과 반대 측은 각각 토론개요서를 작성하면서 미리 상대의 반론을 예상해 보고 그에 대해 준비를 해야 한다.

④ 전체토론

조별토론을 마친 후 청중이 참여하여 조별 토론에서 다루지 못한 부분을 질문하거나 토론에 대한 총평을 말하는 시간을 가질 수 있다.

> 📋→ **토론의 규칙을 정하기 위한 Tip!**
>
> – 논제는 하나의 주장만 포함하는 긍정 명제로!
>
> – 사전에 양측에 공평하게 발언 시간, 발언 순서, 발언 횟수를 정할 것!
>
> – 찬성 측에서 먼저 발언하며, 마지막 발언도 찬성 측이 하는 것이 원칙!
>
> – 토론이 끝나면 판정하고 결과에 승복할 것!

(5) 토론 평가

토론의 승패는 가르기 어렵다. 그러나 토론을 연습하기 위한 교육 토론에서 승패는 분명히 있다. 이 때 승패는 진행된 토론에서 제시된 근거를 중심으로 하여, 어느 쪽이 더 논리적이고 합리적으로 토론에 임했는가에 좌우된다. 즉 토론 평가의 중요한 요소는 논리와 태도이다. 우선, 논리의 요소는 자기 측에 주어진 입증과 반박의 책임을 잘 수행하고, 상대의 반박을 효과적으로 방어하는 것이다. 이것은 III. 평가하기에서 학습한 세 기준(근거의 인정가능성, 주장과 근거 사이의 관련성, 근거의 충분성)에 따른 논증의 평가를 적용한 것이 된다. 다음으로, 태도의 요소는 상대측에 대한 존중, 팀원 간의 협력 등이 해당한다.

3) 토론 예시

주어진 제시문을 읽고 실제 토론을 준비하여 실행해보는 예시를 보기로 하자. 제시문은 앞의 발표 예시에서 사용한 것과 동일한 글이다. (앞의 제시문 참조할 것)

(1) 토론 준비
① 입장 세우기

② 토론 주제 정하기 : "동물실험 결과를 인간에 대해 적용하는 것의 유의미성"
사실 논제 : 동물실험을 인간에게 적용한 성과가 상당히 많이 있다.
가치 논제 : 동물실험을 인간에게 적용하는 것은 비윤리적이다.
정책 논제 : 동물실험은 허용되어야 한다.

③ 토론 개요서 작성 : 토론 개요서 준비 3단계(소주장 정하기-> 근거(자료) 찾기-> 토론 개요서 작성하기)에 맞추어 작성한다. 아래의 토론 개요서 예시는 '동물실험은 허용되어야 한다.'는 정책논제를 중심으로 작성되었다.

〈토론 개요서〉

토론 일시		찬성 측/ 반대 측	

1. 토론 주제 : 동물실험은 허용되어야 하는가.

2. 배경과 의의:
　동물실험 결과를 인간에게 적용할 수 없는 사례들이 나타나고 있다.

3. 토론 소주장(근거)
　1)
　2)
　3)

4. 핵심어
　동물실험, ＿＿＿＿＿＿＿＿＿＿＿＿＿,

	찬성 측	반대 측
주장	동물실험 반대	동물실험 찬성
입론 (소주장 + 근거)	1. 동물실험으로 안전성이 보장된다 해도 인간에게도 안전하다고 보장할 수 없다. 　1) 탈리도마이드 사례 　2) 페니실린 사례 2. 동물실험의 비윤리성 　1) 화장품 독성실험 　2) 라이카 사례 3. 동물실험의 비효율성 　1) 그릇된 정보 　2) 의학 발전을 지연시킨 사례	1. 다양한 질병 치료법 개발 및 예방을 할 수가 있고 이는 인류의 건강유지 및 향상에 큰 기여 　1) 신종플루 사례 　2) 돼지 장기 이용 사례 2. 대체실험으로는 실제 생명체에서 나타나는 변수까지 고려할 수 있는 정확한 연구 진행이 불가능 　1) 컴퓨터 시뮬레이션의 한계 　2) 체외 배양의 한계 3. 생물을 이용하는 의학, 생물학, 약학, 농업과 같은 산업 분야에 큰 타격을 줄 것이며, 경제 문제에도 영향을 줄 것이다. 　1) 관련 산업 분야에 타격 　2) 경제 문제에 영향

상대 입론에 대한 반론	1. 동물실험의 비윤리성 2. 실질적으로 질병 예방 효과 미비? 3.	1. 인간 대상 실험의 비윤리성 2. 인간 대상 실험의 경제성 3. 현재 과학 기술의 한계
예상 반론	1. 현재 과학 기술의 한계 2. 인간 대상 실험의 비윤리성과 경제성	1. 동물실험의 비윤리성 2. 실질적 효과 미비?
기타사항		

④ 토론 발표문 작성

〈찬성 측 발표문〉

　　우리 인간은 신약 개발 등을 할 경우 동물을 통한 안전성을 점검해 왔다. 그러나 안전성에 대한 보장이 동물과 인간과의 생리적 차이에 따라 이루어지지 않는 사례가 빈번하게 발생하면서, 동물실험에 대한 정당성 논의가 필요하게 되었다. 동물실험이란 동물을 사용하여 의학적인 실험을 행하여 생명현상을 연구하는 일이다. 실험동물은 원생동물에서 포유동물 영장류까지 포함되나 사람은 제외된다. 동물실험은 인간을 대상으로 하는 임상실험 전단계로 인간에게 오는 피해를 최소화하기 위한 하나의 수단으로 이용된다. 인간에게 오는 피해를 동물이 대신 감수하는 것이다. 인간의 피해를 줄이기 위해 우리는 동물실험을 강행하고 있다. 그러나 동물실험을 해도 인간에게 안전성이 보장되지 않으며, 동물실험의 비윤리적 실상이 문제가 되는데다가, 질병예방을 위한 동물실험은 비효율적이라는 점에서 동물실험은 허용되어서는 안 된다.

　　우선 제시문에서 저자가 주장한 바와 같이 동물실험으로 안전성이 보장된다 해도 인간에게도 안전하다고 보장할 수 없다. 미국 식품의약국에 따르면 인간과 동물이 공유하는 질병은 1.16%뿐이고, 승인받은 의약품의 92%는 인간에게 부적합하다. 동물실험의 대표적인 실패사례 중 하나인 탈리도마이드는 임산부 입덧방지제로 만들어져서 각종 동물실험에서는 부작용이 거의 드러나지 않았지만 이 약을 복용한 임산부들이 기형아를 출산하면서 위험성이 드러나 판매가 중지되었다. 다른 사례인 지사제 클리오퀴놀은 동물실험은 통과했지만 시력상실, 장애, 마비증상과 사망과 같은 부작용으로 판매가 중지되었다. 그 외에도 관절염 치료제인 오프렌, 심장치료제 에랄딘도 또한 동물실험에서 부작용을 일으키지 않았지만 인간에게는 부작용을 나타내었다. 반대로 인간에게는 아무런 부작용도 일으키지 않는 페니실린은 쥐 태아에게 사지 기형을 유발한다. 페니실린을 발견한 플레밍은 "동물실험을 하지 않은 게 다행"이라고 말했다고 한다.

　동물실험의 비윤리성은 어제오늘의 이야기가 아니다. 어떤 경제적, 의학적 이익을 위해서라고 할지라도 잔인하고 비참한 학대를 동물에게 가하는 것이 정당화될 수는 없다. 동물실험은 피부자극 실험, 독성 테스트, 암 종양 유발, 뇌 손상 유발, 실험이 있다. 화장품 실험의 경우, 화장품 개발 과정에서 주로 실험동물로 이용되는 토끼는 인간과 달리 눈물을 거의 흘리지 않지만 자극적인 물질이 조금만 눈에 들어가도 고통을 느끼고, 심하면 시력도 잃게 된다. 그런데 화장품 회사에서는 이런 토끼의 몸을 플라스틱 상자에 고정하고, 실명할 때까지 마스카라나 샴푸 같은 화장품 재료를 눈에 반복해서 넣는 실험을 한다고 합니다. 게다가 대부분의 동물들은 실험이 끝난 뒤에 보통의 경우 안락사를 당한다. 또 다른 예로 유인 우주선을 개발하기 위한 첫 실험에서도 동물실험이 있었다. 라이카라는 이름을 가진 개가 실험동물이 되어 우주선에 탑승한 뒤 우주로 발사되었는데, 지구로 귀환하던 중 높은 압력과 뜨거운 열기를 견디지 못하고 고통스럽게 죽어 갔다. 말 못하는 동물이라 하더라도 고통을 느낄 것이다. 인간이 만물의 영장이지만 어떤 생명이든 가볍게 여길 권리는 없다. 그러므로 우리는 동물실험 문제를 바라볼 때 인간 중심적인 사고방식에서 벗어날 필요가 있다.

　많은 의사나 과학자들은 질병예방을 위한 동물실험이 비효율적이라고 말한다. 심장병, 암, 면역학, 마취, 정신의학과 같은 분야에서의 의학적 중요한 발견들은 동물실험보다는 임상연구, 환자에 대한 관찰, 인간의 사체의 해부로부터 이루어졌다. 오히려 동물실험은 공익적 측면에서도 불행한 결과를 초래하였다. 예를 들어, 1963년 폐암환자들로부터의 연구를 통해 흡연이 폐암을 유발한다는 사실을 알고 있었으나, 동물실험에서 흡연이 폐암발생의 주된 발생원인임을 밝히는데 실패했고, 결국 많은 사람들이 폐암으로 생을 마감하는 유감스러운 일들이 많이 발생하였다. 이와 비슷한 예로 석면의 암 유발 사실이 미리 밝혀졌으나, 동물실험을 통한 입증의 실패로 석면을 우리 실생활에 그대로 방치한 사례도 있다. 엑스레이 및 핵폐기물의 폐해도 마찬가지 이유로 인해 유해물질들에 대한 규제 법률의 입안에 수십 년이 걸리기도 하였다. 원숭이를 대상으로 한 동물실험을 통한 소아마비 예방법은 그릇된 정보를 제공했으며, 결국 소아마비 백신은 원숭이가 아닌 인간의 조직배양에서 나왔다. 미국 ALS치료제개발 연구소 스티브 페린 박사의 연구에 따르면 루게릭병을 동물임상실험을 통한 치료제로 효과가 있다는 약물 100여가지중 8종을 환자를 대상으로 임상실험을 하였으나 모두 효과가 없는 것으로 밝혀졌다. 개를 대상으로 한 동맥경화 연구 및 신장 이식은 이 분야들에 있어 의학의 발전을 오랫동안 지연시킨 사례도 있다. 이러한 것들은 모두 동물과 인간의 근본적 차이를 배제함에 따라 발생한 것이다.

이와 같이 동물실험으로 안전성이 입증되어도 인간에게 안전성이 보장되지 않고, 동물실험은 비윤리적 방식으로 이루어지고 있으며, 결정적으로 인간을 위한 동물실험의 결과가 비효율적이었기 때문에 더 이상의 동물실험의 정당성은 없다고 말할 수 있다. 결국 우리는 동물실험이 아닌 다른 대체 방식을 통해서 신약 개발과 의학의 발전을 이루는 방안을 모색해야 할 것이다.

〈반대 측 발표문〉

동물실험(animal experimentation)에 대한 찬반 공방이 날이 갈수록 뜨거워지고 있다. 동물실험이란 '동물을 이용한 의학적인 실험을 통해 생명현상을 연구하는 일'을 일컫는 말로 현대사회에 다양한 공헌을 하고 있는 실험이다. 특히 시중에서 흔히 볼 수 있는 의약품, 화장품뿐만 아니라 농약, 식품 등은 출시되기 전 반드시 동물실험을 거친다. 이를 통해 인체에 미치는 영향을 관찰하고 부작용을 최소화 하게 되며, 이는 인류의 건강을 유지·향상시키는데 많은 기여를 하고 있다. 최근 현대 과학기술 발달과 함께 동물실험의 부정적 측면에 대한 목소리가 높아지며 대체재를 이용한 실험 연구가 활발히 진행되고 있지만, 동물실험을 완벽히 대체할 수 있는 실험은 아직 존재하지 않는다고 한다. 이런 상황 속에 동물실험에 대한 찬반 논쟁은 끊이지 않고 있지만, 현재 동물실험은 계속 진행되고 있고, 여전히 인류에 많은 공헌을 하고 있다는 게 사실이다. 동물실험이 현대사회에서 구체적으로 어떻게 기여를 하고 있는지, 과연 동물실험을 대체할 실험은 있는지, 동물실험을 당장에 폐지한다면 어떤 일이 우려되는 지에 관해 다루며 궁극적으로 동물실험이 지속되어야 하는 이유에 대해 알아보겠다.

첫째, 현대 사회에서 동물실험이 주는 가장 대표적인 이점으로는 질병 예방과 백신 개발을 들 수 있다. 2010년 당시 사망자 수가 260명 까지 나왔었던 신종플루는 동물실험을 통해 백신을 개발, 입증했고 임상실험을 통해 많은 사람들이 이 질병에 대해 예방할 수 있도록 했던 대표적 사례 중 하나라고 할 수 있다. 이외에도 동물바이오 신약 장기개발 사업단 에서는 면역거부반응이 완전히 제어된 돼지의 장기를 개발하였는데, 이를 심장질환, 간경화 등으로 생사가 불투명한 환자들에게 이식함으로써 사람들에게 건강한 삶을 부여하기도 하였다. 현재 우리가 직면 하고 있는 질병인 메르스, 에볼라, 지카바이러스 또한 동물실험을 통해 치료개발을 해나가고 있는데, 현재 미국과 영국 등에서 'DNA 백신 개발'이라는 것이 활발히 이루어지고 있다고 한다. 'DNA백신'은 에볼라 백신 후보 물질로, 영국에서는 침팬지와 같은 영장류 동물에 실험한 결과 임상 1상 연구 결과에서 성공적인 결과를 얻을 수 있었다고 한다. 이렇듯 우리는 현재 동물실험을 통해 다양한 질병 치료법 개발 및 예방을 할 수가 있고 이는 인류의 건강유지 및 향상에 큰 기여를 하고 있다고 말할 수 있다.

둘째, 과학기술의 발달과 함께 동물실험을 대체할 대체실험 연구가 활발히 진행되고 있지만, 현재까지는 대체실험이 실제 생명체에서 나타나는 변수까지 고려할 수 있는 정확한 연구 진행이 불가능하다고 한다. 때문에 동물실험을 계속해서 실행할 수밖에 없는 상황인데, 동물실험의 대체실험으로써 자주 언급되는 컴퓨터 시뮬레이션의 경우 아무리 현대 과학 기술이 발전되었다하여도 시뮬레이션으로 치료제나 약물이 인간의 몸에 어떤 부작용을 일으키는 지 정확한 변수를 확인할 수 없는 게 사실이다. 또 다른 대체 실험으로 사용되는 체외 배양의 경우 개체의 몸을 일부를 분리하여 체외에서 배양하는 기술이다. 하지만 세포는 체외 배양 때와 체내 배양 때의 작용이 크게 다를 수 있어 체외 배양 세포를 이용한 in vitro 실험만으로는 동물,

사람에게 직접적으로 어떤 반응이 나타나는 지 정확하게 알 수가 없다. 새로 떠오르는 대체실험인 바이오 칩, 오가노이드-줄기세포나 장기세포에서 분리한 세포를 배양, 재조합하여 만든 장기-등은 여전히 오직 '의의만 갖는'단계일 뿐이며, 또 그들이 동물실험을 완벽하게 대체할 수 있는지, 정말 실행가능성이 있는 것 인지에 관해선 아직도 의견이 분분하다.

셋째, 그렇다면 과연 완벽한 대체실험이 고안되지 않은 현 상태에서 동물실험을 폐지한다면 어떤 일이 발생하게 될까? 우선적으로 생물을 이용하는 의학, 생물학, 약학, 농업과 같은 산업 분야에 큰 타격을 줄 것이며, 이는 더 나아가 경제 문제에도 영향을 끼칠 수 있다. 하지만 더욱더 근본적인 문제는 질병연구와 신약개발이 더뎌져 현대의 의학적인 혜택이 줄어들게 될 것이고, 많은 사람들이 목숨을 잃는 사태가 발생할 수 있다는 것이다. 특히 유전병의 경우 약 3세대 이상을 거쳐 연구를 진행한다고 가정한다면, 동물실험의 경우 빠르면 1~2년 안에도 연구가 가능하지만 인간을 가지고 연구를 한다면 약 210년이라는 긴 세월을 필요로 한다. 이렇듯 동물실험의 폐지에 따른 다양한 문제점이 우려되는 상황에서 동물실험 폐지는 정당화 될 수 없을 것이다.

앞서 보았듯이, 현대 사회에서 동물실험은 인류의 건강유지 및 향상에 있어서 필수적인 과학적 방법이다. 특히 신약 개발의 임상실험 단계에 있어 동물실험은 절대적이며, 이는 많은 사람들의 질병을 치료하고 목숨을 구제하는데 지대한 역할을 하고 있다. 현재 동물실험을 대체할 대체실험은 활발히 연구되고 개발이 되었지만, 동물실험과 비교할 때 활용범위가 굉장히 제한적이고 신뢰도가 낮다는 게 대부분의 과학자들의 주장이다. 이는 동물실험을 대체할 수 있는 효율적이고 정확한 실험은 아직까지 없다는 것을 의미하며, 이러한 상황에서 동물실험은 필수불가결한 선택이라고 할 수 있다. 만약 당장에 동물실험을 폐지한다면 동물실험의 산물이라 할 수 있는 현대의 의학 혜택이 크게 줄 것이고 많은 사람들이 새로운 질병이나, 신약의 부작용에 시달릴 것으로 보인다. 그러므로 현재 아무런 대책 없이 동물실험이 폐지된다는 것은 현실적으로 불가능하며, 이를 대체할 마땅한 방도가 없는 한 동물실험은 지속되어야 할 것이다.

(2) 토론하기

① 찬성 측 입론

찬성 측과 반대 측은 위의 발표문에 근거해서 주요 내용을 요약하여 청중에게 전달한다. 논제에 대한 입장, 주장 배경, 핵심어 등을 설명하면서 논의 범위를 한정한다. 최종적으로 다시 한 번 주장과 근거를 간략히 정리한다.

② 확인 질문과 답

A. 찬성 측이 반대 측의 입론에 대해	B. 반대 측이 찬성 측의 입론에 대해
1. '동물실험'의 동물의 의미는 인간을 제외한 의미인가?	1. '동물실험'의 비윤리성이라는 표현은 무엇을 의미하는가? 동물에게 윤리를 적용할 수 있다는 의미인가?
2. 경제문제에 악영향을 줄 수 있다고 했는데 이 것의 구체적 내용과 출처는 어떻게 되는가?	2. 소아마비 예방법, 의학 발전에 오히려 장애가 되었다고 했는데, 연구 실험이 장애가 될 수 있는가?

확인 질문은 정확한 정보를 확인하는 것으로서, 발표문의 범위 안에서 질문해야 한다. 주로 세부쟁점을 확인하고, 자료 출처(A-2)와 내용을 확인(A-2, B-2)하며, 용어나 표현의 의미(A-1, B-1)를 확인한다.

③ 반론과 답

A. 찬성 측이 반대 측의 입론에 대해	B. 반대 측이 찬성 측의 입론에 대해
1. 동물에 대한 실험을 통해 인간을 위한 신약 개발을 정당화하려면, 실제 동물실험의 결과를 인간에게 적용했을 때 유의미함이 있어야 한다. 그러나 인간과 동물실험대상과의 생리적 차이에 따라 적용의 효과가 없다면, 보장되지 않는 결과를 위해 수많은 동물들이 살해되는 것이다.	1. 질병치료제는 현실적으로 수많은 사람들의 목숨을 구했다. 동물실험 반대를 말하는 조의 근거로 제시된 탈리도마이드와 페니실린의 부정적 사례만으로는 질병 치료제의 성과를 반박하는 결정적인 사례로 보기 어렵지 않은가? 즉 충분한 근거로 보기 어렵다.

그렇다면 동물실험을 찬성하는 조의 첫 번째 근거는 우리가 받아들일 수 없는 근거이지 않은가?

2. 과거 동물실험으로 인간을 구한 질병치료제를 근거사례로 들어 동물실험을 정당화하려면, 인체를 대상으로 한 임상실험과 사체, 조직 실험 사례와 비교해서 효율성을 따져 보아야 한다. 동물실험 찬성조의 첫 번째 근거의 사례들은 충분하지 않고 대표적인 사례라고 볼 수도 없다.

2. 동물실험을 할 것인가 혹은 말 것인가의 우리의 논의에서 동물의 처우 문제는 직접적인 관련이 없다고 생각한다. 동물실험을 하더라도 동물에 대해 고통을 줄이는 방법의 실험 방식을 도입하고 안락사를 시행하면 된다. 즉 찬성조의 두 번째 근거는 주장과는 직접적인 관련이 없는 근거이지 않을까?

찬반 토론에서 기본 원칙은 발표문의 주장과 근거를 바탕으로 한다는 것이다. 반론에서 상대편에 대해 공격을 하게 될 때, 논의가 생산적으로 전개되고 논점에서 벗어나지 않으려면 이 기본원칙이 잘 지켜져야 한다. 반론에서 상대측에 대해 공격을 할 때, 근거가 인정 가능한가(A-1), 주장과 근거가 관련되는가(B-2), 근거가 대표적(A-2)이고 결정적(B-1)인가를 중심으로 한다. 반례를 찾아 반박자료로 활용한다. 찬성 측과 반대 측은 각각 토론개요서를 작성하면서 미리 상대편의 반론을 예상해 보고 그에 대해 준비를 해야 한다.

④ 전체 토론
찬성 측과 반대 측이 각각 상대에 대해 반론을 한 후, 청중은 양쪽의 토론문 및 토론에 대해 질문과 반론을 말할 수 있다.

(3) 토론 평가
조별 토론과 전체토론을 마치고, 찬성 측과 반대 측 토론자를 제외한 나머지 청중들은 평가표에 공정하게 평가한다.

1. 토론이란 입장이 다른 둘 이상의 집단이 말을 주고받거나 의견 교환을 하는 모든 의사소통 행위를 말한다.

2. 토론 개요서 준비 3단계는 "소주장 정하기(논제, 쟁점) → 근거와 근거 자료 찾기 → 토론 개요서 작성"을 말한다.

4

실전 연습

다음의 제시문들을 읽고 찬성 혹은 반대 입장을 정하여 발표와 토론을 준비해보자. 발표를 하기 위해 발표 기획서를 구상하고 발표문을 작성해보자. 토론을 하기 위해 토론 개요서를 구상하고 확인 질문, 반론 등을 생각해보자.

제시문 1

2000년 8월, 말타(Malta) 인근의 한 섬의 고조(Gozo)에서 한 젊은 부인이 샴쌍둥이를 임신했다는 사실을 알게 되었다. 고조의 병원시설이 이렇듯 복잡한 출산을 다루기에는 미흡하다는 것을 안 그녀와 남편은 영국의 맨체스터에 있는 세인트 메리 병원에서 아이들을 출산했다. 메리와 조디라고 알려진 이 아기들은 하복부가 붙어 있는 상태였다. 그들은 척추가 하나로 융합되어 있었고 심장도 하나이고 폐도 한 쌍밖에 없었다. 둘 중 더 강한 아기인 조디가 메리에게 피를 공급해주고 있었다.

해마다 얼마나 많은 샴쌍둥이가 태어나는지는 알 수 없다. 최근 오리건 주에서 샴쌍둥이가 태어남으로써 그 수가 증가하고 있는 것이 아닌가 하는 추측을 하였지만 드문 것은 사실이다. 샴쌍둥이가 태어나는 원인에 대해선 알려진 바가 별로 없지만 일란성 쌍둥이의 변형이라고 알려져 있다. 임신 후 3일에서 8일이 지난 후 수정란이 분열할 때 일란성 쌍생아가 생긴다. 이때 세포분열이 며칠 지연되면 분리가 불완전해지면서 쌍생아는 결합된 상태가 될 수 있는 것이다.

어떤 샴쌍둥이들은 잘 살아가기도 한다. 그들은 어른이 되어 결혼하고 아이를 갖기도 한다. 그러나 메리와 조디의 앞날은 어두웠다. 의사들은 어떤 개입이 없으면 6개월 이내에 그들이 죽을 것이라고 말했다. 유일한 희망은 분리 수술을 하는 것이었다. 이는 조디를 구하는 길은 되겠지만, 그로 인해 메리는 즉시 죽을 것이다.

독실한 가톨릭 신자였던 부모들은 메리의 죽음을 재촉할 것이라는 이유로 수술에 동의하지 않았다. "우리는 순리대로 될 것이라고 믿습니다."라고 부모는 말했다. "우리 아이들 모두 죽는 것이 하느님의 뜻이라면 그렇게 되어야죠." 이 아이들 중 적어도 하나라도 살리기 위해 모든 일을 해야만 한다고 믿은 병원은, 법원에 부모의 뜻에도 불구하고 분리 수술을 하도록 해달라고 요청했다. 법원은 이를 허락했고 11월 6일 수술은 이루어졌다. 예상했던 대로 조디는 살았고 메리는 죽었다.

－제임스 레이첼즈, 노혜련·김기덕·박소영 옮김, 『도덕 철학의 기초』, 나눔의 집, 2006.

(1) 발표 기획서 구상

발표 주제 :

주제 선정 배경 :

핵심어 :

소주장 1 :

　　근거 1 :

　　근거 2 :

소주장 2 :

　　근거 1 :

　　근거 2 :

소주장 3 :

　　근거 1 :

근거 2 :

대안/ 함축 :

(2) 토론 개요서 구상(확인 질문과 반론 예상하기)

토론 개요서의 내용은 위의 발표 기획서의 내용과 유사할 것이다. 이러한 내용을 전제로 하여 확인 질문과 반론을 예상하고 답해 보자.

토론 일시		찬성 측/ 반대 측	

1. 토론 주제 :

2. 배경과 의의:

3. 토론 소주장(근거)

   1)

   2)

   3)

4. 핵심어

	찬성 측	반대 측
주장		
입론 (소주장 + 근거)	1. 1) 2) 2. 1) 2) 3. 1) 2)	1. 1) 2) 2. 1) 2) 3. 1) 2)
예상 반론	1. 2. 3.	1. 2. 3.
기타사항		

확인 질문 :

확인 질문에 대한 답변 :

반론 :

반론에 대한 답변 :

(3) 발표(혹은 토론) 평가

청중들은 토론이 진행되는 동안 다음의 내용을 고려하여 토론하는 조에 대해 평가해 보자.

〈독서와 말하기〉 토론 평가서

토론 주제			
토론 일시		찬성 조	
평가자		반대 조	

5: 아주 잘함 4: 잘함 3: 보통임 2: 부족함 1: 많이 부족함

평가 기준		평가 대상	
		찬성 조	반대 조
입증	1. 논의하는 내용의 범위가 적절한가? 2. 제시하는 근거들이 올바르거나 받아들일 수 있는 것들인가? 3. 제시하는 근거들과 주장은 관련되는가? 4. 제시하는 근거들은 주장을 충분히 뒷받침하는가?		
반론	1. 반박하는 내용이 상대의 발표 내용을 벗어나지 않는가? 2. 상대방의 주장과 근거를 확실히 이해하는가? 3. 상대방의 주장과 근거에서 문제점을 명쾌하게 비판하는가? 4. 상대방의 주장과 근거를 반박하는 반례가 적절한가?		
반론에 대한 답	1. 상대방의 반론의 핵심을 잘 이해하는가? 2. 상대방의 반론에 잘 대처하는가?		
표현	1. 사용하는 개념이 분명하고 적절한가? 2. 효과적이고 설득력 있게 표현하는가?		
태도	1. 팀원의 역할 분담은 잘 되는가? 2. 토론 규칙은 잘 지키는가? 3. 상대방을 존중하고 예의를 지키는가?		
총점			

총평:

대한민국에서 가족과 부부란 어떤 의미여야 하는지, 그리고 우리의 가족 제도는 과연 평등한지를 가정의 달과 부부의 날을 맞이하여 '성소수자 가족 구성권 보장을 위한 네트워크'라는 한 사회단체에서 질문을 제기했다.

지난 2013년 9월 7일 김조광수·김승환 부부는 사회 각층의 축복 속에 성대한 결혼식을 올린 후 같은 해 12월 서대문구청에 혼인 신고서를 제출하였으나, 구청은 수리를 거부했다. '성소수자 가족 구성권 보장을 위한 네트워크'는 서대문구청이 민법상 동성혼은 혼인이 아니기 때문에, 이들 부부의 혼인은 혼인이 아니라는 순환 논법의 근거에 동의하지 않는다. 과연 자신이 원하는 배우자와 결혼할 권리를 인정하지 않는 서대문구청의 처분이 어떻게 평등할 수 있으며, 김조광수·김승환 부부를 비롯한 성소수자들의 존엄과 행복 추구권은 우리 사회에서 과연 보장되고 있는지를 묻는다. 대한민국에서 동성혼은 시기상조라는 의견에도 불구하고 오히려 단언할 수밖에 없다. 이 소송은, 그리고 이 질문들은 늦어도 너무 늦었다.

누구도 이 질문들을 제기하지 않는 동안, 우리 사회의 다양한 가족은 낡은 가족 규범에 부합하지 않는다는 이유만으로 가족이란 이름을 박탈당하였다. 가정이, 나라가 무너진다는 정체불명의 이유로 타인의 존재를 부정하는 일이 있어서는 안 된다. 우리 사회도 정상 가족으로 인정되어 온 이성애 결혼 가족 모델만이 아닌 동성 간 결합을 포함한 다양한 가족 모델을 법적·사회적으로 인정할 수 있도록 대책을 마련해야 할 때가 왔다. 그 시발점이 되는 동성 결혼에 대한 사회적 논의를 하루빨리 시작해야 한다. 동성 결혼에 대하여 국내 동성 커플의 현주소에 관한 시각 없이 외국의 민감한 문화적 문제로만 이해·보도하는 언론의 태도도 개선되어야 할 부분이다.

가족이라는 개념이 배타적인 말이 되어 성소수자들은 이성애자와는 달리 가장 소중한 사람과의 관계를 인정받지 못해서는 안 된다. 성소수자들은 평등한 대우도 행복 추구권도 바랄 수 없는 존재란 말인가. 정부와 국회는 성소수자들이 이루고자 하는 법적 절차를 묵살한 현실을 인지하고, 다양성을 포용하는 평등한 가족 제도를 설계하여 법제화할 의무를 이행해야 한다. 지금 이 순간에도 동성 부부를 비롯한 공동의 가족 생활을 영위하는 수많은 성소수자 가족은 제도적 차별과 사회적 낙인에 노출되어 있다. 개인의 존엄과 성 평등에 기초한 혼인과 가족 생활을 보장할 국가의 헌법적 의무를 외면해서는 안 된다.

동성 결혼도 이성 결혼과 다를 바 없다. '성소수자 가족 구성원 보장을 위한 네트워크'는 우리 사회가 소수자를 외면하지 않고 모두가 평등하게 행복을 추구할 수 있는 사회임을 증명하기 위해 법원과 정부, 그리고 국회에서 나서야 한다고 주장한다. 우리 사회가 타인의 존재를 부정하는 혐오 세력은 더 이상 설 자리가 없을 정도로 성숙하고 있음을 확인하고, 차별과 멸시라는 폭력을 종식하는 데 국민 모두의 노력이 필요함을 강조하고 있다.

– 황정산 외, 『대학생을 위한 발표와 토론』, 태학사, 2015.

(1) 발표 기획서 구상

발표 주제 :

주제 선정 배경 :

핵심어 :

소주장 1 :

　　근거 1 :

　　근거 2 :

소주장 2 :

　　근거 1 :

　　근거 2 :

소주장 3 :

　　근거 1 :

　　근거 2 :

대안/ 함축 :

(2) 토론 개요서 구상(확인 질문과 반론 예상하기)

토론 개요서의 내용은 위의 발표 기획서의 내용과 유사할 것이다. 이러한 내용을 전제로 하여 확인 질문과 반론을 예상하고 답해 보자.

토론 일시		찬성 측/ 반대 측	

1. 토론 주제 :

2. 배경과 의의:

3. 토론 소주장(근거)

  1)

  2)

  3)

4. 핵심어

	찬성 측	반대 측
주장		
입론 (소주장 + 근거)	1. 1) 2) 2. 1) 2) 3. 1) 2)	1. 1) 2) 2. 1) 2) 3. 1) 2)
예상 반론	1. 2. 3.	1. 2. 3.
기타사항		

확인 질문 :

확인 질문에 대한 답변 :

반론 :

반론에 대한 답변 :

(3) 발표(혹은 토론) 평가

청중들은 토론이 진행되는 동안 다음의 내용을 고려하여 토론하는 조에 대해 평가해 보자.

〈독서와 말하기〉 토론 평가서

토론 주제			
토론 일시		찬성 조	
평가자		반대 조	

5: 아주 잘함 4: 잘함 3: 보통임 2: 부족함 1: 많이 부족함

	평가 기준	평가 대상	
		찬성 조	반대 조
입증	1. 논의하는 내용의 범위가 적절한가? 2. 제시하는 근거들이 올바르거나 받아들일 수 있는 것들인가? 3. 제시하는 근거들과 주장은 관련되는가? 4. 제시하는 근거들은 주장을 충분히 뒷받침하는가?		
반론	1. 반박하는 내용이 상대의 발표 내용을 벗어나지 않는가? 2. 상대방의 주장과 근거를 확실히 이해하는가? 3. 상대방의 주장과 근거에서 문제점을 명쾌하게 비판하는가? 4. 상대방의 주장과 근거를 반박하는 반례가 적절한가?		
반론에 대한 답	1. 상대방의 반론의 핵심을 잘 이해하는가? 2. 상대방의 반론에 잘 대처하는가?		
표현	1. 사용하는 개념이 분명하고 적절한가? 2. 효과적이고 설득력 있게 표현하는가?		
태도	1. 팀원의 역할 분담은 잘 되는가? 2. 토론 규칙은 잘 지키는가? 3. 상대방을 존중하고 예의를 지키는가?		
	총점		

총평:

Ⅲ

학술적 글쓰기

글쓰기란 자신의 생각을 글로 표현하는 행위로 글을 쓰는 목적과 의도에 따라 종류도 다양하다. 그 중 학술적인 글쓰기는 독자를 이해시키거나 설득시키기 위한 목적을 가지고 있기 때문에 무엇보다 말하고자 하는 바가 독자들에게 잘 전달되어야 한다. 또한 자신이 말하고자 하는 바가 어떠한 문제의식에서 비롯되었고, 이에 대해 어떻게 생각하는지 그리고 그 문제에 대한 해결 방식은 무엇인지 명확하게 기술할 수 있어야 한다. 이때 그렇게 생각하는 이유와 뒷받침할 근거가 구체적으로 제시되어야 함은 물론이다.

그런데 여기서 주목할 점은 학술적인 글을 쓸 때 기술되는 핵심적 내용이 우리가 앞장 분석하며 읽기에서 익혔던 '분석의 요소'와 같다는 것이다. 또한 글을 수정하고 보완하기 위해서는 자신의 글을 검토하고 스스로 평가하는 과정을 거치게 되는데, 이는 평가하며 읽기에서 익힌 '평가의 기준'을 활용하는 것과 다르지 않다. 우리가 이 장에서 학술적인 글을 쓸 때 '분석의 요소'와 '평가의 기준'을 적극적으로 활용하는 것도 이 때문이다. 그럼, 지금부터 '분석의 요소'와 '평가의 기준'을 적용하여 학술적 글쓰기에 돌입해보자. 글쓰기는 타고난 능력에서 비롯되는 것이 아니라 끝없는 수정의 과정과 지난한 사고의 시간 속에 완성된다는 것을 깨닫게 될 것이다.

학술적 글쓰기의 이해

1) 논리적 사고와 글쓰기

글을 쓰기 전에는 무엇을 쓸 것인지 분명하지 않다가 글을 쓰면서 말하고자 하는 바가 명확해지는 경우가 종종 있다. 글쓰기 과정에서 그간 미처 생각하지 못했던 것이 떠오르기도 하고, 논리를 보완할 새로운 근거를 발견하기도 한다. 수정의 과정이 거듭될수록 논리성과 타당성, 합리성을 갖춘 글이 탄생할 가능성은 점점 커진다. 반복된 수정의 과정이 미완의 사고를 정밀하고 단단하게 만들기 때문이다. 이처럼 글을 쓰는 과정은 끊임없는 사고의 연속이며, 이 과정에서 논리적 사고가 형성되는 것이다. 우리가 논리적 사고를 형성하는 최고의 방법으로 글쓰기를 꼽는 것도 이러한 까닭이다.

그러나 글을 쓴다고 누구나 논리적 사고가 형성되는 것은 아니다. 또한 모든 글쓰기가 논리적 사고를 향상시킨다고 단정하기도 어렵다. 글을 쓸 때 내가 말하고자 하는 바가 무엇인가, 뒷받침하는 근거는 적절한가, 근거는 타당성을 확보하고 있는가 등등 자신의 견해를 펼치기 위해 스스로 질문하고 답하는 과정에서 우리는 끊임없이 사고하게 되는데, 이 과정에서 논리적인 사고가 형성되는 것이다. 글쓰기 과정에서 발생하는 끝없는 질문과 답을 찾기 위한 고민, 그리고 그 시간들이 인간의 사고를 정밀하고 단단하게 만드는 것이다. 쓰기가 인간의 사고를 확장시키고 그 결과 의식을 재구조화하며 인류를 비약적으로 성장, 발전시킨다는 말이 지나친 과장이 아님을 알 수 있다.

월터 J. 옹(Walter J. Ong)은 『구술문화와 문자문화』에서 구술과 문자의 차이를 설명한 바 있다. 그에 따르면, 인간은 문자를 기록하는 활동 즉 '쓰기(writing)'를 통해 새로운 지식을 습득할 수 있었고 이 과정에서 인류가 비약적으로 성장할 수 있었다. 옹은 쓰기 활동에서 이루어지는 인간 의식의 재구조화가 인류의 성장과 발전의 원동력이라고 보고 있는 것이다.[2] 한 편의 글이 완성되는 과정을 떠올려본다면 굳이 옹의 말을 빌리지 않더라도 쓰기가 인간의 사고와 인류의 발전에 어떤 영향을 주는지 쉽게 짐작할 수 있다.

2) 학술적 글쓰기란

문학적인 글은 독자를 감동시키는 데 그 목적이기 때문에 저자는 함축과 비유 등을 활용하여 독자의 상상력을 자극한다. 독자는 문면에 드러나지 않는 저자의 생각을 상상력을 발휘하여 이해하기도 하고 자신만의 시각으로 작품을 감상한다. 설사 그것이 저자의 생각이나 의도와 다르다고 하더라도 크게 문제되지 않는다. 문학의 효용을 고려할 때 좋은 문학 작품은 독자들로 하여금 상상의 나래를 펼칠 수 있는 가능성을 폭넓게 열어주는 것이기 때문이다.

이에 반해 학술적인 글은 그 목적이 독자를 설득하거나 이해시키는 데 있기 때문에 무엇보다 말하고자 하는 바가 명확하게 기술되어야 한다. 뿐만 아니라 이를 뒷받침하는 이유나 근거가 타당해야 하고 이것이 논리적으로 기술되어야 한다. 애매모호한 표현으로 저자의 견해가 다양한 의미로 해석되어서도 안 된다. 누가 읽더라도 저자의 생각이 무엇인지 그리고 그 이유는 무엇이며 이를 뒷받침하는 근거에는 어떤 것들이 있는지 분명하게

---

2 월터 J. 옹 지음, 이기우·임명진 옮김, 『구술문화와 문자문화』, 문예출판사, 2004.

파악할 수 있어야 한다. 때문에 중의적이거나 다의적인 의미를 지닐 수 있는 단어와 문장 쓰기를 지양해야 하는 것이다.

따라서 학술적인 글을 쓸 때는 기본적으로 첫째, 내가 어떤 문제에 관심을 가지고 있고 이에 대한 문제의식은 무엇인지 둘째, 문제에 대해 어떻게 생각하며 이를 해결할 방법은 무엇인지 셋째, 그 이유와 근거는 무엇인지 등을 기술해야 한다. 이것이 분명하게 기술되어야 나의 생각이 독자에게 온전히 전달될 수 있다. 그러나 이것이 정확하게 기술되었는지 확인하기 위해서는 내가 문제시 여기고 있는 사안에 대해 독자들도 공감할 만한 문제인지, 주장을 뒷받침하기 위해 제시한 근거들이 견해를 뒷받침하기에 충분한지 혹 논지에서 벗어난 내용은 아닌지 등등 자신이 기술한 내용을 평가할 수 있어야 한다. 이때 관련된 자료를 검토하고 다양한 견해를 참조하는 일이 필요하다. 이를 토대로 글을 수정하고 보완하여 완성한다면 이는 학술적인 글쓰기라고 말할 수 있다.

독서와 학술적 글쓰기

〈독서와 글쓰기〉에서 다루고 있는 '학술적 글쓰기'는 텍스트를 읽고 저자의 생각과 의도를 파악한 후 이에 대한 나의 생각을 글로 표현하는 방법을 일컫는다. 글을 쓰기 위해서는 텍스트가 읽기가 전제되어야 하고 이때 우리가 읽는 텍스트는 저자의 견해가 분명하게 드러나는 학술적인 글이 대부분이다. 때문에 여기서 나의 생각은 주로 저자의 견해에 찬성하거나 반대하는 입장 표명이며 내가 문제시 여기고 있는 사안 즉, 현안문제는 저자의 주장과 근거에서 비롯될 수밖에 없다. 따라서 학술적인 글을 쓰기위해서는 먼저, 텍스트에서 말하는 저자의 생각과 의도, 이를 뒷받침 하는 근거에 대해 정확하게 이해하고, 평가할 수 있어야 한다. 우리가 앞에서 '분석하며 읽기'와 '평가하며 읽기'를 훈련한 것도 이 때문이다.

저자의 주장과 근거를 평가한 후 주장에 대한 근거가 적절하다고 판단될 경우에는 저자의 견해에 동의하거나 찬성하면 된다. 그러나 근거가 적절하지 못하면 저자의 주장은 설득력을 잃게 되어 동의하기 어렵다. 저자의 주장에 반대할 수밖에 없는 것이다. 이처럼 나의 생각을 기술하기 위해서는 저자의 주장에 찬성할 것인지, 반대할 것인지 나의 입장이 정리되어야 한다.

그러나 저자의 주장에 대한 나의 입장(찬반) 정리가 나의 견해를 밝힌 것이라고 말하긴 어렵다. 견해를 밝히기 위해서는 그렇게 생각하는 이유와 근거가 함께 제시되어한다. 그리고 그것이 설득력을 얻기 위해서는 논리성과 합리성을 담보할 만한 것이어야 하는 것이다. 따라서 나의 견해를 밝히기 위해서는 찬반의 입장 표명과 더불어 그렇게 생각하는 까닭과 타당한 근거가 함께 제시되어야 한다.

1. 저자의 주장에 찬성하는 글쓰기

텍스트를 읽은 후 저자의 주장에 찬성할 때는 주장에 대한 근거가 논리적으로 타당하여 이것이 적절하다고 인정 가능한 경우이다. 비판하거나 반론을 제기할 만한 요소가 없기 때문에 설득력을 확보하게 된다. 저자의 주장에 동의할 수밖에 없는 것이다. 찬성하는 글을 쓸 때는 어떤 점에 동의하고, 어떤 점을 타당하다고 생각하는지 그 이유를 기술할 수 있어야 한다. 구체적인 이유와 근거가 제시되어야 설득력을 얻을 수 있다.

저자의 주장에 좀 더 적극적으로 찬성하거나 동의하기 위해서는 저자의 주장을 뒷받침할 만한 명확한 근거를 제시하여 논지를 강화한다. 또한 저자의 주장과 상반된 견해를 소개하고 이를 평가하여 반박한다. 저자의 주장과 반대되는 견해를 비교하고 이를 반박하는 일은 저자의 주장이 더 타당하다는 것을 드러낼 수 있는 효과적인 방법이다.

저자의 주장에 찬성한다면~!
1. 저자가 제시한 근거 외에 주장을 보완할 수 있는 다른 근거를 제시한다. 2. 저자의 주장에 반론을 제기할 수 있는 주장과 근거를 찾아보고 이를 평가하여 반박한다.

2. 저자의 주장에 반대하는 글쓰기

텍스트를 읽은 후 저자의 주장에 반대할 때는 주장을 뒷받침하는 근거가 타당하지 못하다는 것을 증명할 수 있어야 한다. 비판하거나 반론을 제기할 만한 요소가 있다면 저자의 주장에 동의하기 어렵다. 주장은 근거를 토대로 이끌어낸 것이므로 만약 근거가 적절하지 않다면 그 주장은 설득력을 잃어 받아들일 수 없게 되는 것이다. 따라서 저자의 주장에 반대하는 글을 쓸 경우에는 근거를 명확하게 평가하고 어떤 점이 문제이고, 타당하지 않은지 그 이유를 분명하게 기술해야 한다. 근거의 적절성 여부는 앞 장 '평가하며 읽기'에서 익혔던 평가의 기준(인정 가능성, 관련성, 충분성, 명확성 등)을 활용하면 도움이 된다.

저자의 주장에 좀 더 적극적으로 반대하기 위해서는 저자의 주장과 다른 견해를 찾아보고 이러한 견해가 저자의 주장과 어떤 점에서 차이가 있는지 비교하여 기술하면 좋다. 다만, 저자의 주장보다 다른 견해가 더 합리적이고 타당하다는 것을 제시할 수 있어야 저자의 주장에 반대하는 나의 견해가 설득력을 확보할 수 있다.

저자의 주장에 반대한다면~!

1. 저자의 주장에 반대하는 이유와 근거를 밝히되 어떤 점에서, 무엇이 문제인지 명확하게 제시할 수 있어야 한다.
2. 근거의 적절성을 판단할 때는 인정 가능성, 관련성, 충분성, 명확성 등의 평가 요소를 활용한다.
3. 저자의 주장과 다른 견해를 소개하고 이러한 견해가 저자의 주장에 비해 더 합리적이고 타당하다는 것을 부각한다.

2

학술적 글쓰기의 실제

우리는 말하고자 하는 바가 있을 때 글을 쓴다. 특히 자신의 생각을 명확하게 정리할 필요가 있을 때 주로 글을 쓴다. 그런데 문제는 정작 많은 이들이 이것을 너무도 어려워한다는 것이다. 그리고 대부분의 경우 문제를 해결하기 위한 노력보다는 자신의 능력이나 소질 없음을 탓한다. 글쓰기 능력을 타고난 자질에서 찾고 있는 것이다. 그러나 글쓰기 능력은 타고난 자질보다는 끊임없는 노력과 수련을 통해 길러진다. 아무리 뛰어난 작가라 하더라도 한 편의 글을 쓰기 위해서는 수없이 많은 퇴고의 과정을 거친다. 인고의 시간 끝에 한 편의 글이 탄생하는 것이다. 글쓰기를 '노동'이라고 부르는 이유가 바로 여기에 있다. 그러나 이는 현실적으로 어려운 측면이 있다. 그렇다면 어떻게 글을 써야 하는가.

우리가 다루고 있는 학술적 글쓰기에서는 앞서 익힌 '분석의 요소'와 '평가의 기준'을 적절히 활용하자고 제안한다. 학술적인 글쓰기는 독자를 이해시키거나 설득시키기 위한 목적을 가지고 있기 때문에 무엇보다 자신이 무엇을 말하고자 하는가가 독자들에게 잘 전달되어야 한다. 또한 자신이 말하고자 하는 바가 어떠한 문제의식에서 비롯되었고, 이에 대해 나는 어떻게 생각하는지 그리고 그 문제에 대한 자신만의 해결 방식은 무엇인지 명확하게 기술할 수 있어야 한다. 이때 그렇게 생각하는 이유와 뒷받침할 근거가 구체적으로 제시되어야 함은 물론이다.

여기서 주목할 점은 학술적인 글을 쓸 때 기술되는 핵심적 내용이 우리가 앞장 분석하며 읽기에서 익혔던 '분석의 요소'와 같다는 것이다. 또한 글을 수정하고 보완하기 위해서는 자신의 글을 검토하고 스스로 평가하는 과정을 거치게 되는데, 이는 평가하며 읽기에서 익힌 '평가의 기준'과 다르지 않다. 결국 학술적인 글을 읽고 쓰는 활동이 기본적으로 일맥상통한다는 것을 알 수 있다. 학술적인 글을 쓸 때 '분석의 요소'와 '평가의 기준'을 적극적으로 활용하도록 제안하는 것은 이 때문이다.

그럼, 지금부터 '분석의 요소'와 '평가의 기준'을 적용하여 학술적 글쓰기에 돌입해보자. 절차에 따라 단계별로 글을 기술하다보면 어느 새 한 편의 글이 완성되어 있을 것이다. 이 과정에서 글쓰기는 타고난 능력에서 비롯되는 것이 아니라 끝없는 수정의 과정과 지난한 사고의 시간 속에 완성된다는 것을 깨닫게 될 것이다.

1) 학술적 글쓰기의 절차

학술적 글쓰기의 절차

- (1) 현안문제 선정과 주장, 근거 정하기
- (2) 개요 작성하기
- (3) 초고 쓰기
- (4) 퇴고하기

---

(1) 현안문제 선정과 주장, 근거 정하기
① 현안 문제, 어떤 문제를 해결하고자 하는가
시험을 본다고 가정할 때 답안을 작성하기 위해서는 주어진 문제가 있어야 한다. 여기

서 주어진 문제는 현안문제라고 할 수 있고 문제에 대한 자신의 생각 즉 해결 방법을 적은 답안 주장이라고 할 수 있다. 일단, 답안을 작성하기 위해서는 주어진 문제가 명확해야 한다. 좋은 답을 작성하기 위해 아무리 노력을 해도 만약 주어진 문제가 없다거나 모호하여 무엇을 묻는지 알 수 어렵다면 답을 작성하기 어렵다. 이런 측면에서 무엇을 써야 할지 모르겠다는 고민을 토로하는 학생들의 문제는 현안 문제를 설정하지 못하는데 따른 어려움과 관련된다. 따라서 글을 쓰기 위해서는 현안문제부터 선정하는 것이 중요하다.

그렇다면 현안문제는 어떻게 선정할 것인가? 무엇보다 자신이 관심 있는 문제에서 출발하는 것이 가장 좋다. '나는 어떤 문제를 해결하고자 하는가'에 초점을 두되 내가 해결할 수 있고 이에 대해 논증할 수 있는 것을 현안문제로 선정하면 된다. 다만, 우리가 다루고 있는 글쓰기가 학술적인 글이라는 점을 감안한다면 내가 다루고자 하는 문제나 관심사가 지나치게 주관적이거나 개인적인 사안은 아닌지 검토가 필요하다. 이때 독자를 고려하면 도움이 된다. 내가 관심 있어 하고 문제시 여기는 것들에 대해 과연 독자들도 관심 있어 할 것인가, 혹은 독자들은 어떤 것에 대해 더 깊이 이해하기를 바라는가, 독자가 그것에 대해서 알아야 하는가 등을 고민해본 후 독자들도 충분히 공감할 수 있는 문제라고 판단된다면 현안문제로 적절하다.

현안문제 선정하기

1. 자신의 관심사에서 출발하라
2. 어떤 문제를 해결하고자 하는가
3. 독자가 공감할 수 있는 문제인가

---

② 주장, 문제를 어떻게 해결할 것인가

현안문제가 선정되면 나는 그 문제를 어떻게 해결할 것인지 생각해보고 문제를 해결할 답안(주장)을 작성하면 된다. 이때 작성한 답안은 문제를 해결할 수 있는 가장 정제된 내용으로 명확하고 분명하게 기술해야 한다. 만약 두루뭉술하게 답을 작성했다면 이는 질문의 의도를 정확하게 파악하지 못했기 때문이다. 따라서 주장을 분명하게 기술하기 위해서는 문제에 대한 정확한 진단이 필요하다. 무엇이 문제인지를 찾아내야 그에 따른 해결 방법도 찾을 수 있는 것이다.

그러나 문제를 파악했다고 하더라도 자신이 해결책을 알지 못할 경우 답을 작성하기 어렵다. 때문에 개인적인 견해를 제시하는 경우가 종종 있으나 이는 설득력이 떨어질 수밖에 없다. 주장이 설득력을 얻기 위해서는 객관성을 확보해야 한다. 이때 주어진 문제에 대해 독자들이 어떤 행동을 하도록 바라는지, 그렇게 함으로써 어떤 목적을 달성하고자 하는지 혹은 그런 행동으로 문제가 풀리겠는지 등등 독자를 고려한 질문을 해보는 것이 좋다.

주장 정하기

---

1. 무엇이 문제인가

2. 내가 해결할 수 있는 문제인가

3. 명확하고 구체적으로 제시할 수 있는가

4. 독자의 공감대를 형성할만큼 객관성을 확보하고 있는가

---

③ 이유와 근거, 어떻게 무엇으로 뒷받침할 것인가

문제를 해결할 방안이 마련되었다면 왜 이런 주장을 펼치는지 그 이유를 설명할 수 있어야 한다. 또한 구체적 사례를 제시하여 이를 뒷받침하기 위해서는 자신이 펼치는 주장과 관련된 자료뿐만 아니라 다른 견해도 조사한 뒤 이를 비교해 보고 자신의 논지를 강화할 수 있는 근거를 선택하는 것이 좋다. 뒷받침 하는 근거가 적절한지 판단하기 위해서 어떤 사실에 기초하여 그런 이유를 내세우는지, 그 이유들이 타당하다는 것은 어떻게 아는지, 어떤 근거가 그런 이유를 뒷받침하는지, 이렇게 주장하는 논리는 무엇인지, 어떤 원칙 때문에 그러한 이유가 주장을 뒷받침하는지와 같은 질문을 떠올려본다.

여기서 주의할 것은 이유와 근거를 구분하는 일이다. 흔히 이유와 근거를 동일한 것이라고 생각하는 경향이 있는데 이는 잘못된 생각이다. 조셉 웰리엄스는 이유는 우리가 생각해내는 것이지만 근거는 우리가 생각해내지 않는 것으로, '바깥세상'에서 끌어 온 것 즉, 독자들이 직접 '눈으로' 볼 수 있는 것이 말한다. 즉 이유는 주장을 뒷받침하는 진술로 주장을 펼치는 까닭이며, 근거는 이유를 뒷받침하는 객관적 사실이다. 따라서 자신이 생각하는 바에는 반드시 그렇게 생각하는 이유가 있고, 그 이유에는 구체적 사실이나 사건과 같은 근거가 뒷받침되어야 한다. 이러한 관계가 분명하게 제시될 때 비로소 자신이 말하고자 하는 핵심 생각이나 견해가 설득력을 얻을 수 있다.

이유와 근거 정하기

1. 주장을 펼치는 까닭이나 이유를 제시할 수 있는가
2. 근거는 구체적 사실이나 사건 등으로 주장을 뒷받침할 수 있는가
3. 다양한 자료와 견해를 조사하고, 검토하였는가

(2) 개요 작성하기

집을 지을 때 설계도가 필요하듯이 글을 쓸 때도 말하고자 하는 바가 명확하게 드러나기 위해서 계획이 필요하다. 글쓰기에서는 이를 개요라 한다. 잘 짜진 개요는 각 장과 절이 유기적으로 관련을 맺는다. 내용이 어느 한 쪽으로 치우치지 않으면서 균형을 유지하도록 해준다. 개요는 한 번 작성하는 것으로 끝나는 것이 아니라 여러 차례 수정을 거친다. 주요한 주요 내용이 누락되었는지 불필요한 부분은 없는지 등을 검토하는데, 이 과정에서 주장과 근거 즉 논지가 일관되게 전개되고 있는지 확인할 수 있다.

개요는 크게 항목 개요와 문장 개요로 나눈다. 항목 개요는 주로 내용과 설명을 구체적 항목 즉 핵심 단어로 구성하는 개요이며, 문장개요는 수주제(소주장) 형식의 문장으로 작성하는 개요이다. 항목 개요는 개요가 집약적으로 구성되기 때문에 쉽고 빠르게 작성이

가능하며, 내용 파악도 용이하다. 다만, 생략된 내용이 많아서 내용을 오해할 가능성이 있기 때문에 핵심 키워드를 사용하여 말하고자 하는 바를 명확히 제시해야 한다. 반면 문장 개요는 하나의 완결된 형태의 문장으로 구성되기 때문에 내용이 비교적 잘 전달될 수 있지만 항목 개요에 비해 작성이 번거로울 수 있다. 개요를 작성할 때는 자신이 원하는 개요를 선택하되 글의 성격이나 특성을 고려하는 것이 좋다. 학술적 글을 쓸 때는 주로 개요가 서두에 제시되는 경우가 많기 때문에 이때는 주로 항목 개요를 활용하는 것이 좀 더 적절하다.

개요를 작성하고 수정할 때 중요한 점은 각 항목 간의 유기적, 논리적 관계가 잘 이루어졌는지 확인하는 일이다. 항목들이 논지에 어긋나지 않는지 검토하는 것이 중요한데, 이때 앞 장의 '평가하며 읽기'에서 익혔던 평가 요소를 활용하면 도움이 된다.

📝 '평가 요소'를 활용한 개요 작성 Tip!

평가 요소	개요 작성 시 고려할 사항
인정 가능성 근거를 받아들일 수 있는가	제시된 근거가 주장을 적절하게 뒷받침하고 있는지, 사실이거나 옳은 것으로 받아들일 수 있는 합리적인 내용인지 생각해본다.
관련성 주장과 근거가 관련이 있는가	주장을 뒷받침하는 근거가 주장과 관련이 있는지, 근거와 근거들 사이에 무관한 내용이 삽입되지는 않았는지 살펴본다.
충분성 주장을 뒷받침하는 근거가 질적으로 양적으로 충분한가	주장을 뒷받침하기에 근거가 충분하게 확보되었는지 검토한다.

명확성 사용된 내용이나 개념 중에 애매하거나 모호한 부분이 있는가	개념이나 용어가 명확한지 살피고 문장의 의미가 다의적이거나 중의적이지 않도록 한다.

개요 작성하기 - 예시

　　만약 '동물실험의 결과를 인간에게 적용할 수 있는가'라는 주제로 글을 쓴다고 가정할 때 개요는 어떻게 작성하는 것이 좋을까? 개요를 작성하기 위해서는 우선 글의 현안문제, 주장, 근거가 정리되어야 한다. 이때 주제에 반대하는 입장의 글을 쓸 경우

1. '동물실험 결과를 인간에게 적용하는 것이 적절한가'라는 주제는 (현안문제)가 된다.
2. '동물실험의 결과를 인간에게 적용하는 것은 적절하지 않다'가 (주장)이 될 것이다.
　　반대하는 입장이 설득력을 얻기 위해서는 동물실험의 결과를 인간에게 적용했을 때 적절하지 않은 이유를 설명할 수 있어야 하고, 이를 뒷받침할 만한 구체적 사례가 제시되어야 한다. 예를 들어
3. 동물실험의 결과를 인간에게 적용했을 때 '부작용이 많다'거나, '인간의 생명에 위험할 수 있다'는 것은 반대하는 (이유)가 된다. 그러나 이것만으로는 설득력이 떨어지기 때문에
4. 부작용이나 위험성을 설명할 만한 구체적 사례가 뒷받침 되어야 하는 것이다. 이때 1954년 독일 회사가 합성해 4년 후부터 안정제로 판매한 **탈리도마이드 사건**이나 **페니실린의 위험성을 알리는 사례**와 같은 구체적 (근거)를 조사하여 동물실험 결과를 인간에게 적용했을 때 부작용을 초래하였고, 생명까지 위협했던 것을 증명한다면 근거는 타당성을 확보하게 되고 주장은 설득력을 얻게 된다. 저자의 주장은 받아들여질 가능성이 커지는 것이다.

　　그런데 여기서 좀 더 생각해 볼 것은 동물실험의 결과를 인간에게 적용한 결과 부작용이나 목숨을 위협할 정도로 위험한 일이 발생하는 했던 것은 그것이 인간 실험의 결과가 아니라 동물실험의 결과이기 때문이다. 인간과 유사한 동물을 실험한다고 하더라도 동물과 인간은 같

을 수 없다. 이는 그 결과를 인간에게 적용했을 때 100% 안전하다는 보장을 받을 수 없는 것을 의미한다. 따라서 인간과 동물의 생물학적 차이를 부각하는 것은 반대하는 입장을 뒷받침할 이유가 된다.

*탈리도마이드 : 동물실험 결과 안전성을 인정받은 안정제. 입덧으로 고생하는 임신부들이 이 약 복용 후 팔다리가 형성되지 않은 기형아 출산함.

*페니실린 : 항생제로 지금까지 널리 사용되고 있으나 일부 설치류에게 치명적인 독성을 나타냄.

그렇다면 지금까지 정리된 내용을 토대로 개요를 작성해보자.

	항목 개요	문장 개요
서론	동물실험 결과와 인간 적용의 적절성 여부에 대한 문제 제기	동물실험 결과를 인간에게 적용할 수 있는가에 대한 문제가 제기되고 있다.

본론	1. 인간과 동물의 생리적 차이
	2. 인간에게 적용한 동물실험 결과
	  1) 실험 결과의 적용과 부작용
	    1-1) 탈리도마이드 사건과
	       기형아 출산
	  2) 실험 결과 적용의 위험성
	    2-1) 설치류에 나타난 페니실린의 독성
		1. 인간과 동물의 생리적 특성이 다르다.
		2. 동물실험 결과를 인간에게 적용하는 것은 위험하다.
		  1) 동물실험 결과를 인간에게 적용한 후 부작용을 일으킨 사례가 있다.
		    1-1) 탈리도마이드 사건의 경우 임산부가 약을 복용한 후 기형아를 출산하였다.
		  2) 인간에게 적용할 경우 심각한 상황을 발생시킬 수 있다.
		    2-1) 페니실린을 섭취한 경우 설치류에서 독성이 나타나기도 하였다.

결론	동물실험 결과 인간 적용 반대	동물실험의 결과를 인간에게 적용하는 것은 적적하지 않다.

위의 개요는 '동물실험의 결과를 인간에게 적용하는 것은 적절하지 않다'라는 주장을 드러내기 위한 것이다. 글을 쓰기 전에 현안문제와 주장, 이유와 근거를 생각해보고 주장을 잘 드러내기 위해 적절히 배치하였고, 논지에서 어긋나는 내용이 크게 보이지 않는다. 위의 개요는 저자의 주장과 근거가 잘 짜여져 있지만 저자의 주장이 좀 더 타당하다는 것을 드러내기 위해서는 상반된 견해를 제시할 필요가 있다. 동물실험의 결과를 인간에게 적용하자는 찬성하는 입장과 그에 대한 근거를 조사해보고 이러한 주장의 문제점이 심각하다는 것을 밝힌다면 반대하는 저자의 주장은 더 힘을 얻게 된다. 이를 참조하여 개요를 수정하고 보완하면 더 짜임새 있는 개요를 작성할 수 있다.

처음부터 완벽한 개요를 작성하기는 어렵다. 개요를 작성한 후 주장을 명확하게 드러내기 위한 방법을 생각해보고 좋은 아이디어가 떠오른다면 수정한다. 수정의 과정을 거치면서 부족한 부분을 보완함으로써 정돈된 개요를 완성할 수 있다. 정리가 잘 된 개요라고 하더라도 실질적으로 글을 쓰다보면 논리적으로 맞지 않는 부분을 발견하기도 하고, 이를 보완할 더 좋은 생각이 떠오르기도 한다. 이때 적절한 근거를 취사선택하면서 글을 수정하면 되는 것이다.

(3) 초고 쓰기

초고는 자신에게 편한 방식대로 쓰면 된다. 빠르게 써도 좋고 천천히 꼼꼼하게 써도 좋다. 빠르게 쓴다면 일찍 작업을 시작하여 나중에 고쳐 쓸 시간을 충분히 확보해야 한다. 천천히 쓴다면 계획을 꼼꼼히 세워 단번에 제대로 써 내려가야 한다. 고칠 시간이 없을지도 모르기 때문이다.

① 서론

서론을 작성할 때는 분석의 요소 중 '현안문제'를 활용한다. 글을 쓰고자하는 대상이나 사건, 문제시 여기고 있는 것이 무엇인지 기술한다. 이때 독자들이 자신과 연관된 문제라고 인식할 수 있는 내용을 기술하는 것이 좋다. 문제를 본격적으로 진술하기 전에 독자들이 기본적으로 동의할 수 있는 요소를 진술하면 좋은데, 보편적 화제(시사, 뉴스), 개념 서술이 이에 해당한다. 문제를 읽고 난 다음 독자들은 그 해법, 즉 주요 주장을 찾게 된다. 이를 위해 과제에 대한 해법을 간략하게 제시하거나 적으면 좋다. 이를 토대로 서론의 형식을 구성하면 다음과 같다.

서론

공감대, 보편적 화제 + 문제 + 해법

---

② 본론

본론을 작성할 때는 분석의 요소 중 '주장과 근거'를 활용한다. 본론은 문제시 여기는 대상이나 사건에 대해 어떻게 생각하는지 그리고 그렇게 생각하는 이유는 무엇이며, 근거는 어떤 것들이 있는지 기술함으로써 자신의 주장이 잘 드러나도록 구성해야 한다. 그러기 위해서는 짜임새 있는 구성이 필요하다. 같은 자료라도 어떤 방법으로 어떤 순서로 글을 배열하느냐에 따라 설득의 정도가 달라지기 때문이다. 본론을 구성하는 방법은 여러 가지가 있는데 이 중 기본적인 방법 몇 가지를 소개한다.

〈유형 1〉 소주제1 → 소주제2 → 소주제3 / 내용1 → 내용2 → 내용3

: 주제(주장)을 구현하기 위해 논리적 흐름에 따른 소주제(내용)의 항목을 연결시키는 것이다. 이 방식은 구성을 세우는 방법 중 가장 기본적인 방법이며 가장 많이 사용하는 방법이다. 소주제(내용)별로 구성의 흐름을 세우는 유형이다.

〈유형 2〉 비판 → 주장

: 자신의 주장과 상반되는 주장을 찾아 이를 비판하고 자신의 주장을 강조하는 방법으로 반박할 주장의 허점이 분명할 때, 또 상대적으로 나의 주장이 논리적으로 옳다고 여겨질 때 사용할 수 있다. 주의할 것은 반대 논리의 근거와 자기 주장의 근거를 설득력 있게 제시해야 한다는 점이다.

: 문제 해결식 유형으로 문제에 대한 원인을 진단하고 그에 따른 해결책을 소개한다. 이 유형에서 중요한 것은 해결책을 제시하는 데 있다. 합당하고 타당한 해결책을 제시하는 것만으로도 좋은 글이 될 수 있다. 문제를 해결하기 위해서는 원인을 알아야 하며, 원인을 정확하게 진단해야 올바른 해결책을 제시할 수 있다.

③ 결론

결론은 주요 주장을 개괄하고, 자신의 주장이 왜 중요한지 설명한다. 도입부와 상통하는 종결부로 끝맺는다. 상투적인 교훈이나 격언으로 마무리 하거나 애매모호한 전망이나 제시는 피하는 것이 좋다.

결론

주장 개괄, 주장 중요성 설명, 도입부와 상통하는 종결부

④ 제목

제목은 글에서 말하고자 하는 바를 집약적으로 드러내는 것이기 때문에 글의 주제를 함축하는 핵심어를 이용한다. 또한 내용을 구체적으로 보여줄 수 있는 제목을 작성한다. 막연하거나 감정적 표현은 자제하고 간결하고 선명하게 작성하는 것이 좋다.

(4) 퇴고하기

글쓰기에서 중요하게 고려해야 할 단계 중 하나가 퇴고(推敲)이다. 퇴고란 글을 다 쓰고 난 뒤 최종적으로 글을 점검하는 과정이다. 이 과정에서 필요한 내용의 첨가나 불필요한 내용의 삭제 및 대체, 단락과 문장의 재배열 등이 이루어진다. 글은 기본적으로 큰 단위에서 작은 단위 순서로 다듬는 것이 좋다. 퇴고에서 글 전체의 구성을 고치기란 불가능하기 때문에 앞서 개요를 작성할 때 전체적인 구성을 잘 짜는 것이 필요하다.

다음 글은 퇴고의 중요성을 잘 드러낸 글이다. 글을 읽고 퇴고의 중요성을 생각해 보자.

한때는 일필휘지(一筆揮之)니 문불가점(文不加點)이니 해서 단번에 써내버리는 것을 재주로 여겼으나 그것은 결코 경의를 표할 만한 재주도 아니고, 또 단번에 쓰는 것으로 경의를 표할 만한 문장이 나올 수도 없는 것이다. 소동파(蘇東坡)가 「적벽부(赤壁賦)」를 지었을 때 친구가 와 며칠 만에 지었냐고 물으니까 "며칠은 무슨 며칠, 지금 단번에 지었네."라고 말했다. 그러나 동파가 밖으로 나간 뒤에 자리 밑이 불쑥해서 들쳐 보니 여러 날을 두고 고치고 고치고 한 초고가 한 무더기나 쌓였더란 말이 있다. 고칠수록 좋아지는 것은 글쓰기의 진리다. 이 진리를 버리거나 숨기는 것은 어리석다.

같은 중국 문호라도 구양수(歐陽脩) 같은 이는 퇴고를 공공연하게 자랑삼아 하였다. 초고는 반드시 벽 위에 붙여놓고 방에 들어가고 나올 때마다 읽어보고 고쳤다. 그의 명작 중 하나인 「취옹정기(醉翁亭記)」의 초안을 쓸 때 첫머리에서 저주(滁州)의 풍광을 묘사하는데 첩첩이 둘린 산을 여러 가지로 묘사해보다가 고치고 고치어 나중엔 "저주 둘레는 온통 산이다〔環滁皆山也〕"란 말로 만족했다는 것은 너무나 유명한 이야기거니와, 러시아의 문호 도스토옙스키가 톨스토이를 부러워한 것도 그의 재주가 아니라,

"그는 얼마나 느긋하게 원고를 쓰고 앉았는가!"

하고 원고료에 급하지 않고 얼마든지 퇴고할 시간을 여유가 있었음을 부러워한 것이다. 러시아어 문장을 아름답게 썼다는 투르게네프는 어느 작품이든지 써서 곧 발표하는 것이 아니라 책상 속에 넣어두고 석 달에 한 번씩 꺼내보고 고쳤다고 하며, 고리키도 체호프와 톨스토이에게서 문장이 거칠다는 비평을 받고부터는 얼마나 퇴고를 심하게 했던지 그의 친구가

"그렇게 자꾸 고치고 줄이다간 '어떤 사람이 태어났다, 사랑했다, 결혼했다, 죽었다' 네 마디밖에 남지 않겠나?"

했단 말도 있다. 아무튼 두 번 고친 글은 한 번 고친 글보다 낫고 세 번 고친 글은 두 번 고친 글보다 나은 것이 진리다. 예나 지금이나 명문장가치고 퇴고에 애쓴 일화가 없는 사람이 없다.

– 이태준, 『문장강화』, 창비, 2013.

〈학술적 글쓰기의 절차〉

(1) 현안문제 선정과 주장, 근거 정하기	① 현안문제 선정 : 관심사를 선정하되 주관적이지 않도록 독자의 공감 여부 고려 ② 주장 정하기 : 문제를 정확히 진단한 뒤 이를 해결할 수 있는 방안 제시 ③ 근거 정하기 : 주장을 펼치는 까닭(이유)과 이를 뒷받침하는 객관적 사실 제시
(2) 개요 작성하기	현안문제, 주장, 근거를 활용하여 글쓰기를 계획함. 이때 '평가기준'을 적용하여 내용을 수정하고 보완함
(3) 초고 쓰기	개요를 토대로 서론, 본론, 결론 쓰기
(4) 퇴고하기	글을 다 쓰고 난 뒤 최종적인 점검의 과정. '고칠수록 좋아지는 것이 글쓰기의 진리'

2) 실전, 독서와 글쓰기

연습문제 1

다음은 '동물실험의 결과를 인간에게 적용하는 것이 적절한가'라는 주제에 대해 반대 입장을 기술한 글이다. 이 글을 읽고, 저자의 생각과 의도를 파악한 후 이에 대한 자신의 찬반 입장을 한 편의 글로 작성해 보자(단, 글쓰기 절차에 따라 완성할 것).

신약의 효능이나 독성을 검사할 때 동물실험을 하는 것이 일반적이다. 이 때 반드시 짚고 넘어가야 할 문제가 있다. 그것은 동물실험 결과를 인간에게 적용할 수 있는가 하는 문제이다. 동물과 인간의 생리적 특성이 달라 동물실험의 결과를 인간에게 적용할 수 없는 경우가 있기 때문이다. 따라서 임상 시험에 들어가기 전 동물실험을 통해 효능이나 독성 검사를 하는 것이 과연 얼마나 의미가 있는지에 대한 물음이 제기되고 있다.

이와 관련한 대표적인 사례인 '탈리도마이드 사건'을 살펴보자. 탈리도마이드는 1954년 독일 회사가 합성해 4년 후부터 안정제로 판매되기 시작했다. 동물실험 결과 이 약은 그 안전성을 인정받았다. 생쥐에게 엄청난 양(몸무게 1kg 당 10g 정도까지 실험)을 투여해도 생명에 지장이 없었다. 그래서 입덧으로 고생하는 임신부들까지 이를 복용했고, 그 결과 1959년부터 1961년 사이에 팔다리가 형성되지 않은 기형아가 1만여 명이나 태어났다. 반대의 사례도 있는데, 항생제로 지금까지도 널리 사용되는 페니실린은 일부 설치류에게 치명적인 독성을 나타낸다.

이에 따라 기존에 동물실험이나 임상 시험에서 독성이 나타나 후보 목록에서 제외되었던 물질이 최근 들어 재조명 되는 사례가 늘고 있다. 동물에게 독성이 나타나더라도 사람에게 독성이 없는 것으로 판명되거나, 일부 사람에게는 독성이 나타나더라도 이에 내성이 있는 사람에게는 투여 가능한 경우도 있기 때문이다.

- PSAT 2012년 언어논리영역

(1) 현안문제와 주장 정하기

현안 문제	
주장	

(2) 이유와 근거 작성하기

이유1+근거1	
이유2+근거2	
이유3+근거3	

(3) 개요 작성 및 수정하기

개요 작성 (1차)		개요 수정 (2차)	
서 론		서 론	

본론	본론 1	
	본론 2	
	본론 3	
결론		

본론	본론 1	
	본론 2	
	본론 3	
결론		

(4) 개요를 토대로 자신의 생각을 한 편의 글로 작성해 보시오.

최근 개봉된 영화 '신과 함께-죄와 벌(2017)'은 1400만 관객을 훌쩍 넘으면서 경이적인 기록을 달성하였다. 이는 웹툰 '신과 함께(주호민)'의 성공과 맞물려 우리 신화에 대한 관심으로 이어지고 있다. 그간 무속으로 치부되어 평가절하 되고, 터부시 되었던 우리 신화가 재조명되고 있음을 보여준다. 아래 제시된 글은 우리 신화의 의미를 탐색하고 이에 대해 기술한 신동흔의 글이다. 이 글을 읽고 저자의 생각과 의도를 파악한 후 우리 신화에 대한 최근의 현상에 대해 생각해보고 자신의 입장을 정리하여 한 편의 글로 작성해 보자(단, 글을 쓸 때 앞서 살펴본 글쓰기 절차에 따라 완성할 것).

이 이름들을 들어본 적이 있는가.

천지왕, 대별왕, 소별왕, 당금애기, 강림도령, 바리, 원강아미, 한락궁, 황우양씨, 막막부인, 백주또, 소천국, 궤네깃또, 백조애기, 각시손님, 자청비, 문도령, 감은장애기, 안심국, 사마동이, 오늘이, 매일이, 양이목사, 궁상이, 광청아기……

이들이 누군가 하면 우리 민간신화의 주인공들이다. 수백 수천 년에 걸쳐 겨레의 삶을 지켜보고 보듬어준 정겹고도 설운 우리의 신들이다.

이 책을 펼쳐든 독자들 가운데 그리스 신화의 제우스나 헤라클레스, 아프로디테를 모르는 이는 한 명도 없을 것이다. 모르기 해도 크로노스와 레알부터 아이네이아스와 오디세우스에 이르기까지 그 신과 영웅의 계보를 자랑스러이 꿰고 있는 이들이 적지 않을 터이다. 그 휘황한 신화적 세계에 감탄하면서, 그리고 그에 못지않아 보이는 이집트 신화나 중국 신화들을 곁눈질하면서 혹시 저도 모르게 탄식을 내뱉지는 않았는지. 남들은 저렇듯 신화도 많은데 우리는 왜 그렇지 못하냐고. 반만 년 역사를 자랑하면서 어찌 그 흔한 창세신화 하나 갖지 못한 거냐고.

정말 우리한테는 창세신화 하나 없는 것일까? 아니, 그렇지 않다. 놀랍고 벅찬 사연의 신화가 있다. 가없는 혼돈 속에서 갈라져나온 하늘과 땅, 하늘의 정기를 받고 땅의 이슬을 머금어 탄생한 인간, 사람의 아들로 태어나 우주의 주재자로 우뚝 선 대별왕과 소별왕……. 어디 창세신화뿐일까. 헤아리기 힘든 주옥 같은 신화들이 있다. 신비롭고 경이로운 상상과 가슴 저린 사연으로 가득 찬 우리의 신화들. 이름하여 민간신화, 또는 무속신화다. 언제인지 모를 머나먼 시간부터 우리 속에 강물처럼 흘러내려 온. 이 땅의 설운 민중들이 적을 글자도 없어 입에서 입으로 전하며 가슴마다 성스럽게 새겨온.

어떤 사연들이 있는가. 자신을 버린 세상을 구원하러 서천서역 무간지옥 속을 하염없이 흘러가는 바리. 작은 가슴에 우주를 품어안는 들판의 딸 오늘이. 사랑을 찾아 어디라도, 불구덩이라도 가는 자청비. 땀 내음만으로 남편을 가려내는 지조의 막막부인. 거친 바다든 광활한 대륙이든 겨자씨만 한 거침도 없는 영웅 궤네깃또. 목이 잘린 채로 눈 부릅뜨고 불의를 향한 항변을 토해내는 양이목사……. 그간 혹시라도 우리 신화에 대하여 가졌을 모르는 아쉬움이나 실망은 이들 민간신화의 생동하는 사연과 만나면서, 마음을 한바탕 흔들어놓는 주인공들과 만나면서 어느덧 놀라움과 뿌듯함으로 바뀌게 될 것이다. 우리에게 이런 신화가 있었단 말인가.

신화란 무엇인가. 사람들이 경외감 속에 소중히 간직하고 가꾸어온 신성한 이야기가 신화다. 신화의 주인공들은, 그리고 그들이 엮어낸 서사는 사람들이 지향하는 본원적 가치를 상징적으로 담아낸다. 사람들은 자신의 이상과 욕망의 상상적 분신인 신화적 주인공들을 통하여 존재의 본질을 투시하는 한편 삶을 두르고 있는 장벽을 넘어서기 위한 분투를 거듭해왔다. 세월이 가시밭길을 헤쳐 현재에 이른 우리의 민간신화는 그러한 몸짓의 신성한 소산이다. 누군가 하면, 소외되고 못 가진 이들의. 하지만 삶의 주역이기를 포기하지 않은 이들의. 나는 민간신화에 담긴 그 몸짓이 우리 민족정신의 참되고도 본원적인 표상이라고 믿고 있다.

우리 민간신화가 펼쳐낸 신성세계의 결과 질감은 서구 신호와 다르며 중국이나 일본의 신화와도 다르다. 우리 신화의 주인공들은 꽤나 소박하고 서민적이다. 그리스 로마 신화에서와 같은 화려함을 찾아보기 힘들며, 중국 신화 같은 데서 자주 보이는 기괴하고 험상스런 모습과 만나기 어렵다. 휘황하고 위세로운 면이 없지 않지만 화려함보다는 소박함이, 기괴함보다는 자연스러움이, 공포감보다는 친근함이 두드러지게 다가온다. 소박하고 순수한 처녀로서의 당금애기와 바리, 오늘이, 자청비 들의 모습이 그럴 뿐 아니라 도전자 내지 영웅으로서의 수명장자와 강림도령, 금상, 양이목사 들이 또한 그러하다. 한마디로, 그들은 무척이나 인간적이다.

우리 민간신화의 주인공들이 인간적인 것은 본질적인 특성이 된다. 신화란 본래 인간의 삶을 투영하기 마련이라는 일반론 차원의 이야기가 아니다. 우리 신화의 대다수 주인공들은 그 자신 신(神)인 동시에 인간이다. 현재는 신이지만 원래 인간이었던 존재다. 인간으로 태어나 세상사의 고락을 짊어지고 헤쳐내어 마침내 신으로 좌정한, 그리하여 인간의 생사고락을 주재하게 된 그런 존재다. 인간을 뛰어넘었기에 신이 된 이들도 있지만 인간의 한계를 절감했기에 신이 된 이들이 더 많다. 어찌 그러한가. 인간적인 삶을 산 존재라야 인간을 제대로 이끌고 지켜줄 수 있는 법이므로. 신성(神聖)이란 것이 어찌 저기 아득한 곳에 있는 것일까. 늙고 병든 이의 굽은 등에서, 궂은 말구유 안에서 피어나는 그것이 신성이다.

인간사의 생사고락 또는 희로애락 가운데 우리 신화가 남다르게 드러내는 것은 고난 또는 시련이다. 못 가지고, 버림받고, 갈라지고, 시험받고. 바리, 오늘이, 한락궁이, 광양땅 삼형제, 거북이와 남생이. 이 모두가 거칠고 험한 세상에 고아(孤兒)처럼 던져져서 거센 시련을 겪는 존재들이다. 실로 누구나 삶의 본래적 시련에서 자유로운 이 없거니와, 우리 민간신화는 시련에 관한 이야기라고 해도 지나치지 않을 정도다. 하지만 그것은 시련에 관한 이야기인 동시에 시련의 극복에 관한 이야기다. 우리의 주인공들은 출구가 내다보이지 않는 어둠 속에서도 희망과 믿음을 버리지 않고 고난을 감내하며 세계와 맞부딪쳐 길을 찾아낸다. 아니 열어젖힌다. 그리하여 마침내 자신의 존재 의미를 발견하고 실현해낸다. 시리도록 찬란하게. 그리고 그 순간 그들은 인간의 빛이 된다. 영원한.

- 신동흔, 『살아있는 우리 신화』, 한겨레출판, 2006.

(1) 현안문제와 주장 정하기

현안 문제	
주장	

(2) 이유와 근거 작성하기

이유1+근거1	
이유2+근거2	
이유3+근거3	

(3) 개요 작성 및 수정하기

개요 작성 (1차)		개요 수정 (2차)	
서 론		서 론	

본론	본론 1	
	본론 2	
	본론 3	
결론		

본론	본론 1	
	본론 2	
	본론 3	
결론		

(4) 개요를 토대로 자신의 생각을 한 편의 글로 작성해 보시오.

참고문헌

■ 단행본

강만길, 『20세기 우리 역사』, 창비, 1999.

강명관, 『열녀의 탄생』, 돌베개, 2009.

강신주, 『철학이 필요한 시간』, 사계절, 2011.

고미숙, 『한국의 근대성, 그 기원을 찾아서 – 민족·섹슈얼리티·병리학』, 책세상, 2001.

고미숙 외, 『생각 수업』, 알키, 2016.

김난도, 『천 번을 흔들려야 어른이 된다 – 세상에 첫발을 내딛는 어른 아이들에게』, 오우아, 2012.

김만중, 심경호 옮김, 『서포만필』 하, 문학동네, 2010.

김용운, 『셈과 사람과 컴퓨터』, 전파과학사, 1973.

김천혜, 『소설구조의 이론』, 한국학술정보, 2010.

김헌, 『인문학의 뿌리를 읽다』, 이와우, 2016.

니코스 카잔차키스, 김종철 옮김, 『희랍인 조르바』, 청목사, 2001.

니콜라스카, 이진원 옮김, 『유리감옥』, 한국경제신문, 2014.

니콜로 마키아벨리, 강정인 외 옮김, 『군주론』, 까치, 2015.

다케모토 가즈히코 외, 서항석 외 옮김, 『CO2 저탄소 도시』, 한울, 2013.

도스토예프스키, 김연경 옮김, 『죄와 벌』, 민음사, 2012.

독서와 토론 교재편찬위원회, 『讀 & TALK 독서와 토론』, 한올출판사, 2013.

로랑 티라르, 조동섭 옮김, 『거장의 노트를 훔치다』, 나비장책, 2007.

류랑도, 『성과로 말하는 핵심인재 하이퍼포머』, 쌤 앤 파머스, 2008.

류짜이푸, 임태홍·한순자 옮김, 『쌍전 – 삼국지와 수호전은 어떻게 동양을 지배했는가』, 글항아리,
    2010.

리처드 도킨슨, 이용철 옮김, 『눈먼 시계공』, 사이언스 북스, 2004.

마이클 샌델, 안기순 옮김, 『돈으로 살 수 없는 것들』, 와이즈베리, 2012.

_____, 이창신 옮김, 『정의란 무엇인가』, 김영사, 2011.

모티머 J. 애들러·찰스 반 도렌, 독고 앤 옮김, 『생각을 넓혀주는 독서법』, 멘토, 2014(개정판).

문국진, 『모차르트의 귀』, 음악세계, 2000.

미겔 데 세르반테스, 이명순·하자인 옮김, 『돈키호테』, 2010.

미셸 푸코, 오생근 옮김, 『감시와 처벌』, 나남, 2003(개정판).

정민, 『미쳐야 미친다』, 푸른역사, 2004.

박우현, 『한국 영화 문화의 사유와 쟁점』, 도서출판 월인, 2009.

박웅현 외, 『생각수업』, 알키, 2015.

박희병, 「춘향전의 역사적 성격 분석」, 『전환기의 동아시아 문학』, 창작과 비평사, 1985.

백인산, 『간송미술 36 - 회화』, 컬처그라퍼, 2014.

베네딕트 앤더슨, 윤형숙 옮김, 『상상의 공동체』, 나남, 2002.

블레즈 파스칼, 이환 옮김, 『팡세』, 민음사, 2003.

빈센트 반 고흐, 신성림 옮기고 엮음, 『반 고흐, 영혼의 편지』, 예담, 2005(개정판).

삐에르부르디외, 최종철 옮김, 『구별짓기 - 문화와 취향의 사회학 上』, 새물결, 2006.

사이토 다카시, 홍성민 옮김, 『세계사를 움직이는 다섯 가지 힘』, 뜨인돌, 2009.

셰릴 샌드버그, 안기순 옮김, 『LEAN IN 린인』, 와이즈베리, 2013.

손향숙, 『창작과 비평』 겨울호, 창비, 2005.

신동흔, 『살아있는 우리 신화』, 한겨레출판, 2006.

신영복, 『감옥으로부터의 사색』, 돌베개, 1998.

알랭 드 보통, 정영목 옮김, 『여행의 기술』, 청미래, 2011.

우노 마사미, 서인석 옮김, 『유태인의 세계전략』, 안산 미디어, 1999.

유광수 외 지음, 『비판적 읽기와 소통의 글쓰기』, 도서출판 박이정, 2013.

유발 하라리, 김명주 옮김, 『호모데우스』, 김영사, 2017.

E. H. 카, 김승일 옮김, 『역사란 무엇인가』, 범우사, 1996.

이지성, 『리딩으로 리드하라』, 문학동네, 2010.

이태준, 『문장 강화』, 창비, 2013.

이-푸투안, 구동희·심승희 옮김, 『공간과 장소』, 2007.

이청준, 『조만득 씨』, 책세상, 2004.

장동선, 염정용 옮김, 『뇌 속에 또 다른 뇌가 있다』, 아르테, 2017

장 보드리야르, 배영달 옮김, 『지옥의 힘』, 동문선, 2002.

장쭤야오, 남종진 옮김, 『유비 평전』, (주)민음사, 2015.

장 지글러, 유영미 옮김, 『왜 세계의 절반은 굶주리는가?』, 갈라파고스, 2016(개정증보판).

전옥표, 『이기는 습관』, 샘 앤 파커스, 2007.

정민, 『다산선생 지식경영법』, 김영사, 2006.

정재승, 『정재승의 과학콘서트』, 어크로스, 2011(개정증보판).

정희모, 『글쓰기의 전략』, 들녘, 2005.

제임스 레이첼즈, 노혜련 외 역, 『도덕철학의 기초』, 나눔의 집, 2006.

조국·오연호, 『진보집권 플랜』, 오마이북, 2010.

조정래, 『태백산맥』, 해냄, 1995.

존 그리샴, 정영목 옮김, 『의뢰인』, 시공사, 2004.

존 스튜어트 밀, 서병훈 옮김, 『자유론』, 책세상, 2005.

주강현, 『왼손과 오른손』, 시공사, 2002.

줄리언 바지니, 정지인 옮김, 『유쾌한 딜레마 여행』, 한겨레출판, 2007.

진중권, 『미학 오디세이』 3, humanist, 2004.

천정환, 『근대의 책읽기』, 푸른역사, 2003.

최영주, 『색깔이 속삭이는 그림』, 아트 북스, 2008

최재천, 『최재천의 인간과 동물』, 궁리, 2007.

최협, 『부시맨과 레비스트로스』, 풀빛, 2014.

키스 안셀 피어슨, 서정은 옮김, 『니체』, 웅진 지식하우스, 2007.

키스 젠킨스, 최용찬 옮김, 『누구를 위한 역사인가』, 혜안, 1999.

토마스 모어, 주경철 옮김, 『유토피아』, 을유문화사, 2007.

피터 싱어, 황경식 외 옮김, 『실천윤리학』, 연암서가, 2013.

해럴드 블룸, 유병우 옮김, 『해럴드 블룸의 독서의 기술』, 을유문화사, 2000.

허균, 「호민론(豪民論)」

황정산 외, 『대학생을 위한 발표와 토론』, 태학사, 2015.

『論語』

『孟子』

■ 칼럼 및 신문기사

「아동학대 살인죄 적용과 100m 내 접근금지」, 『경향신문』, 2014.10.18.

「사랑에 빠진 뇌는 빛난다」, 『The Science Times』, 2015.03.24.

최강, 「공감 능력이 없는 반사회성 인격장애, 어떻게 봐야 할까?」, 『KISTI의 과학향기』, 2014.10.22.

저자 약력

박길희
현) 순천대학교 강의전담초빙교수
순천대학교 국어교육과 교육학박사(고전소설 전공)
저서 : 『지리산권 불교설화』(공저, 2016)
주요 논문 : 『19세기 하층여성의 일탈과 그 의미』(2015)
『〈독서와 표현〉 교과목 운영 현황과 개선 방안』(2017)
『〈방한림전〉에 나타난 동성결혼과 지기(知己) 그리고 입양에 담긴 의미와 그 위험성』
(2017) 등
교재 집필 : I부 1장 독서의 이해 1, 2, 3 / 2장 분석하며 읽기 / II부 3장 학술적 글쓰기

백숙아
현) 순천대학교 강의전담초빙교수
순천대학교 국어국문학과 문학박사(고전문학(한시) 전공)
저서 : 『광양, 사람의 향기』(공저, 2017)
『국역 면앙집』(공저, 2018, 3월 출판 예정)
주요 논문 : 「송순 한시 연구의 현황과 과제」(2014)
「송순 교유시의 양상과 정서」(2015)
「〈문린가곡〉의 구조와 성격」(2017) 외 다수
교재 집필 : I부 4장 실전독서 / II부 1장 비판적 생각하기

임정아
현) 순천대학교 강의전담초빙교수
전북대학교 철학과 철학박사(사회철학 전공)
저서 : 『인문고전읽기』(공저, 2015), 『철학의 이해』(공저, 2015)
『밀의 자유론 입문』(공역, 2014) 외 다수
주요 논문 : 「사회적 정의와 공감의 관계에 대한 흄의 관점」(2017)
「교육의 위기」에 나타난 아렌트의 '탄생성' 교육관에 대한 연구」(2016)
「밀(J. S. Mill)의 공리주의 복지에 대하여 : 밀의 『정치경제학 원리』에서 노동자 복지를
중심으로 」(2016) 외 다수
교재 집필 : I부 1장 독서의 이해 4 / 3장 평가하며 읽기 / II부 2장 논리적 말하기